W0206423

Merethe Lindstrøm
Tage in der Geschichte der Stille

Merethe Lindstrøm

Tage in der Geschichte der Stille

Roman

Aus dem Norwegischen
von Elke Ranzinger

Matthes & Seitz Berlin

Ich habe ihn selbst hereingelassen.

Den Eindringling, wie ich ihn später genannt habe, aber er ist nicht eingedrungen. Er hat an der Tür geläutet wie jeder andere auch, und ich habe die Tür aufgemacht. Wenn ich daran denke, spüre ich heute noch dieselbe Unruhe wie damals. Und vielleicht quält das eigentlich am meisten. Er hat geläutet, und ich habe aufgemacht.

Ganz alltäglich.

Vielleicht hatte ich ihn am Morgen, als Simon zur Arbeit ging, schemenhaft am hintersten Ende des Gartens gesehen. Zwischen den Bäumen. Ein junger Mann, neunzehn oder zwanzig Jahre alt.

Als ich die Tür aufmachte, stand er auf der Treppe und wartete darauf, hereingebeten zu werden. Wie jeder, er hätte jeder sein können.

Guten Tag, sagte er. Kann ich Ihr Telefon kurz benutzen?

An diesem *Guten Tag* war irgendetwas. Heutzutage sagt das kaum noch jemand, aber damals, Mitte der Sechziger, war es ganz geläufig. Und trotzdem sagte er es nicht, als meinte er es ernst, eher als wäre heute kein guter Tag, oder als wünschte er mir das. Es wirkte dahingesagt, an alle und niemanden gerichtet.

Wir haben kein Telefon, wollte ich am liebsten antworten. Aber das war offensichtlich gelogen.

Aus dem Wohnzimmer hörte ich die Kinder. Helena war damals ein Säugling, sie lag in einer Tragetasche, und die beiden anderen spielten neben ihr auf dem Boden. Im Radio erklang das Zeitzeichen, draußen hinter ihm lag der Garten, so früh am Morgen steht die Luft dort still, der Regen vom Vorabend perlt als nasser Hauch auf den Blättern, dem grünen Gras, gerade erwacht, schlaftrunken, und wo Schatten unter der jähen Berührung durch Sonnenlicht weichen, flirrt es. Ich weiß nicht, wonach ich Ausschau hielt, vielleicht nach einer Entschuldigung, die Tür zumachen zu können.

Wir haben keine gute Leitung, sagte ich.

Ist schon in Ordnung, meinte er. Ich fragte mich, ob es ihm zustehe, das zu sagen. Sollten das nicht eigentlich meine Worte sein?

Wir waren bereits ein paar Minuten dagestanden, und weil ich das Gefühl hatte, unhöflich zu sein, machte ich schließlich die Tür ganz auf, trat zur Seite und ließ ihn ins Haus. In dem Moment, da er an mir vorbeiging, vernahm ich den Geruch, den er hereintrug. Den Geruch eines anderen Menschen, eines Menschen, der zu nahe gerückt war, diese Empfindung wurde durch meine Unruhe noch verstärkt. Er sah sich im Flur um, suchte nach dem Telefon oder nach sonst etwas. Ich nickte in Richtung des Garderobentischchens, und er hob nur ab, der Klang des Freizeichens summte, während er den Hörer über die Drehscheibe hielt, und dann das Klicken, als er ihn wieder auf die Gabel legte.

Er hatte nie vorgehabt zu telefonieren. Dass er das nie vorgehabt hatte, war jetzt klar. Er konnte es auf alles abgesehen haben.

Schönes Haus, sagte er.

Ja, sagte ich.

Mir war das an seinem Gürtel befestigte Etui aufgefallen, ein kleines Etui, in dem womöglich irgendetwas steckte, ein Werkzeug, ein Klappmesser? Zu diesem Zeitpunkt hatte er wohl die Kinder entdeckt. Greta, die vor einem großen Blatt Papier auf dem Bauch lag, vertieft in ihre Zeichnung, und um sie herum auf dem Teppich verstreut ihre Farbstifte. Kirstens Kleid war hochgerutscht, und so schaute die Windel, die sie noch brauchte, hervor, sie baute einen Turm aus Holzklötzen, stapelte ein Klötzchen auf das andere. Er muss sie betrachtet haben, muss sie eine Weile lang nur angesehen haben, bevor sie auf ihn aufmerksam wurden, denn meine Unruhe wuchs weiter an. Ich dachte, dass ich die Tür aufmachen sollte, dass ich ihn bitten sollte zu gehen, aber es war schlicht unmöglich.

Aus dem Radio das Surren einer tiefen Stimme, draußen die vom Wind bewegten langen Äste des Baums, die mit ihrem Wiegen den Anschein erweckten, dass irgendetwas anrückt und sich wieder entfernt. Ich habe oft wachgelegen und daran gedacht: die Kinder sehen auf, sehen mit fragendem Blick zu ihm, zu mir. Helenas wedelnde Ärmchen ragen aus der Tragetasche. Sie ist seit einer Weile wach, ich weiß, sie wird bald losheulen, aus Langeweile oder weil sie Hunger hat.

Ich gehe an ihm vorbei durch die Wohnzimmertür, nehme aus einem Reflex heraus die Babytragetasche vom Boden und trage sie zu dem großen Esstisch, weg von ihm, stelle sie auf den Tisch. Am Ende des Wohnzimmers.

Er ist ein paar Schritte in den Raum getreten, steht da und beobachtet die Mädchen, aus Gretas Strichen entsteht ein großes Haus, ein Mädchen mit einem dreieckigen Kleid, rechts oben in der Ecke die Sonne. Sie müht sich mit einer Blume ab.

Warum sitzen sie auf dem Fußboden?, fragte er dann.

Sie spielen, antwortete ich.

Danach habe ich nicht gefragt, sagte er. Die Gereiztheit in seiner Stimme. Ich hörte es. Jetzt kommen wir der Sache wohl näher, dachte ich, vielleicht dem Grund, warum er gekommen war. Vielleicht sollten wir seiner Meinung nach so weit kommen, vielleicht hatte er die ganze Zeit hierhin gewollt, an diesen Punkt.

Wie wäre es mit einem Kaffee?, versuchte ich dem Unweigerlichen zu entkommen, wollte einen Schritt zurück, zu etwas, was das Ganze hätte sein können, dieser Besuch.

Er schüttelte den Kopf. Danke, ich möchte nichts.

Dass er nichts wollte, war nicht wahr, das hatte ich verstanden.

Helenas wedelnde Ärmchen, sie versuchte mit einer Hand ihre andere zu greifen. Greta, die aufgestanden war, und uns jetzt betrachtete.

Ich wagte etwas.

Ich habe ein bisschen Geld, sagte ich. In meinem Unterleib krampfte es, zuerst schien es, als hätte er mich nicht gehört oder als interessierte es ihn nicht, als könnte auch Geld nichts klären. Ich dachte: Wenn es doch nur Geld wäre, was er wollte. Er stellte sich ans Fenster, das auf den Garten hinauszeigte. Das Haus war damals schon dasselbe, wir haben nicht viel umgebaut. Nur der Garten war kleiner, es gab mehr Bäume, mehr Wald, der in den eigentlichen Garten reichte, Bäume, die wir später fällten.

Wie viel hast du?, fragte er und drehte sich um, war

vor dem Licht nur mehr eine Kontur, ein verschattetes Gesicht.

Als ich zu meiner Tasche im Flur ging, folgte er mir.

Zwanzig Kronen, antwortete ich. Das ist alles.

Ich legte ihm das Geld in die Hand. Eine bleiche Hand, ich kann mich an die Hand erinnern, wahrscheinlich für immer. Er streckte sie aus, als wollte er das Geld nicht nehmen, sondern annehmen, als läge dazwischen ein riesiger Unterschied. Ich registrierte es. Für die damalige Zeit war das nicht viel Geld, aber auch nicht wenig. Er stopfte es in die Hosentasche, und ich sah ihn an, und zum ersten Mal hatte ich das Gefühl, dass sich unsere Blicke begegneten. Als hätte ich vorher nicht zu seinen Augen vordringen können. Ich spürte mein Herz, es war aus dem Takt geraten, es schlug gegen die Rippen, schneller und schneller und wollte sich nicht mehr beruhigen.

Wir haben uns vermutlich beide genau in dem Moment umgedreht, als es passierte. Greta will auf einen der Esstischstühle klettern, vielleicht um zu versuchen, das mittlerweile heulende Baby zu trösten. Sie zieht die leichte Tasche zu sich heran, der Stuhl kippt um, fast reißt sie im Fallen die Tasche mit. Greta heult, fasst sich ans Bein und schreit. Das Baby bekommt Angst und brüllt laut los. Ich tröste Greta, nehme sie fest in die Arme, sehe mir ihr Schienbein an, an dem ein tiefroter Fleck prangt. Ich stelle die Tasche auf den Boden. Ich vergesse ihn, vergesse, dass er direkt hinter mir steht.

Und als ich mich umdrehe, steht er nicht mehr da. Er ist weg, Kirsten auch. Für einen Augenblick ist es still. Die Kinder haben aufgehört zu weinen, die Stimme im Radio macht eine Pause, nur der Ast vorm Fenster bewegt sich sachte.

Ich möchte schreien, aber Greta ist zu nah. Ich sage es vorsichtig. Kirsten, sage ich, Kirsten. Ich beginne zu suchen, ich schaue mich um, als könnte ich sie nur aufgrund einer Störung in mir selbst nicht sehen. Als ich in den Keller hinunterlaufen will, bemerke ich die offene Terrassentür. Im Garten weht ein schwacher Wind, ich weiß nicht mehr, was ich anhatte, einen dünnen Pullover und eine Hose, oder ein Kleid, vielleicht mit einer Schürze darüber, so etwas benutzte ich damals. Der Garten leuchtet, ich rieche das feuchte Gras. Am hintersten Ende befindet sich der Zugang zu einem kleinen Wald. In den Jahren danach sollten wir die Bäume fällen und nur ein paar stehen lassen, weil wir uns einbildeten, unsere Kinder sollten Bäume sehen, dass sie das bräuchten. Ich gehe durch die Büsche, in das Wäldchen.

Sie sitzt auf einem Baumstamm, scheint etwas zu beobachten. Sie ist in diesem Moment absolut regungslos, und ich bekomme Angst, ich sage ihren Namen. Sie dreht sich um, sieht erst zu mir und deutet dann auf die Büsche. Vielleicht ist sie ihm gefolgt, vielleicht hat er sie mitgenommen.

Sie wirkt unversehrt. Sie sitzt auf dem breiten Stamm und deutet in den Wald. Als hätte er sie verlassen und wäre weitergegangen, verschwunden zwischen den dichten Zweigen.

Später habe ich die Sache als die Episode bezeichnet. Wenn ich anderen davon erzählt habe, Simon, unseren Kindern, als sie erwachsen waren. Als käme sie wie der Eindringling von einem unbekannten Ort, einem fremden Ort. Das griechische Wort ist aus mehreren Teilen zusammengesetzt und bedeutet in einem Wortteil »hinein«, wie ein Eingang in eine Geschichte, ein Leben, aber auch, dass etwas eingeschoben wurde, wie in der griechischen Tragödie die zwischen die Chöre eingeschobenen Dialoge. Die Episode erzeugt eine Erwartung nach mehr. Aber da war nicht mehr, er läutete an der Tür und verschwand wieder.

Ich weiß nichts über den Eindringling. Etwas später entdeckte ich eine Zeitungsnotiz über einen jungen Mann, der sich Zutritt zu einigen Häusern in der Gegend verschafft hatte, der Beschreibung nach war er verwirrt. Irgendwie kam es mir vor, als sei es nicht geschehen, Kirsten war unversehrt. Aber ich habe nie aufgehört, an ihn zu denken. Wer er war. Manchmal wache ich auf und meine, dass er in der Tür steht, dass ich ihn erneut ins Haus gelassen habe. Und er will nicht wieder verschwinden, sondern bei uns bleiben. Mit den Jahren ist er nur undeutlicher geworden. Sein Gesicht habe ich mit anderen ersetzt. Was geschehen ist, wird jedoch deutlicher, klarer, als käme es mir immer näher.

Die Episode ist in meinen Gedanken wie eingefroren, unveränderlich. Als wäre sie ein Schnitt in oder durch etwas. Ein Riss in einer dicken Leinwand, in einem ganz normalen Tag, und durch diesen Riss ist etwas aufgetaucht, was nicht auftauchen, was nicht zu sehen sein sollte.

Als ich später angefangen habe zu unterrichten, musste ich oft daran denken. Er hatte dasselbe Alter wie meine Schüler, der Eindringling. Ich war an einer weiterführenden Schule im Stadtzentrum, einer alten Schule. Einer mit traditionsreichem Namen und einem Gebäude, das tief in ihrem Selbstverständnis wurzelt und dieses ebenso festzementiert wie der Asphalt und die Pflastersteine rundherum. Die Jahre vergingen, und ich wusste, eines Tages würde sie mich hinausdrängen. Die Schule war sich selbst genug. Dieser Verdacht begleitete mich durch die Flure – das Gebäude brauchte mich nicht.

Ich habe Norwegisch unterrichtet und eine Zeit lang auch Literatur, ein bei meinen Schülern ziemlich beliebtes Wahlfach. Selbst war ich nicht so überzeugt. Im Klassenzimmer richtete ich meinen Blick immer auf die Jugendlichen, ich lauschte im Flur dem Klang meiner Schritte und dachte daran, wie die Zeit verging, und meine Entschuldigungen dafür, dass ich weitermachte, wirkten immer weniger rational. Trotzdem klebte ich an dieser Identität. Ich war Lehrerin, Studienrätin. So zog ich mich an, so bewegte ich mich, diese Rolle bestimmte meinen Wortschatz, meine Grenzen. Als wäre ich schwer ersetzbar. Die Jahre vergingen, und in meiner Altersklasse lichteten sich die Reihen, während immer jüngere und besser ausgebildete Kollegen nachströmten. Simon und ich trafen uns bei schönem Wetter in der Mittagspause, seine Praxis lag nicht weit von der Schule. Ich ging zur Nygaten, vorbei an den ganzen Geschäften, der Allehelgensgate und an Markesmauet, dann die Peter Motzefelds gate hinunter zum Stadtpark, zum Lille Lungegårdsvannet, wo wir uns auf eine Bank mit Ausblick auf die Fontäne in der Mitte des Sees setzten. Wir verschlangen unser Essen, redeten ein bisschen und gingen zurück zur Arbeit. Er zu seinen Patienten, ich zu den Schülern. Oft holte er mich nach der Arbeit ab. Wir hörten im Auto klassische Musik, sprachen über den vergangenen Tag.

Wenn bei mir eine Stunde ausfiel und bei ihm Patienten absagten, trafen wir uns manchmal in der Konditorei im

Telegrafengebäude, und als das nach vielen Jahren geschlossen wurde in einem Café, das wir eigentlich beide nicht mochten.

Ich weiß nicht, ob ich die Arbeit vermisse, aber ich habe den Wunsch, Teil von etwas zu sein, ich habe die ganze Zeit das Gefühl, draußen zu stehen, im Abseits. Jetzt, da die Kinder keine Kinder mehr sind, sondern erwachsene Frauen, die wir nur ab und zu sehen. Von Zeit zu Zeit hatten wir Kontakt mit ein paar Leuten aus der Arbeit, für eine Zeit lang, das eine oder andere Mal einen Urlaub mit Bekannten. Das ist lange her.

Ich habe jahrelang vor irgendwelchen Klassen gestanden und auf die scheinbar immer gleichen Jugendlichen geblickt, nach ein paar Jahren in dem Gebäude waren alle in dieselbe brillante Form gepresst, bereit für die Universität. Ich tat, als hätte ich daran Anteil, zumindest fühlt sich das im Rückblick so an. Ein paar Jugendliche stachen hervor, und alle zwei Jahre war vielleicht jemand außergewöhnlich interessiert und empfand das Lesen von Olav Duun nicht als persönliche Kränkung. Vielleicht waren sie nach drei Jahren auch nur reifer, vielleicht war mein Eindruck, dass sie alle gleich geworden waren, übertrieben. Ich begriff sie als Ausdruck für den Ort, für all das, von dem ich mich nicht losreißen konnte und stattdessen Jahr für Jahr weitermachte. Die Arbeit, zu der ich meiner Ansicht nach nicht passte, das war doch eigentlich nicht, was ich wollte. Und trotzdem machte ich nichts aus diesem Gedanken. Ich sagte mir immer, dass ich mich glücklich schätzen könne, dort sein, dort arbeiten zu dürfen. Ich sagte meist, dass es mir gefalle.

Und eines Tages überreichte man mir Blumen und die Schüler hatten eine Schmuckausgabe von Duuns *Mitmensch* gekauft. Es gab ein paar Worte der Schulleiterin und eine Mittagspause mit Kaffee und Kuchen. Die Tage, die jäh anders wurden, nachdem ich aufgehört hatte zu arbeiten. Am Anfang war es gut, dass es nur Simon und mich gab. Seine schleichende Veränderung begann vor ein paar Jahren. Aber vielleicht war seine Rastlosigkeit schon lange zuvor da, vielleicht ist sie ein Ausdruck für etwas, das er sich lange gewünscht hatte. Sich davon zu machen.

Ich wache manchmal auf und denke, ich höre Simons Stimme, die ich jetzt ebenso allmählich vergesse, wie sie nach und nach von Schweigen ersetzt wurde. Ich wache auf und verstehe, ich muss sie im Traum gehört haben. Er spricht nur noch selten.

Das Alter hat Ausblick auf eine düstere Landschaft. Vor ein paar Wochen rief Helena, unsere Jüngste, an, um zu sagen, dass sie ihren Vater an einer Bushaltestelle aufgelesen habe, er habe gewirkt, als würde er den Fahrplan studieren.

Papa, hatte sie ihm zugerufen. Wo soll's hingehen?

Wohin wollte er?, fragte sie mich, nachdem sie ihn nach Hause gefahren hatte.

Ich konnte es ihr nicht beantworten. Ich weiß es nicht, sagte ich. Das ist beunruhigend, flüsterte sie, sodass Simon es nicht hören konnte. Er hätte sich einfach davonmachen können.

Ein paar Tage später brachte sie den Briefumschlag mit dem Antrag. Sie legte ihn aufs Garderobentischchen.

Ich leg dir das hierher, Mama, sagte sie. Ich sah sie im Flur stehen, im Halbdunkeln. Helena, die zum Zeitpunkt der Episode noch ein Baby war. Ich hatte vergessen, das Licht anzumachen. Ich suchte den Lichtschalter.

Es gibt Einrichtungen für Senioren, in denen er sich wohlfühlen würde. Er muss irgendwo hin, verkündete sie und deutete auf den Umschlag, als könnte der ihre Worte unterstreichen.

Wo man sich seiner annimmt, fuhr sie fort. Ich kann dich nicht die ganze Verantwortung allein tragen lassen. Wo er jetzt ständig abhaut, wo er verstummt ist.

Sie redete lange, ihre Worte hallten im Flur wider. Helena hat eigentlich keine kräftige Stimme, aber offenbar hatte sie sich genau überlegt, was sie sagen wollte. Als sie ging, umarmte sie mich. Das tut sie immer.

Eine Einrichtung für Senioren.

Da lag der Umschlag auf dem Tischchen. Ich habe ihn liegenlassen.

Der Antrag. Egal, was ich mache, er wird meine Gedanken bestimmen.

An manchen Tagen kann ich mich nicht mehr an die Klangfarbe erinnern, ob seine Stimme so dunkel war, wie ich meine, ich kann sie mir nicht vorstellen. Sein Schweigen. Die Worte werden schleichend weniger, als vertrocknete etwas, weil es zu wenig genährt wurde. Nachdem er in Rente gegangen war, war er gerne allein unterwegs, fuhr mit dem Bus in die Stadt und ging hinauf zur Universität. Saß in dem alten Garten beim Naturhistorischen Museum, umringt von den von der Straße dringenden Stimmen der Studierenden, von den Pflanzen, Büschen und Bäumen und den Schildchen mit deren Namen und Familien. Ungestört, eingehegt. Er saß da, während der Tag über die Stadt zog, und stand auf, wenn das Licht hinter den Bäumen, hinter einem der Berge versank, vielleicht las er etwas, oder er starrte nur auf die Finger, die das Buch hielten, auf die vorbeigehenden Studenten, die hinter dem hohen, grünen Zaun zu einer fragmentierten Bewegung wurden.

Für gewöhnlich rief ich, wenn er unterwegs war, bei ihm an, nach ein paar Stunden, und dann folgte ein Gespräch darüber, was er mitbringen solle, er besorgte nämlich in der Regel auf dem Heimweg unsere Lebensmittel. Ich sagte ihm, was wir brauchten, er musste sich nichts aufschreiben, er hatte es im Kopf.

Er telefonierte nicht gern, meistens sprach dabei ich. Aber dann vollzog sich allmählich eine Veränderung, ich nahm sie anfangs gar nicht wahr, nicht die ersten Wochen oder Monate, sie schlich sich ein. Mit Pausen, Stille. Er beendete die Gespräche völlig abrupt, sodass ich ein paar Mal sofort zurückrief, um zu fragen, ob ich etwas Falsches gesagt hätte.

Nein, was sollte das gewesen sein, antwortete er. Und seine Antworten machten mir Sorgen. Immer dieselben. Als läge vor ihm eine kurze Liste von Antwortmöglichkeiten, und von dieser Liste pickte er sich die Antwort, die vielleicht passte. Manchmal passte sie aber nicht.

Mal brachte er die Lebensmittel mit, mal hatte er sie vergessen. Ich sagte, ich würde jetzt Abendessen machen, bist du hungrig, nein, danke für das Angebot, sagte er manchmal, oder, darüber habe ich nicht nachgedacht. Er setzte sich hin und las sein Buch, bis ich das Essen vor ihn stellte, dann aß er vielleicht einen Bissen und eine Stunde später vielleicht noch einen, bis das Essen kalt war und der Abend spät.

Sein Schweigen schlich sich über mehrere Monate an,

über ein halbes Jahr. Er sagte noch Danke fürs Essen oder Auf Wiedersehen. Formell wie ein Hotelgast, dem Anschein nach kalt wie ein x-beliebiger Fahrgast, dem man im Bus begegnet. Nur ab und an sehe ich ihn am Fenster stehen und hinausschauen oder über etwas, das er gelesen oder im Fernsehen gesehen hat, lächeln, und denke, er wäre zurückgekommen. Als hätte er sich wirklich auf eine Reise begeben. Aber wenn ich frage, was er sehe, was so lustig sei, blickt er mich nur verständnislos an. Der Arzt, ein jüngerer Kollege von ihm, hat gesagt, dass er einfach alt werde. Die Lösung – denn natürlich gibt es für einen Zustand wie diesen Lösungen, warum sollten wir sonst einen Arzt aufsuchen – ist ein Seniorenzentrum, eine Tagesstätte, in die Simon zweimal pro Woche geht.

Ich fahre ihn. Ich fahre ihn immer irgendwo hin. Er sitzt auf dem Beifahrersitz und wartet auf mich. Beim ersten Mal hat uns eine Frau aus der Heimleitung empfangen und durch Gänge gelotst, die an Tunnel mit Plastikwänden erinnerten, in institutionalisiertem Grauweiß, mit Schmuckgrafiken von lieblichen Motiven, Türen mit Holzherzen, und am hintersten Ende eines Korridors lag ein Raum mit Glastüren. In diesem Aufenthaltsraum saß eine kleine Gruppe Menschen. Niemand hob den Blick, als wir eintraten. Die Alten hockten um einen Tisch, zwei Angestellte sprachen leise miteinander. Simon wurde zu den anderen gebracht. Er lächelte noch immer. Aber als ich ging, folgte mir sein Blick. Seine Augen, seine auf dem Tisch liegenden Hände, seine hängenden Schultern in diesem Raum, an diesem Ort. Das ist kein Ort, an den man gehört.

Nachdem ich ihn abgeliefert habe, stehen oft zwei junge Pflegekräfte neben dem Eingang und rauchen. Einmal habe ich im Vorbeigehen beobachtet, wie die eine ihre Kippe auf den Boden schnipste und austrat. Was für eine deprimierende Bewegung. Und immer wieder bleibe ich auf dem Parkplatz stehen, wie eine mythologische Figur, zweifelnd, hier verläuft die Grenze zwischen unserer Welt und der Unterwelt, ich gehe über den schmalen Betonstreifen, Simon durch die Korridore des Hauses, wenn ich mich jetzt umdrehe, ist er für immer weg. Ich muss jemandem erzählen, wie sich das anfühlt, warum es so schwer ist, mit jemandem zu leben, der plötzlich stumm geworden ist. Es fühlt sich nicht nur an, als wäre er nicht mehr da. Es fühlt sich an, als wäre man selbst weg.

Ich sehe mich im Haus um, alles hat seinen Platz, ist Teil einer Ordnung. Aufgeräumt, wie in einem Museum oder einer Kirche, unsere Sachen wirken wie Ausstellungsobjekte. Ich habe für vieles keine Verwendung mehr, nur weniges hat noch praktischen Wert. Diese Requisiten von gesellschaftlichen Ritualen, die kaum mehr in bedeutendem Maße vollzogen werden, oder wenn doch, sind sie selten von Bedeutung. Unsere Sachen sind nur noch eine wundersame Aufstellung von Erinnerungen. Die alte Uhr über dem Tisch, das Teeservice hinter den verschlossenen Glastüren des Schranks. Durchaus möglich, dass das Haus dafür existiert, diese Sachen zu beherbergen, mehr als uns.

Das Haus und alles, was damit einhergeht, das ganze Zeug, war vor vier, fünf Jahren der Grund, eine Putzhilfe anzustellen. Bis dahin hatte ich nie irgendwelche Unterstützung gehabt, und ich wollte auch keine soziale Haushaltshilfe. Unsere Töchter rieten uns zu einer bezahlten Kraft, was in unserem Viertel nicht unüblich ist. Mehrere Vormittage pro Woche marschiert eine kleine Armee junger bis mittelalter Frauen zwischen den Einfamilienhäusern ein, schließt die Türen zu gut gesicherten Häusern auf, entschärft Alarmanlagen und Sicherheitssysteme. Im Inneren der leeren Häuser holen die Frauen vermutlich Putzlappen und Putzeimer hervor, füllen sie mit Wasser und chemischen

Mitteln, wirbeln im ungesunden Chlordunst durchs Haus, schrubben Fäkalreste von Klobrillen und Badezimmerböden, füttern eingesperrte Haustiere, leeren die Mülleimer, räumen in Kinderzimmern die herumliegenden Spielsachen weg. Ein paar Stunden später schließen sie die Haustüren wieder von außen ab und verschwinden aus der Straße. Ich wollte keine Fremde im Haus haben, aber mir fehlten brauchbare Argumente, um diesen Widerstand zu erklären. Die Mädchen, unsere Töchter, waren der Ansicht, dass wir *Unterstützung bräuchten.* Es ist so ein großes Haus, sagten sie.

Auch Simon hatte kein Interesse daran, jemand Fremdes in unser Haus, in unsere Zimmer zu lassen. Er war damals noch der Alte. Das Schweigen ergriff ihn erst später. Wir waren uns einig, wir wollten unsere Arbeit selbst machen.

Aber zu guter Letzt gaben wir dem Drängeln und Pochen nach und stellten eine Hilfe an. Vorläufig, so der Plan. Das Wort Anstellung für unser Verhältnis zu Marija zu benutzen, scheint mir seltsam. Obwohl es das natürlich war, eine Anstellung. Nach einer Weile hatte es jedoch nicht mehr annähernd mit Kategorien wie Arbeitgeber und Arbeitnehmerin zu tun. Unsere Putzhilfe war eher jemand, der uns besuchte, ein gern gesehener Gast.

Alle mochten sie. Marija.

Als wir sie gehen lassen mussten, war sie fast drei Jahre bei uns gewesen. Es fiel etwas vor, über das wir nicht hinwegsehen konnten. Im Nachhinein weiß ich, dass jemand anderes das vielleicht getan hätte. Trotz der Schwere. Vielleicht auch wir, vielleicht hätten auch wir über das hinwegsehen können, was vorgefallen war. Aber wir kannten uns zu gut, die Nähe machte es unmöglich. Gerade weil sie mehr eine Freundin oder ein Gast war. So war es vermutlich.

Die Mädchen waren enttäuscht und wütend, die älteren beiden sind es noch immer. Obwohl es mehr als ein Jahr her ist.

Am schlimmsten war es aber für uns. Für mich und Simon.

Liebe Marija. Bis heute schwirrt mir manchmal diese Wendung durch den Kopf, verfasse ich einen Brief, formuliere für mich Sätze. Die ich ihr nie schreiben würde, und *Liebe* würde ich auch nicht schreiben, nicht danach. Wenn ich einen Brief schreiben würde, finge ich neutral mit Datum und Jahreszahl an und käme schnell zum eigentlichen Thema, was auch immer das sein sollte. Aber warum ihr dann überhaupt schreiben, nur um ihr zu erzählen, dass sie sich ständig als ein Wort, eine Wendung manifestiert. Manchmal blitzt in meinem Kopf sogar ein Bild von ihr auf: Sie sitzt in der Küche und schmiert Brote, trinkt Tee mit Zucker und Milch, lächelt mich mit unter dem Tisch ausgestreckten Beinen an. Ich versuchte, mir einzureden, es sei eher so etwas wie ein Zwangsgedanke, dass sie in uns noch immer einen Platz einnimmt, wenn auch nur im Denken, wie wenn jemand nicht auf Linien treten kann und dann plötzlich überall Linien sind. Man versucht an etwas anderes zu denken, aber dieser Gedanke kritzelt einem immer weiter im Bewusstsein herum.

Ich vermisse sie nicht. Ich habe viel zu tun.

Aber irgendetwas ist. Etwas, das ich vermisse oder besser gesagt, etwas, das mir fehlt. Sie hatte vermutlich eine Funktion, eine größere, als ich dachte, denn jetzt gibt es diesen Mangel. Ist es das, was wir füreinander darstellen,

Funktionen, die auch jemand anderes ausfüllen kann. Der Gedanke gefällt mir nicht.

Mein Blick fällt auf den leeren Stuhl, auf dem normalerweise Simon sitzt und schläft. Gestern habe ich ihn studiert. Sein Gesicht, die vom Schlaf geglätteten Gesichtszüge, die Schultern, die offenbar schmaler geworden sind, und das eine Bein, das er immer leicht abstreckt, die Hand mit dem Ehering. Als ich ihn heute Morgen in der Tagesstätte abgeliefert habe, hatte ich Lust, seine Hand zu nehmen, sie zu spüren, als könnte diese Berührung ein unzerstörbares Band bilden, nicht eine Berührung von Haut und Knochen, sondern eine, die seit jeher existiert hat. Vor dem Schweigen. Aber es fiel mir schwer, seine Hand zu nehmen, ich konnte es nicht, weil ich Angst davor hatte, dass man uns sah, oder mich selbst auf die Art zu sehen. Vielleicht spüre auch nur ich, dass man uns beobachtet.

Sucht man bei anderen Hilfe, überkommt einen ein Gefühl von Nacktheit. Mit einem Mal geht man unbekannte Korridore entlang und tritt durch Türen. Dahinter eine Gruppe Menschen, die schon auf einen wartet, und niemand findet irgendetwas falsch, zumindest nicht überraschend. Nur das Schweigen.

Ich muss an etwas denken, das mir Simon erzählt hatte, bevor er alt geworden ist, vor diesem aufreibenden Schweigen, das Erste, woran er sich klar erinnern könne, sei der abgetretene Holzfußboden der Wohnung, in der sich seine Familie während des Zweiten Weltkriegs versteckt hatte, die Zimmer seien wie kleine Kisten mit Türen gewesen, ein Puppenhaus, in dem man aber nur selten spielen durfte. Mit Wänden aus braunem Holz, einer Decke, an die er manchmal im Liegen starrte und meinte, sie würde sich senken oder gesenkt werden, auf sie herab, in sie hinein, durch sie hindurch, und das Ganze sei mit einem Schuldgefühl verbunden, dessen Ursprung er nicht kenne, das aber vermutlich mit seiner Ungeduld von damals zu tun habe. Das Versteck in einer mittelgroßen Stadt in Mitteleuropa, der Lebensraum für Wochen, Monate. Ein Lagerraum, den er nicht aushalten konnte und der ihm mehr und mehr wie eine Bedrohung vorkam, da er die eigentliche Bedrohung fast nie spürte. Er stritt mit seinen Eltern, seinem jüngeren Bruder, er war zehn Jahre alt und hasste es, in diesen winzigen Räumen zu sein. Die Welt war wie zusammengeschrumpft, als wäre sie eingelaufen und könnte nie wieder mehr fassen oder mehr sein als diese drei kleinen Zimmer, wenig größer als ein Schrank und die paar Menschen, die in ihm lebten, plus die Helfer und Beschützer, die kamen und gingen.

Während dieses besser als Gefangenschaft bezeichneten Lebens hieß es still zu sein, erzählte mir Simon. Sie hatten zu schweigen, er, der Bruder, die Eltern und die anderen beiden, die noch dort waren. Ihre Körper gewöhnten sich schnell an eine gedämpfte Art sich zu bewegen, die auch später nie mehr verschwand, sondern Teil von ihnen, ihrer Körpersprache wurde. Sie verstanden zunehmend subtile Veränderungen im Ausdruck, gewöhnten sich daran, andere dementsprechend zu beobachten, er bemerkte, wie seine Eltern einander ansahen, als könnten sie Gedanken übertragen und dem, was der andere offenbar sagte, nickend zustimmen: Die Erwachsenen konnten anscheinend auf diese Weise längere Gespräche führen, bestehend nur aus Mienenspiel, kurzem Nicken oder anderen Bewegungen von Kopf oder Gesichtsmuskeln, eine hochgezogene Augenbraue, eine Grimasse. Besonders wichtig war das zu Tageszeiten, zu denen sich viele Menschen im Gebäude befanden, beispielsweise ein Arzt, dessen Sprechzimmer sich direkt unter ihnen befand, obwohl er genau genommen keine wirkliche Praxis mehr hatte, sondern nur den einen oder anderen Patienten empfing. Zu diesen Zeiten, die sich nach und nach auf den ganzen Tag, die ganze Nacht ausweiteten, blieb ihnen nur die Beziehung zueinander. Simon und sein Bruder. Die Begrenzungen, das Eingesperrtsein, prägten jede ihrer Aktionen, alles fühlte sich eingesperrt an, was sie auch dachten, zeichneten, schrieben und versuchsweise spielten. Häufig artete ihre ununterbrochene Gereiztheit in Streitereien aus, in gegenseitigen Beleidigungen, wundersam geräuschlos mit Hilfe von Gesten, Fingersprache oder schnell mit Kreide oder manchmal auch einem Bleistiftstummel auf eine kleine Tafel gekritzelten Mitteilungen, während ihre Eltern sie ebenso wortlos ermahnten.

Das Schweigen war integriert, Teil eines Kreislaufs innerhalb dieser Räume. Zu Beginn hatten die Kinder diese eingeschränkte Möglichkeit sich zu bewegen und auszudrücken natürlich hinterfragt, und die Eltern hatten es ihnen geduldig erklärt. Aber wenn einer der beiden, Simon oder sein Bruder, wütend geworden war und beispielsweise losgebrüllt hatte, hatten sie ihm ein Handtuch auf den Mund gepresst, und das Erstickungsgefühl unter diesem Handtuch, das weniger zur Strafe diente als eine Notwendigkeit war, hielt sie davon ab, es noch einmal zu tun. Simon erzählte mir, dass er noch heute manchmal mit dem Gefühl aufwache, unter diesem Handtuch zu stecken, das seinen Mund bedeckte oder als Knebel benutzt wurde. Und eines Tages hatte er dann rebelliert und war abgehauen. An einem frühen Abend hatte er den Wohnkomplex, zu dem das Versteck gehörte, durchquert und war ins Treppenhaus gegangen, er kann sich nicht erinnern, wie er das geschafft hatte, aber er meint, er sei wohl hinter einem der Helfer hinausgeschlüpft. Das hatte er schon länger vorgehabt, aber nicht geglaubt, dass es möglich wäre. Vor allem nach einem Streit mit seinen Eltern oder seinem Bruder hatte er sich seine Flucht ausgemalt. Sein Plan war gewesen, nach draußen zu laufen, auf die Straße, aber im Treppenhaus hielt ihn irgendetwas davon ab. Er saß dort im Fenster und beobachtete das Treiben unten auf dem Bürgersteig, es war ein Sommerabend, die Leute hielten sich im Freien auf, die wärmende Abendsonne ließ sie sichtlich das Tempo verringern. Als würde die Wärme ihre Bewegungen synchronisieren, erinnerten sie an Wellen, die in ruhigem, langsamem Rhythmus vom Bürgersteig zum Park auf der anderen Straßenseite wogten. Er spürte, wie sich der Grenzwall aus Beunruhigung und Gefahr, die ihn anscheinend von draußen ferngehalten hatte, von seinen Freunden, der Schule, den Unternehmungen in der Freizeit, dem bloßen Gehen auf einer Straße wie dieser, etwas senkte. Er lief die Treppe nach oben, öffnete die Tür zum Trockenboden und hörte das Gurren im angrenzenden Taubenschlag, das Geräusch war ebenso beruhigend wie der Anblick der Menschenwellen auf der Straße, er konnte die Dächer und Giebel der halben Stadt überblicken und die Fassaden am anderen Ufer des Flusses, die unter ein paar letzten Sonnenstrahlen aufleuchteten. Tauben trippelten auf dem Sims entlang. Der Dachboden war leer, es roch nach Teer, zwischen den unverputzten Wänden war genug Platz, dass er ein paar Runden hätte rennen können, vielleicht tat er das auch. Er betrachtete für eine Weile die Gebäude auf der anderen Straßenseite, Fenster, in denen die Sonne verglimmte, Jalousien, Gardinen. Menschen, die es offenbar im Haus hielt, Balkone mit genug Platz für eine Familie. Simon verspürte den Drang, aufs Dach zu gehen, die Dachschindeln hinunterzurutschen. Er öffnete ein kleines Fenster, und zum ersten Mal seitdem er eingesperrt war, oder zumindest so weit er sich später erinnern konnte, vernahm er frische Luft. Er zog sein Hemd aus, saß nur in dem dünnen Unterhemd da und merkte, dass er gleich einschlafen würde. Als er wieder aufwachte, umhüllte ihn statt der alltäglichen Beunruhigung weiterhin das Gefühl von Sicherheit, erzählte er mir. Er wusste nicht, wie viel Zeit vergangen war, und wollte es auch gar nicht wissen. Unten zwischen den Häusern das Zuschlagen einer Autotür, dann noch eine. Hatte er sie gehört? Er machte die Tür zum Treppenhaus auf, war noch ganz erfüllt von der Ruhe des Schlafs und der Wärme des Dachbodens. Vom obersten Absatz aus hatte er durch das erste Treppenhausfenster direkten Blick auf die Straße. Zwei Autos waren dicht hintereinander am Bürgersteig gegenüber stehengeblieben. Er sah, was passierte, wie die Türen aufgingen, wie Leute in Uniformen, darunter ein paar Polizisten, die Straße überquerten, als hätte eine der Wellen von zuvor jetzt ihre Richtung geändert und schwappte auf ihn zu. Und er sagte mir, noch vor der Furcht habe er eine Erregung, fast Freude darüber empfunden, bald wieder Teil der Welt dort unten zu werden.

Ich gehe am frühen Morgen ins Wohnzimmer und blicke in den Garten. Seit ich Simon in die Tagesstätte gebracht habe, sind erst ein paar Stunden vergangen. Ich mache mir Sorgen, er isst in letzter Zeit weniger. Man hat mich dazu erzogen, mir Sorgen zu machen. Die wichtigen Dinge sind: sich anziehen, aufs Klo gehen, essen, trinken, sprechen.

Egal, wie weh es tut, alles andere.

Du willst dir Sorgen machen, sagte Simon. Hat er gesagt, früher. Immer ein bisschen neckend. Würde er es nur auch jetzt sagen. Dass ich mir zu viele Sorgen machen würde, dass es nicht so wichtig sei, nur eine Phase, durch die wir eben durchmüssten.

Ich versuche, morgens als Erste aufzustehen, ihm zuvorzukommen, aber er braucht nur noch wenig Schlaf. Manchmal verlässt er das Bett, bevor die Nacht vorbei ist oder im Morgengrauen, schläft dafür mitten am Tag wieder. Ich mag das nicht, und das spürt er, denn wenn ich ihn tagsüber beim Schlafen erwische, liegt in seinem Schoß immer ein Buch. Er tut vermutlich meinetwegen so, als würde er lesen. Wir haben immer gelesen, ich las Simons Fachbücher und er meine.

Früher, als er noch mit mir gesprochen hat, mehr als ein Wort hie und da, hat er mich angelächelt und sich entschuldigt. Ich bin wohl eingenickt, hat er gesagt. Er richtet sich weiterhin auf, wenn er meinen Blick spürt. Die Bücher sind immer dieselben. Geschichtsbücher über berühmte Schlachten, vornehmlich des Ersten Weltkriegs. Dafür interessiert er sich besonders, den Ersten Weltkrieg und alte Karten.

Vor nicht allzu langer Zeit kam er einmal in die Küche, wohl im Glauben, sie sei hier, Marija. Er schien sich umzusehen, und etwas fehlte. Ist alles in Ordnung, fragte ich. Er nickte, aber ich glaube, er war enttäuscht. Vielleicht hatte er gemeint, etwas zu hören, ihre Stimme, und dann bemerkt, dass es nur das Radio war.

Er vermisst sie. Das hat er mir gesagt, nachdem sie eine Weile weg gewesen war. Nicht ihre Arbeit, oder nicht nur. Die Arbeit können auch andere machen. Er vermisst sie.

Unsere erste Haushaltshilfe war ein junges Mädchen aus Polen gewesen, nett und tüchtig, aber abwesend. Sie quatschte mitten in unserem Wohnzimmer in ihr Handy, das Telefon war wie ein Körperfortsatz, ein zusätzlicher Sinn. Wenn es läutete, musste sie auf der Stelle rangehen, egal, womit sie beschäftigt war. Ich habe sie nie ohne ihr Handy gesehen, sie sprach, als wäre sie völlig allein, komplett absorbiert von dem Gespräch, sie lachte und schüttelte den Kopf wie vielleicht eine Schizophrene, bei der die Umgebung und die ständigen Stimmen im Kopf die Plätze getauscht haben. Sie bewegte sich offenbar ständig in einem öffentlichen Raum, in dem keiner vom anderen Notiz zu nehmen brauchte. Anders als in all den mitangehörten telefonischen Verabredungen gab sie uns nie Bescheid, wann sie vorhatte zu kommen, oder bevor sie wieder ging, manchmal stand sie, wenn ich morgens in die Küche kam, überraschend vor mir, oder tauchte abends auf, wenn ich gerade ins Bett gehen wollte, wir wussten nie, wann sie das nächste Mal da sein würde.

In der Küche liegen die Reste vom Frühstück und die Scheibe Brot, die Simon nicht gegessen hat. Ich schlüpfe in die Stiefel, um draußen die Zeitung zu holen, es scheint ein schöner Tag zu werden. Unser Haus liegt am Ende einer mit Bäumen gesäumten Sackgasse. Der Garten umgibt das gesamte Haus und gehört zu einem kleinen Wäldchen. Ich hatte es bei unserer Suche nach einem Haus vor vielen Jahren entdeckt, hatte schon länger gesehen, dass es zum Verkauf stand.

Ich gehe zum Briefkasten, die Zeitung ist feucht. Die Zeitung und zwei Briefe. Bevor wir als Frischvermählte herzogen, wohnten wir kurz am anderen Ende der Stadt bei der großen Brücke an den Docks. An den ersten Tage liefen wir nur von Raum zu Raum und überlegten, wie wir die Möbel am besten platzierten. All diese Zimmer, Sachen. Wie die Kirche in der Nähe ist das Haus aus Stein gebaut, um 1930. Nun stehen beide Gebäude fast die ganze Zeit leer, denke ich, werden nur an wenigen Augenblicken, zu Feiertagen und besonderen Anlässen, mit einem Mal bevölkert. Festtage. Heiligabend. Hochzeitstage.

An dem übermäßig glänzenden Briefkasten stehen unsere Namen, er war ein Geschenk. Ein Geschenk von ihr, von Marija. Als ich sie zum ersten Mal gesehen habe, stand sie genau da, mit dem Rücken zu mir, an unserem alten Briefkasten. Vom Fenster aus sah ich, wie sie etwas hineinsteckte und verschwand. Der Briefträger, der auf dem Weg zu uns gewesen war, hatte es wohl auch gesehen, denn nachdem sie wieder verschwunden war, wartete er mit der Post in den Händen auf mich. Ich glaube, er freute sich. Womöglich über die Chance, etwas zu sagen, das ihm schon lange auf der Zunge brannte. Er lächelte nicht, es hätte aber gepasst. Sein Ausdruck war der von jemandem, der gerne lächeln würde.

Ich habe sie gefragt, sagte der Briefträger zu mir, was sie hier macht.

Aha, sagte ich.

Sie hat nicht geantwortet, sprach er weiter. Vielleicht kann sie kein Norwegisch. Vielleicht ist sie eine von diesen putzenden Osteuropäerinnen. Wahrscheinlich. Die stecken ständig solche Zettel in Briefkästen, verstopfen sie mit ihrem Müll.

Sein Blick richtete sich auf den gelben Zettel, den ich aus dem Briefkasten fingerte. Sie sollten die Polizei rufen, vielleicht ist sie eine von denen, die nicht hier sein sollen. Was meinen Sie, fragte ich, obwohl ich genau wusste, was er meinte. Es war ein Versuch, eine Art Distanz zu ihm aufzubauen, zu dem, was er war, diesem Typ von Mensch. Er sollte verstehen, dass ihn und mich nichts verband. Ich habe ihn ein oder zwei Mal mit anderen Nachbarn sprechen sehen, er ist offenbar beliebt, obwohl er die Post in seinem eigenen Tempo austrägt, eilig hat er es nie. Und manchmal lässt er den Briefkastendeckel offen, trotz Regens.

Er schüttelte den Kopf. Dann richtete er den Blick in die Luft, als zeigte sich dort ein klareres, bedeutungsvolleres Bild. Asylbewerber, sagte er, ohne gültige Aufenthaltserlaubnis.

Keine Ahnung, sagte ich, drehte mich um und bedankte mich für die Hilfe. *Danke für Ihre Hilfe.*

Vielleicht, sagte er, stoppte mich damit im Gehen. Vielleicht sollten Sie vorsichtig sein.

Es klang eher wie eine versteckte Drohung als eine besorgte Warnung.

Ich las den Zettel am nächsten Tag, fand ihn in der Küche, wo ich ihn unter die Mikrowelle gesteckt hatte. Eine kurze ausgedruckte Notiz. Ich helfe Ihnen beim Putzen und im Haushalt und passe auf Kinder auf. Gute Referenzen. *Rufen Sie an.*

Es dauerte ein paar Wochen, bis ich anrief.

Als ich sie das nächste Mal sah, stand sie vor den Bücherregalen in dem Teil des Wohnzimmers, den wir gerne Bibliothek nennen, wobei diese weihevolle Bezeichnung eine Übertreibung für die Büchersammlung darstellt, die zwar wohl groß, aber völlig chaotisch aufgestellt ist, ein Durcheinander von Büchern in Stapeln und Büchern in Reihen. Marija war groß, außergewöhnlich groß, ich erinnere mich, dass ich dachte, sie sei eine Frau, die jeden beliebigen Mann problemlos in die Luft heben könne. Sie wollte von sich erzählen, ihr Norwegisch war gut.

Sie gab mir die Hand. Marija, sagte sie deutlich und mit Betonung auf jedem Buchstaben, als bräuchte ich Hilfe, um mir den Namen zu merken. Ein Kurzhaarschnitt mit Seitenscheitel und einem Pony, der ihr immer ins Gesicht fiel, wenn sie sich umdrehte und mich ansah, sie drehte den Kopf oder sah hoch, und die Haare verdeckten einen Teil ihres Gesichts. Ein Gesicht, das man gut als schön bezeichnen kann, nicht übertrieben geschminkt, um die fünfzig, vielleicht auch ein paar Jahre jünger, ich habe sie nie nach ihrem Alter gefragt. Ihr Händedruck, eine weiche Hand, die nicht gleich wieder losließ. Sie wollte keinen Kaffee, aber als Simon sagte, er mache sowieso welchen, nahm sie doch einen. Nur ein Tässchen. Immer nur ein Tässchen. Sie hatte eine Art vernünftiger Bescheidenheit, die nicht angeschafft wirkte. Das ist mein Mann, sagte ich. Simon.

Wir einigten uns darauf, dass sie einmal pro Woche das Haus putzen würde, wahrscheinlich auch ein bisschen Wäsche waschen. Sie wirkte froh, sie freue sich über möglichst viel Arbeit. Ich scheue keine Arbeit, sagte sie, voller Ernsthaftigkeit.

Wir, Simon und ich, waren jedenfalls zufrieden, mit dem Treffen, mit uns.

Ich stehe im Garten und spüre die Wärme. Eines der Fenster ist gekippt. Helena hat heute morgen angerufen und gefragt, ob ich etwas bräuchte. Ich sehe über den Rasen zu den beiden Bäumen am Ende des Gartens bei der niedrigen Mauer, dem Eingang zu dem kleinen Wäldchen, in dem der Eindringling vermutlich verschwunden war.

Nein, habe ich gesagt. Ich brauche nichts Besonderes.

Aber jetzt frage ich mich, ob ich sie nicht hätte bitten sollen zu kommen, vielleicht wollte sie, dass ich sie darum bitte, sie ist immer vorsichtig, irgendetwas hält sie vor mir zurück. Ihr Ausdruck ist sanft, bescheiden, so war sie von klein auf, im Gegensatz zu ihren beiden älteren Schwestern. Sie ähnelt ihrem Vater, sie ähnelt Simon. Vielleicht entgeht mir viel, womöglich verstehe ich vieles nicht. Der Antrag, den sie mir gegeben hat, liegt noch immer auf dem Garderobentischchen. Der Antrag auf Aufenthalt, Aufbewahrung von Simon. An einem Ort, an dem er leben kann. Eine sogenannte Einrichtung für Senioren. Sie möchte, dass er nicht mehr länger hier bei mir wohnt. Wenn er sich ruhig halten würde, sagt sie. Und wenn ihr wie früher sprechen würdet.

Ja, ich vermisse Marija. Es wäre eine Lüge zu sagen, dass ich sie nicht vermisse, ich würde sie fragen, was sie denkt. Wir würden über Helena sprechen, über dieses neue Schweigen, Simons Schweigen. Gleichwohl besteht gefühlsmäßig ein Zusammenhang zwischen dem Schweigen und ihrer Abwesenheit. Wäre Marija nicht gegangen, wäre alles wie früher. Ich setze mich auf einen Terrassenstuhl. Lutsche eine Pastille, sie wirkt sonderbar substanzlos, schmeckt nicht wie etwas, das ich je zuvor probiert habe.

Mama, hat Helena am Telefon gesagt. Ich mache mir solche Sorgen um euch, um dich und Papa.

Sie weiß nicht, dass ich ihn schon einmal beinahe weggegeben hätte, vor vielen Jahren. Wie sollte sie sich auch an die Zeit erinnern, an seine Depression, sie war damals noch klein.

Alles begann mit ein paar Briefen, mehreren Briefen. Simon erfuhr mehr über das Schicksal seiner Verwandten im Krieg. Abgesehen von seiner Mutter, seinem Vater und seinem Bruder waren im Laufe der Jahre beinahe alle ins Konzentrationslager geschickt worden, zur Vernichtung. Nur dank des so verhassten Verstecks waren sie gerettet worden, er, die Eltern und der Bruder. Die anderen sind aus der Geschichte gelöscht. Freunde, mit denen er gespielt, Mädchen, die er gemocht hatte, Nachbarn, der Mann im Laden, Lehrer, Klassenkameraden, die gesamte Familie seiner Mutter und seines Vaters, alle sind weg. Er hatte Schuldgefühle, er fühlte sich vermutlich schuldig, weil er am Leben war, das täte vielleicht jeder. Eines Tages wacht man auf, und um einen herum ist eine Art Sonnenfinsternis, eine der seltenen, bei der der Mond die Sonne vollständig verdeckt und es tagsüber dunkel wird. Man setzt sich in der Mittagspause mit dem Essen in den Park, an den kleinen See, man betrachtet die Bäume, die Struktur der Blätter, die Menschen, die vorbeigehen, manche hat man schon einmal gesehen, vielleicht grüßt jemand, erkennt einen wieder, alles ist so fraglos lebendig, man geht nicht nach Hause, man geht nirgendwo hin. Man möchte nur noch hier sitzen. Stundenlang. Bis man vielleicht jemandem auffällt, der sich Sorgen macht und irgendwo anruft.

Und dann die Träume. Geistesbilder, so klar und durchsichtig wie Tageslicht, Geschehenes, das wieder abläuft. Immer öfter kommen sie im wachen Zustand. Das Versteck, das Eingesperrtsein, die lauschende Stille. Das Treppenhaus.

Er könne ihn noch immer klar spüren, sagte Simon, den Moment im Treppenhaus, als säße er weiterhin an jenem Vormittag im Treppenhaus außerhalb des Verstecks und erblickte die uniformierten Männer auf der Straße. Hörte ihre Schreie, wie sie die Treppen herauf liefen, der Moment, in dem er meint, dass sie ihn sicher gleich entdecken. Er sitzt auf ebenjener Stufe und weiß nicht, was er jetzt tun soll, da alles vorbei ist. Der Moment dauert an, er kann sie deutlich hören, meint, sie über sich zu spüren, die Waffe ist auf seinen Kopf gerichtet. Er sieht hoch, da ist niemand. Er kann sie noch hören, aber sie sind nicht da, sie sind im Aufgang nebenan, rennen dort die Treppen nach oben, brüllen, klopfen, treten eine Tür ein. Er sieht noch ein Fitzelchen der Straße. Aus dem Winkel, in dem er sich zusammengekauert hat, sieht er, wie eine Familie abgeführt wird. Ein älteres Ehepaar, drei junge Frauen, ein mittelalter Mann mit einem Säugling auf dem Arm. Jemand verliert irgendetwas, einen Schal, eine Decke, vielleicht auch eine Jacke, jedenfalls sieht er, wie jemand etwas auf dem Bürgersteig verliert und weitergeschoben wird. Simon kennt sie nicht. Er hat in dieser Straße nur eingesperrt gelebt. Und er empfindet in dem Augenblick kein Mitleid mit ihnen. Er ist nur erleichtert, verständlicherweise, wobei dieser Ausdruck eine Untertreibung dafür ist, was er gefühlt hat. In seinem Kopf existiert dieses Geschehen nicht nur als Beobachtung, sondern er fragt sich, ob es womöglich einen Zusammenhang gibt, eine Kausalität zwischen dem verbotenen Aufenthalt außerhalb des Verstecks und diesen Menschen, dem alten Ehepaar, einer Familie, die von der Polizei geholt wird. Vielleicht ist er der Letzte, der sie zusammen gesehen hat.

Es gab keine Erklärung. Er konnte es niemandem erklären, es kam so plötzlich. Die Depression. In schweren Phasen war er manchmal mehrere Wochen da, ohne anwesend zu sein, ohne wahrzunehmen, wie die Tage vergingen. Nur ich wusste davon. Die Kinder nicht. Ich habe ihnen nichts davon erzählt, von der Sonnenfinsternis. Von den Verwandten, den ganzen Menschen aus seiner Vergangenheit, die weg sind.

Später dann unsere Diskussionen, als er seine Meinung geändert hatte und fand, wir sollten reden, erzählen. Diese Erinnerung ist wie ein klares Bild, ein Abdruck auf meiner Netzhaut. Er ist jung, erinnere ich mich, ist noch ein junger Mann, und wir sitzen nebeneinander, er am Steuer, ich auf dem Beifahrersitz, unterwegs auf einer langen, geraden Straße, vorbei an Sommerhäusern und Hütten, Gegenden mit Äckern, kleinen Gärten, großen Höfen mit Scheunen und Wohnhaus.

Wir waren in unserer Sommerhütte gewesen. Wir hatten sie erst seit Kurzem, sie war unser ganzer Stolz. Ein einfaches kleines Häuschen am See. Wir hatten vor der Rückfahrt ziemlich damit gekämpft, alles ins Auto zu bekommen. Die Kinder, vom Baden erschöpft, auf der Rückbank schlafend.

Simons Hand am Lenkrad, ich erinnere mich an den weißen Lederüberzug, den strahlend hellen Nachmittag. Und worüber er sprach, die Gedanken, die ihn umtrieben, die ihn fortwährend quälten. Als wären wir in einen Tunnel gefahren, hätten das Licht ausgemacht.

Ich denke nicht, dass wir jetzt darüber sprechen sollten, hatte ich gesagt.

Wann denn dann, hatte er flüsternd entgegnet.

Ich hatte mich kurz umgedreht. Nach den Mädchen gesehen, die auf der Rückbank lagen, ineinander verschlungen zu einem Knäuel aus Ärmchen, Brustkörben, Knien, sonnengebräunt. Nur Helena bewegte sich im Schlaf, sie hatte vorher über Bauchschmerzen geklagt, wie auch die beiden anderen war sie aus ihrem Hemdchen geschlüpft und schlummerte mit nackigem Oberkörper, Sicherheitsgurte waren damals noch keine Pflicht, die drei lagen einfach da, wie zufällig hingeschleudert, fast nackt, so schliefen sie gerne. Um uns herum das warme Augustlicht. Neben mir Simon. Er trug eine viereckige, schwarze Sonnenbrille, deren markante Form meinem Empfinden nach den Ernst seiner Worte unterstrich. Ich wollte diesen Ernst nicht. Ich erinnere mich, wie ich mich umdrehte, die Arme nach hinten streckte und wegen des geöffneten Fensters ein Laken über die Mädchen breitete.

Worüber er sprach. Die schlafenden Kinder. Das wollte ich auseinanderhalten, wollte sie aus dem dunklen Tunnel heraushalten. Sie werden selbst den Wunsch haben, sagte er, etwas zu erfahren.

Ich sah mich um, Geschäfte, kleine Häuser, Gärten glitten an uns vorbei. Ich wollte, dass wir ein Teil von all dem dort draußen waren, sonst wollte ich nichts.

Sie sind so klein, sagte ich.

Ja, aber später, sagte er. Ob ich denn wolle, dass sie aufwüchsen, ohne zu wissen, wer er sei, wo er herkomme, von seiner jüdischen Familie. Er sah mich an.

Ich kann mich nicht erinnern, ob ich den Blick erwiderte, die Sonnenbrille war jetzt weg, stattdessen gab es eine tiefe Druckspur vom Plastik auf dem Nasenrücken, oder ob ich den Blick abwendete, Richtung Fenster. Ich hatte Angst. Ich stellte mir vor, wie er auf der Bank im Stadtpark saß und die Dunkelheit um ihn herum aufzog. Ich dachte an diese jungen Frauen, die man über die Straße zu dem wartenden Auto geführt hatte. Den Säugling.

Er hatte schon länger über die Möglichkeit gesprochen, mehr über seine Familie herauszufinden, es hatte mehrere Verwandte gegeben, unter anderem eine junge Tante und einen Vetter. Er wusste nichts von ihnen, niemand wusste etwas über sie, was mit ihnen geschehen war, nachdem man sie entdeckt hatte. Sie waren weg, sie waren auf dieselbe Weise weggeschickt worden wie die Familie an jenem Nachmittag. Vermutlich in die Vernichtung, in die Grausamkeit der Lager.

Warum jetzt, wozu soll das gut sein, sagte ich wohl. Es ist nichts mehr übrig, warum willst du weitersuchen?

Einmal hatte er mir Fotos von Kindern gezeigt, die auf

dem Weg in die Gaskammer waren, eine kurze Reihe, es hätten auch Schüler bei einem Schulausflug sein können, ungefähr acht, neun Jahre alt, in den Händen so etwas wie Taschen oder kleine Bündel, eingepackt in warme Mäntel, aber die dünnen Beinchen steckten nackt in den Schuhen. Kinder, die im Vorbeigehen zu dem Fotografen blickten. Er hatte mich gefragt, wie man wohl ein Kind umbringt. Übt man das vorher, hatte er gesagt, berechnet man, wie lange es dauert? Und was tut man danach? Geht man einfach nach Hause?

Auf dieser Fahrt redete er wieder darüber. Irgendetwas daran fand ich taktlos, als wäre er indiskret, grob, als hätte er etwas Unpassendes erzählt. Es passte nicht hierher.

Das fahrende Auto. Unsere schlafenden Töchter.

Ich versuchte ihn zum Schweigen zu bringen.

Bring nicht die Dunkelheit hier herein, sagte ich.

Ich verstehe das nicht, sagte er. Wie man daran nicht denken kann.

Und das empfand ich wie eine Anklage, ich war gekränkt. Er sprach noch eine Weile weiter, vielleicht bis ich ihn bat aufzuhören, vielleicht hörte er auch von selbst auf.

Ich mit nervösem Blick nach hinten zu den Mädchen, er mit sonnengebräunter Hand auf dem Lenkrad. Das Augustlicht. Zumindest stelle ich mir das jetzt so vor, im Rückblick.

Später, als die Mädchen Teenager waren, wollten sie von uns alles Mögliche wissen, sie fragten, warum wir seine Verwandten nie besuchten. Es ist überraschend einfach, nichts zu sagen, nichts zu erzählen, stumm zu bleiben. Ich wollte kein Teil davon sein. Wollte nicht, dass die Mädchen Teil davon werden. Wir sagten, die Familie sei nicht groß gewesen, wir erzählten nichts von dem Bruder, zu dem

Simon den Kontakt verloren hatte, wir erwähnten nicht, dass seine Eltern alt geworden waren, sie waren jetzt weg. Was ja auch stimmte. Seine Eltern waren schon nach dem Krieg alt.

Wir warteten lange damit, es zu erzählen. Wahrscheinlich zu lange. Irgendwann war es zu spät.

Ich sehe Simon an und denke, dass die Beunruhigung sein Gesicht viele Jahre zu früh hat altern lassen, die Stirn ist von einer dünnen horizontalen Linie gezeichnet, die ich immer für eine Narbe aus der Kindheit gehalten habe, ein kleiner verheilter Ritzer. Jener Typ Narben, den sich Kinder beim Spielen zuziehen. Aber vielleicht hat sich dort ein häufiger Gesichtsausdruck, ein bestimmtes Stirnrunzeln eingekerbt.

Ich habe ein Schneckenhaus gefunden. Neulich habe ich im Schlafzimmerschrank ein Schneckenhaus gefunden. Ich verstehe nicht, wie es dorthin gekommen ist. Ich habe die Tür des Kleiderschranks aufgemacht, und da lag es.

Ich starrte es eine Weile an. Ein großes Schneckenhaus, wie wir manchmal eines im Garten finden, rötlich braun, schön gemustert, natürlich ohne Schnecke, das Haus war leer. Das Gebilde war fragil und an einem so unerwarteten Ort auch irgendwie abstoßend. Es lag da, als hätte es jemand absichtlich hingelegt, dachte ich. Als sollte es zwischen unseren Kleidern etwas sammeln.

Ich ging ins Wohnzimmer zu Simon und fragte: Hast du es hingelegt? Das Schneckenhaus in den Schrank.

Aber er antwortete natürlich nicht. Er sah mich mit ernster Miene an, als müsste er sich um mich Sorgen machen und nicht andersherum.

Ich ging zum Schrank zurück und wollte das Schneckenhaus wegwerfen oder zumindest herausnehmen. Dann dachte ich aber, es habe eine Art Bedeutung. Mal abgesehen davon, warum es dort lag, hatte es eine Bedeutung. Vielleicht war es ein Schabernack, vielleicht hatte er es als eine Art Scherz hingelegt. Wollte er Schabernack treiben?

Ich verstehe es nicht. Und mein erster Gedanke beim Anblick des Schneckenhauses war, es könne eine Mitteilung sein. Mir schien es so selbstverständlich, dass es absichtlich dort sein sollte, dass es dort hingelegt worden war, wie ein Ausrufezeichen, aus einem Grund, den ich nicht unmittelbar verstand.

Simon hatte es hingelegt, daran zweifelte ich nicht. Ich habe versucht, es zu verstehen. Bin ständig wieder an den Schrank gegangen, habe es betrachtet, bin einer Erklärung aber nie nähergekommen. Jetzt habe ich entschieden, dass es bleiben soll, wo es ist, ich übersehe es, habe die Schranktür seit einer Weile nicht aufgemacht. Vielleicht sollte ich es auch einfach entfernen.

Die Veränderungen im Gehirn beim Älterwerden, das Offensichtliche, und alles andere. Unverständliches. Wenn sich das Verhalten ändert, ist nicht eindeutig geklärt, was dabei was bedeutet. Einer von Simons Kollegen hat mir das erklärt. Eigentlich ist das Simons Spezialisierung, er redete ständig über sein Fachgebiet, dozierte vor mir. Und vor nicht allzu langer Zeit saß er dann selbst in einer Praxis in der Stadt, und sein junger Kollege untersuchte ihn. Was dabei alles gemacht wird, effektiv und überzeugend. Man schließt etwas an und stöpselt etwas ab, Kanülen gleiten unter die dünne Haut, Maschinen summen. Ich sehe alles, die Rituale, die Nuancen sind für mich ebenso unverständlich wie das Geschehen in einer Kirche. Bestimmt, weil mir der nötige Glaube fehlt.

Eine der Untersuchungen wurde stationär gemacht. Simon allein in seinem Zimmer, seinem Bett, in dem grellen Licht alles blendend weiß, vor dem Kopfteil wirkte sein Kopf zu klein. Ich saß neben ihm und wartete. Immer unsicherer, weswegen wir da waren.

Sie fanden nichts. Nichts, was in seinem Alter ungewöhnlich sei, sagte der junge Kollege. Mehr sagte er nicht.

Die Grenzen muss ich jetzt ziehen, zwischen dem Gewöhnlichen und etwas anderem.

Etwas anderes – eine Art Wüste, in der die Persönlichkeit ausgelöscht wird. Unberechenbar. Ich muss ihn wie ein widersinniges Gedicht interpretieren.

Ich weiß, ich sollte den Antrag in Erwägung ziehen. Helena hat mich daran erinnert, aber ich schiebe es auf. Ich sehe den Umschlag, seine seriöse, anonyme Vorderseite.

Ich habe versucht mit der stellvertretenden Leiterin der Seniorentagesstätte zu sprechen, sie scheint erfahren zu sein, eine ehemalige Krankenschwester. Ich habe sie vom ersten Moment an gemocht, als wir ankamen und sie uns empfing.

Das kann ich nicht einschätzen, sagte sie, als ich sie nach ihrer Meinung fragte. Ob sie es unverantwortlich finde, ihn zuhause zu behalten.

Ich überlegte, ob ich ihr von dem Schneckenhaus erzählen sollte.

Vielleicht ist es keine klassische Demenz, sagte sie. Und nur Sie können einschätzen, wer er geworden ist, ob das er ist.

Denn Sie kennen ihn ja am besten und wissen es, sagte sie. Wer er wirklich ist.

Ich möchte, dass mir jemand die Erlaubnis gibt. So zu tun, als existierte sie nicht, diese Wunderlichkeit. Dass man sie einfach ignorieren darf. Inklusive des Schweigens. Dann könnte ich mir vielleicht einreden, es sei nicht beunruhigend.

Doch wie kann ich wissen, welche Züge seine sind. Vielleicht liegt ja auch etwas Wahrhaftes in seiner Art sich davonzumachen, in diesem sturen Schweigen. Womöglich ist er gar nicht jetzt in eine Rolle geschlüpft, sondern hat die bisherige nur abgelegt. Und ist endlich zum Vorschein gekommen. Wie die Mädchen als Kinder hinter dem durchs Wohnzimmer gespannten Laken auftauchten und als sie selbst den Applaus entgegennahmen, nachdem sie sich zuvor unendliche Male in unterschiedliche Charaktere verwandelt hatten.

Wie soll ich ihn erkennen, mein Erkennen basiert auf Erinnerungen, auf lauter kleinen Sequenzen, in denen über die Jahre hinweg verschiedene Aspekte von ihm sichtbar geworden sind.

Wer er wirklich ist, hat sie gesagt, die stellvertretende Leiterin.

Sie meinen wohl, was ich möchte, wer er ist, hätte ich sicher sagen sollen.

Die ersten Male, die sie bei uns war, kümmerte sich Marija nur um die Fußböden und Treppen. Sie putzte den langen Flur im Obergeschoss, bearbeitete die Treppen, erörterte in einem Selbstgespräch, welches der Putzmittel für das alte Linoleum auf der Kellertreppe am besten geeignet sei, verwarf ein paar Produkte, um dann resigniert zu fragen, ob sie eine andere Marke kaufen dürfe. Bereits beim übernächsten Mal stand sie draußen auf einer Leiter vor den Fenstern, und Ströme von Wasser und Seife bedeckten die Scheibe, wie bei einem heftigen Regenschauer. Zwischen vertikalen Wasserbahnen kam nach und nach ihr Gesicht zum Vorschein, sie zog mit ihrer typischen Arbeitsmiene den Fensterwischer nach unten. Durch die Zimmer wehte ein Duft von Zitronen, den ich von da an mit ihr verband, er wurde zu ihrem Geruch. Tenside und Seife. Kiefernnadeln.

Wir mochten unsere neue Rolle nicht, weder Simon noch ich. Je verbissener sie arbeitete, desto größer wurde unser Unbehagen. Das Gefühl, ein nicht restlos geklärtes System zu stützen, das Ausnutzen einer billigen Arbeitskraft, von Menschen ohne Rechte.

Und gleichzeitig beobachteten wir sie in der ersten Zeit, lauschten ihren Schritten, wie sie sich durch die Zimmer bewegte, bangten, sie würde gar nicht sauber machen, sondern unsere Schränke durchsuchen und nur mit ihrem Handy beschäftigt sein wie die vorherige Putzhilfe. Simon las einen Artikel über Diebe aus Osteuropa und ließ die Zeitung für mich aufgeschlagen liegen. Er sagte nichts, ich sagte nichts. Das Szenario war beschämend. Wir entschuldigten uns vermutlich damit, dass wir nicht daran gewöhnt seien, jemand anderen so nahe an uns heranzulassen.

Es wurde so etwas wie ein Ratespiel: *was glaubst du macht sie im Waschkeller, nachdem sie jetzt schon über eine Stunde dort unten ist.* Sie bot uns wohl auch Anlass für ein paar Witze. Am Anfang. Hätte sie das überrascht, wenn sie es gewusst hätte? Es verflog mit der Zeit, verschwand, die erste Nervosität, die Unsicherheit, wir hatten jemanden ins Haus gelassen, jemand Fremdes. Wir gewöhnten uns an die Anwesenheit. Es fühlte sich fast wie eine Zusammenarbeit an, auch wenn es das in keiner Weise war. Unsere Neugierde wurde wohlwollender. Nach einer Weile. Es dauerte eine Weile.

Nachdem sie eines Abends gegangen war, fragte Simon,

ob ich glaubte, sie habe in ihrer Heimat auch als Putzhilfe gearbeitet. Sie hatte nämlich das Buch eines Schriftstellers kommentiert, den wir beide sehr schätzten. Simon hatte das nicht erwartet, ich glaube, es überraschte ihn.

Ich weiß nicht, sagte ich. Du solltest sie fragen.

Kopfschüttelnd meinte er, er könne so etwas nicht fragen, das würde etwas implizieren. Es sei missverständlich.

Implizieren, was du über sie denkst, über ihre Arbeit, wollte ich wissen.

Nein, das nicht, sagt er. Er meinte, ich läge völlig falsch. Es interessiere ihn nur, was sie in ihrer Heimat gemacht hätte, die Putzhilfe. Das sei weder eine Herabwürdigung ihrer Arbeit noch ihrer Person.

So sehe ich sie nicht.

Sagte er.

Nein, sagte ich.

Aber wir wussten es beide.

Was ebenfalls darin steckte. Darunter verborgen. Unter dem ganzen Verständnis, dem Wohlwollen. Wir rühren nicht daran.

Die Putzhilfe und sie, vielleicht habe ich versucht, die beiden zu trennen, sie zu zwei Personen zu machen. Sie passte nicht in mein Bild von einer Putzhilfe. Und doch: Jetzt erinnere ich mich an ihre Größe, dass sie einen Mann problemlos in die Luft hätte heben können, was heißt das, was hat das für eine Bedeutung. Und dass sie in einem Selbstgespräch erörterte, welche Putzmittel sie am besten benutzen sollte. Das war nur mein Eindruck, eigentlich fast komisch, denn nichts davon bringe ich wirklich mit Marija in Verbindung. Und doch taucht es jetzt auf. Sie ist zum Bild der Putzhilfe geworden, die zwei sind dieselbe Person, so sehe ich sie doch? Aber so haben wir sie nicht gesehen, wir sahen *sie*. Wer sie geworden war, je mehr wir sie kennengelernt hatten, hat jetzt keine große Bedeutung mehr. Jetzt denkt es sich leichter an sie als die Putzhilfe. Die hochgewachsene lettische Frau. Nach dem, was geschehen ist.

Den Anruf machte Simon, er erzählte unseren Töchtern, dass wir das Arbeitsverhältnis mit Marija beendet hätten. So drückte er es aus. Wenn er etwas mitteilen musste, war er mitunter etwas unbeholfen, etwas unbedacht. Eine unglückliche Formulierung. Die allein muss sie provoziert haben. Dass er so über Marija sprach, wir hätten sie *gehen lassen müssen*. Nachdem wir von ihr ziemlich abhängig gewesen waren, nachdem sie über drei Jahre unsere Marija gewesen war. Sie seien überrascht gewesen, erzählte er mir hinterher. Sie hätten gewollt, dass er ihnen erkläre, warum. Marija, die schon fast ein Mitglied der Familie geworden sei.

Und dann wollten sie kommen, um darüber zu sprechen. Eigentlich alle drei, doch es kam nur Greta. Wenn ich darüber nachdenke, hatte sie schon immer die Rolle der Vernünftigen, der Verhandlungsführerin, die beiden Parteien Vorschläge macht. Mir war schnell klar, sie war wütend. Ich vermutete, ihre Schwestern ebenfalls.

Meine unbeholfenen Versuche, ihnen meine Liebe zu zeigen, ich wollte, dass sie verstanden, das war mir sehr wichtig, vielleicht wegen meines schlechten Gewissens. Wegen allem, was wir nicht gesagt hatten, wovon sie nichts wussten.

Sie sind seit jeher äußerst selbständig und stark, insbesondere Kirsten und Greta. Was unsere Mädchen auch veranstalteten, wir waren stolz. Samstags inszenierten sie für uns kleine Vorführungen, Kabaretts und Schauspiele, die sich gern mal zu wilden, Stunden dauernden Tanzeinlagen und improvisierten Geschichten entwickelten. Sie hatten ihre Geheimnisse, wir versuchten ihnen Grenzen zu setzen, sie zu erziehen. Wir sehen zu, und vor unsere Augen werden sie größer. Eben noch Kinder. Jetzt sind sie erwachsen. Die Mädchen haben immer gemacht, was sie wollten. Helena vielleicht nicht. In ihr erkenne ich uns wieder. Wovor wir alles Angst haben, unsere Feigheit ist in ihr sichtbar geworden. Das Ausweichen, das Schweigen.

Das Gespräch verlief nur zwischen Greta und mir. Simon war in die Küche gegangen, um Kaffee zu machen. Er hat riesige Angst vor Konflikten mit den Mädchen. Wir saßen da, Greta und ich, sie wollte wissen warum, sie würden alle wissen wollen warum, sagte sie. Welche Regeln es gewesen seien, die sie nicht eingehalten hätte, was Marija falsch gemacht haben könne.

In ihrer Stimme schwang etwas mit, vielleicht Sarkasmus. Sie hatte eine Schachtel Zigaretten in der Hand und klappte den Deckel auf und zu, immer wieder, während des ganzen Gesprächs. Ich konnte das weiße Feld mit dem hervorgehobenen Warnhinweis unter ihren Fingern sehen.

Ich habe meine Gründe, sagte ich. Wir haben unsere Gründe, Papa und ich.

Aber *welche*, sagte sie. Welche sollen das sein?

Sie hat Ansichten, sagte ich, Weltanschauungen, die wir nicht teilen.

Nicht teilen, sagte sie. Was meinst du damit?

Ich wusste nicht, was ich sagen sollte, ich suchte nach einer Ausrede, einem passenden Motiv, ich fragte, ob sie denn beispielsweise wisse, dass Marija gegen Abtreibung sei, gegen Scheidung, dass sie grundsätzlich viel konservativer sei, als wir gedacht hätten. Ich drückte mich unklar aus, es ergab keinen Sinn. Warum sollte sie diesen Erklärungen glauben, dem, was ich sagte.

Mein Gott, sie ist katholisch, Mama, orthodox, was hast du erwartet. Das Haus verlottert. Du schaffst es nicht ohne Hilfe.

Andere schaffen es auch, mit dem, was ihnen gegeben ist, sagte ich. Ich kann mich nicht erinnern, was ich damit gemeint habe.

Greta sah mich an. So warst du schon immer, sagte sie. Tust, was du willst.

Sie finde es unanständig. Unanständig.

Dann schwieg sie. Als sie wieder weiterredete, wirkte sie traurig, enttäuscht. Wie Mütter manchmal mit ihren Kindern sprechen, wie ich manchmal mit ihr, als sie noch klein war. Sie hatte sich eine Zigarette angezündet und die Terrassentür geöffnet.

Ich dachte, ihr wärt Freunde, sagte sie. Du und Marija. Viele Freunde hast du ja nicht.

Nein, sagte ich.

Ihr kommt nicht alleine klar. Niemand kommt völlig alleine klar. Ich verstehe einfach nicht, warum.

Warum. Ich habe mir eine Decke über die Beine gelegt. Habe ein Nickerchen gemacht. Vom Sessel aus sehe ich den Nachbarn an seinem Auto, sein Sohn ist gekommen, um ihm beim Ausräumen der Garage zu helfen, sie laden Kisten und Schrott auf einen Anhänger. Er lebt seit den Siebzigern hier, seine Frau ist vor zwanzig Jahren ausgezogen. Auch er hat eine Putzhilfe, ein schwarzes, schönes, junges afrikanisches Mädchen, das nachmittags da ist. Sie verlässt das Haus bevor er nach Hause kommt, außer einmal pro Monat am Sonntag, da macht sie Großputz. Manchmal lädt er am Wochenende Freunde zum Abendessen ein, und einmal habe ich gesehen, dass sie ihm bei den Einkäufen half. Nur das eine Mal. Sie brachten Tüten vom Auto ins Haus.

Und sie ist jetzt da, sie spricht mit dem über den Anhänger gebeugten Nachbarn.

Als Marija zum ersten Mal vorschlug an einem Samstag zu kommen, fand ich das keine gute Idee. Bis dahin war sie nur an Werktagen bei uns gewesen. Meine Definition ihrer Aufgaben beschränkte sich auf das Haus.

Ich kann dich in die Stadt fahren, sagte sie, dann kannst du zum Optiker wegen deiner Brille.

Sie meinte natürlich mit Simons Auto, er fuhr damals noch, ich wollte sie am liebsten fragen, ob sie einen Führerschein habe, ob nicht ich fahren solle, ich war mir unsicher, ob man als Ausländerin einfach so Auto fahren durfte, ob es erlaubt und generell verantwortbar war, ich dachte an die Haftpflichtversicherung. Aber sie hatte die Autoschlüssel schon in der Hand.

Wir fuhren in die Stadt, machten noch einen Schlenker über die Brücke, die sie an eine Brücke aus ihrer Kindheit erinnerte, sie könne sich erinnern, sagte sie, wie sie sich übers Geländer gelehnt und die Möwen mit Steinen beworfen hätten.

Marija erzählte, sie habe früher ein kleines Auto gehabt,

mit dem sie meist zur Universität gefahren sei. Ich hörte zum ersten Mal davon, dass sie die Universität besucht hatte. Ich war ein bisschen überrascht. Ich weiß warum, unsere Putzhilfe hatte also eine Zeit lang an einer Universität in einer größeren Stadt ihres Heimatlandes studiert. Medizin wie Simon. Aber sie war nicht Ärztin geworden. Einer der Dozenten, erzählte sie, sei bereits zu Sowjetzeiten ein Oppositioneller gewesen, ein ungewöhnlicher, ganz spezieller Mann. Er habe einen zum Denken gebracht, wie gute Lehrer das tun. Und dieser berühmte Neurologe habe in der Universität vor ihnen gestanden und ihnen die spezifischen Synapsen des Nervensystems, synaptische Plastizität und den Ursprungskegel des Axons erklärt. Ob sie wohl in ihn verliebt war? Die Universität sei so alt gewesen, erzählte sie, dass der Putz von den Wänden bröckelte, und sie vermutete, dass bei einem Anbau Eternitplatten auf dem Hof verlegt worden seien, später war der Anbau umgebaut worden und Teile des Asbestes waren herabgefallen, aber das habe keinen gekümmert. Mir gefiel es, sagte sie, und dann kann man alles aushalten. Sie sagte: Ich mochte den Geruch, weißt du. Den Geruch von Büchern und den alten Sälen. Viele Stunden zu sitzen und nur an das eine zu denken. *Ich studiere. Alles andere war völlig gleichgültig.* Aufgrund von Geldproblemen hatte sie nach ein paar Jahren aufhören müssen. Sie hatte geheiratet, eine Tochter bekommen. Ihr Mann war krank geworden, sie waren in finanzielle Schwierigkeiten geraten, später hatten sie sich scheiden lassen. Das alles erzählte sie mir während dieser einen Fahrt in die Stadt. In einer Seitenstraße beim Stadtpark blieb sie stehen.

Als ich den Optiker wieder verließ, wartete sie weiterhin ruhig im Auto, ihr Kopf war vornüber auf die Brust gesunken, aber ich bin mir bis heute nicht sicher, ob sie schlief oder nur dem Radio lauschte.

Der Nachbar schließt mit einem Knall die Heckklappe des Anhängers und setzt sich ins Auto, lehnt sich aus dem Fenster und ruft seinem Sohn etwas zu. Ich sehe seine Putzhilfe, das junge Mädchen, und denke, sie ist nicht viel älter als sechzehn, sie geht ins Haus, lüftet seine Bettdecke aus dem Schlafzimmerfenster, macht die Hausarbeit, wäscht sicher auch seine Unterwäsche und ordnet sein Rasierzeug. Ich empfinde es als Provokation, provozieren mich die aufkommenden Assoziationen, oder ist es eine Übertragung von schlechtem Gewissen?

Ich bin in eine Kirche gegangen. Sie ist ganz in der Nähe, eine mit Linden gesäumte Allee führt zu einer Kreuzung, linker Hand liegt ein Acker, und wendet man sich nach rechts, steht da die Kirche. Ich komme oft an ihr vorbei, sie liegt an meiner bevorzugten Spazierroute, und manchmal bleibe ich am Friedhof stehen. Wie die Kirche in ihm ruht hat etwas Einsames und doch Tröstliches. Sie zu betreten, ist für mich nicht selbstverständlich, da ich daran zweifle, ob das Gebäude etwas mit mir zu tun hat. Dennoch habe ich ihr vergangenes Jahr an einem Freitagvormittag einen Besuch abgestattet. Es war Spätsommer, und die Blätter an den alten Lindenbäumen im Friedhof leuchteten in den intensivsten Farben. Die Kirchentür stand offen, ohne dass jemand zu sehen gewesen wäre. In großen Städten im Ausland sind Kirchen oft geöffnet, damit man sie betritt, sich ausruht, meditiert. Orte der Kontemplation. Aber diese außerhalb des Stadtzentrums an einem ruhigen Fleck errichtete Kirche ist, wie andere Kirchen, außer zum regulären Gottesdienst oder bei anderen Veranstaltungen verschlossen. Letztes Jahr aber wurde sie renoviert. Vielleicht stand die Tür deshalb offen. Ich blieb in der kühlen Vorhalle stehen und blickte in den eigentlichen Kirchenraum, das Schiff. Keiner da, nur die Reihen leerer Bänke und die Altartafeln mit dem siegreichen Christus am Kreuz.

Beim Anblick eines Kirchenraums und seiner Gestaltung werde ich irgendwie unruhig. Die kühlen Wände, die Glasmalereien: alles verlangt nach Respekt und hat zugleich etwas Selbstherrliches, man soll in Bewunderung verfallen. Heiliges soll sich im Ästhetischen widerspiegeln. Auch die Altarbilder sind beunruhigend. Die Mienen der Gesichter sind für mich eigentlich nicht zu entschlüsseln, haben Anklänge von Menschlichem, sind aber dennoch unfassbar, überirdisch. Das Erhabene. Und noch mehr denke ich an die untergründige Angst. Nein, ich begreife es nicht. In dieser Kirche jedoch milderte das durch die Fenster fallende Sonnenlicht die Strenge ihrer Einrichtung.

Mitten im Raum stand eine mit Farbflecken und möglicherweise Putz bekleckerte Leiter, auf dem Boden lag eine grüne Plastikplane. Ich ging darum herum. Vernahm etwas, vermutlich ein Radio. Es hörte gleich darauf auf, weiter hinten öffnete sich eine Tür, und der Priester trat in den Kirchenraum. Ein älterer Mann, aber jünger als ich. Ich sah ihn nicht zum ersten Mal, er wirkte immer etwas ernst und melancholisch.

Ich habe einmal einen Film gesehen, vielleicht auch ein Theaterstück, in dem eine Frau einem Priester die Beichte ablegte. Sie beendete das Ganze mit den Worten: Es war meine Schuld. Schuld ist relativ, antwortete ihr der Priester. Ist das so?, dachte ich bei seinen Worten, soweit ich mich erinnere. Ich hatte geglaubt, Vergebung sei von Schuld als gegebener, konstanter Größe abhängig. Dass nur der Grad des Verbrechens variierte. Aber das ist natürlich nicht richtig. Und das Gefühl von Schuld entspricht wohl nicht immer der Härte des Verbrechens. Vielleicht erwartete er ein ähnliches Geständnis, der Priester, als er mich in der Kirche entdeckte.

Ich habe nicht mit ihm gesprochen. Er hat mich sicher gesehen, aber bevor er etwas sagen konnte, wandte ich mich zum Gehen. Die Leiter stand da, als gehörte sie hier hin, wurde vom durch die Fenster fallenden Licht angestrahlt, was merkwürdige Assoziationen hervorrief, ihr Leuchten war eine viel zu offensichtliche Metapher. Als ich aus der Vorhalle trat, auf die Kirchentreppe, kamen mir ein paar Handwerker entgegen. Vielleicht waren sie für diesen Tag mit ihrer Arbeit fertig und wollten jetzt zusammenpacken, vier ältere Männer und ein Junge. Der Sprache nach irgendwo aus Osteuropa, sie blieben vor der Treppe auf dem Kiesweg stehen und redeten, nur der Junge ging an mir vorbei, er trug eine blaue, fleckige Hose und auf dem kahl rasierten Kopf eine Mütze, sein Gesicht war ernsthaft, und ich beobachtete, wie er durch die Kirchentür trat, er ging leicht vornübergebeugt, die Türöffnung war groß, und trotzdem bückte er sich. In der Vorhalle blieb er kurz stehen, und als er sich umdrehte, vielleicht um zu sehen, wo seine Kollegen blieben, trafen sich unsere Blicke.

Als wir an einem anderen Tag an der Kirche vorbeikamen, Simon und ich, trat eine Gruppe Menschen durch die geöffneten Türen. Der Regen hatte unsere Pläne von einem ausgedehnten Spaziergang vereitelt, an der Allee standen die Linden düster und still.

Vermutlich war die Totenbahre bereits in eines der Autos geschoben worden, denn alles, was ich sehen konnte, waren diese paar schwarz und grau gekleideten Menschen und die geöffnete Kirchentür. Eine Frau, zwei jüngere Frauen und ein älterer Mann. Nicht mehr. Und der Priester, er reichte ihnen die Hand. Sie waren nur wenige, dem Anschein nach fröstelten sie in ihren dünnen Kleidern, im Regen.

Auch Simon blickte zu ihnen. Dorthin, wo sie standen.

Niemand, den wir kennen, sagte ich. Aber er drehte sich, auch nachdem wir schon weitergegangen waren, mehrmals um und betrachtete diese Leute. Das geht uns nichts an, sagte ich.

Das Grab habe ich bei einem meiner Spaziergänge ohne ihn entdeckt. Der Jahreszahl und dem Namen nach ein junger Mann. Ich dachte, irgendwann würde jemand auftauchen, um ein paar Blumen darauf zu legen, vielleicht eine Frau oder Kinder, Eltern. Niemand kam. Nie war jemand dort. Ich dachte, dieser kleine Fleck aus Erde und Gras werde verschwinden, würde eins werden mit der Umgebung, wäre nach mehreren Jahren nur noch ein Name, kein Zeichen für etwas. Oder jemanden. Bei meinem nächsten Besuch entfernte ich etwas Unkraut. Letztes Jahr grub ich in unserem Garten ein paar Blumen aus, Stauden, und pflanzte sie.

Ich jätete und grub, Simon saß auf der Steinbank, dösend, den Mantel hatte er sich über die Beine gelegt, und jedes Mal, wenn ich zu ihm schaute, saß er regungslos wie zuvor. Es regnete an dem Tag, im Friedhof war es kühl und nass, der Geruch nach feuchter Erde und grünen Blättern war fast betäubend, ich vernahm ihn die ganze Zeit, während ich Unkraut jätete und die Stauden einsetzte.

Die Bäume bei der Kirche faszinieren mich stets aufs Neue. Dass sie nach wie vor da sind, mit ihren schweren Kronen, der Straße unterhalb zum Trotz, trotz der großen Veränderungen der Landschaft über die Jahrhunderte hinweg, deute ich als eine Art Mut. Diese hohen Bäume werfen Schatten auf das Kirchengebäude, wie auch in die angrenzende Allee. Sie geben dem Bau eine gotische Anmutung, als wäre er wirklich alt. Der frontseitige Kirchturm ist nicht sehr hoch, trotzdem wirft er am Vormittag über Teile des Friedhofs Schatten, dort ist es dunkel zugewuchert, die grünen blattreichen Bäume verbergen gleichsam den Eingang zu einem Haus, das man nie ganz zu sehen bekommt. Auch auf der Bank habe ich schon ein paar Mal gesessen, lese mitunter die Namen auf den Grabsteinen oder beobachte Leute, die in der Gegend unterwegs sind.

Der junge Mann. Keiner weiß, wer er ist. Vielleicht pflege ich deshalb sein Grab. Ich bringe Blumen, entferne das Unkraut, weil es sonst keiner tut. Am Anfang fühlte es sich sonderbar an, jetzt spüre ich fast eine Verpflichtung.

Manchmal überlege ich, was wohl mit ihm geschehen ist. Ob es ein Unfall war, ob er unvorsichtig gewesen ist. Seine Geschichte ist ein Geheimnis, und vielleicht gibt es irgendwo irgendjemanden, der sie kennt, denke ich, oder zumindest kannte. Aber die Zeit hat sie verborgen, wie die Blätter das unsichtbare Haus. Den Eingang, der womöglich existiert, aber den man nur ab und an zwischen den Bäumen, durch die dicken Äste zu sehen bekommt.

Ich bekam ein Kind, als ich viel zu jung war, so siebzehn oder achtzehn Jahre alt, den Vater des Kinds kannte oder erinnerte ich kaum, er ist mir heute so gleichgültig wie damals. Ich wollte das Kind nicht, hatte es aber trotzdem, für ein paar Monate nach der Geburt. Ein Junge, wohlgestaltet, bestimmt schön, und alles, was ein Baby sein soll.

Ich bin damals jung. Werde alt, sobald ich das Kind im

Arm habe, wenn das Kind für Fotos auf meinem Schoß sitzt, und ich habe das Gefühl, als vergingen jede Nacht, jeden Tag mehrere Jahre. Bevor ich entscheide, ihn wegzugeben. Denn nichts daran ergibt einen Sinn, der mir verständlich wäre. Ich bin nicht praktisch veranlagt und hatte mich immer in Bücher, in Träume geflüchtet, aber das hat mit Träumen nichts zu tun. Im Rückblick ist es wie ein Traum. Die Geburt, die Adoption. Die Monate, die wir zusammen waren, die er bei mir lebte. Jetzt, nach so vielen Jahren, spüre ich nicht mehr dieselbe Verantwortung für das, was mit der Zeit verwaschen, uneindeutig geworden ist. Damals war ich jemand anderes, denke ich oft. Ist es möglich, jemand anderes zu sein. Das Ganze geschah ein paar Jahre vor meiner Heirat mit Simon. Ich hatte den Jungen weggegeben, eine Weile hatte ich ihn, und dann gab ich ihn weg. Ich vermisse ihn nicht, ich würde nicht von Sehnsucht sprechen, ich weiß nicht, was ich vermissen sollte, die Idee von einem Kind. Ich habe ihn nicht gekannt. Aber ich denke an ihn. Ich sehe ihn an verschiedenen Orten, betrachte Menschen im Bus oder bei irgendwelchen Versammlungen, Männer, die so alt sind, wie er es jetzt sein müsste, einzelne Züge, die ich registriere, die mich zu der Überzeugung bringen, dass er das ist. Noch lange nachdem er bereits erwachsen war konnte ich beim Anblick von Kindern, die aus einer Schule rannten, einen Jungen entdecken, der dem Bild, meiner Vorstellung von ihm ähnelte.

Ich habe mich nicht nach seiner Nähe gesehnt, bereute nicht, ihn weggegeben zu haben. Aber ich war vielleicht neugierig.

Wie man sein Kind doch liebt, wie man es hätschelt und pflegt, behütet, umarmt, mit ihm durch die Stadt läuft,

Geburtstage feiert, Weihnachten. Mutter. Und Kind. Ich war nicht nett zu dem Baby. War selber noch ein Kind und fand, er sei nicht lieb zu mir. Unser Zusammensein war ein Unglück.

Aber diese Geschichte mit dem Baby schockierte Simon, als ich ihm ein paar Jahre nach unserer Heirat davon erzählte. Er war wütend, dass ich nicht früher etwas gesagt hatte, das sei wichtig, meinte er, so etwas würde man nicht verschweigen.

Mir schien es nicht wichtig, entgegnete ich.

Wie kannst du sagen, dass es nicht wichtig ist, sagte er. Er war ein Teil von dir.

Aber das glaube ich nicht. Dass er das hatte sagen wollen. Eher meinte er, das andere sei wichtig, dass ich ihn weggegeben hatte.

Er schien einen Mangel an mir entdeckt zu haben. Den er nicht akzeptieren wollte, als hätte er einen Teil meiner Persönlichkeit seziert und festgestellt, dass etwa Wichtiges fehlte. Seiner Ansicht nach war es unnatürlich. Das war das Wort, das er gebrauchte. Unnatürlich. Eine Frau gab ihr Kind nicht weg, und wenn doch, dann verspürte sie immer Sehnsucht, und diese Sehnsucht fände auch einen Ausdruck, in Reue oder dem Versuch, das Kind wiederzubekommen.

Aber er ist bei anderen Leuten aufgewachsen, sagte ich. Dort gehört er hin.

Davon wollte er nichts hören. Als würde jedes meiner Worte unterstreichen, was an sich falsch war.

Simon suchte für sich selbst Erklärungen. Er hatte Theorien, verstand es aber trotzdem nicht, nichts daran. Er wollte, dass wir versuchten, den Jungen zu finden. Und verstand nicht, warum ich nicht wollte.

Wir waren in unserer Hütte, die Mädchen waren klein, wir gingen mit ihnen auf den kümmerlichen Spielbereich des Lager- und Rastplatzes nebenan. Dort war noch ein Junge, etwas älter als Greta, und die beiden spielten Seite an Seite. Näherten sich schrittweise an und befanden sich nach einer Weile im selben Spiel. Ich sah, wie Simon sie beobachtete, den Jungen. Als aus der Ferne eine Frau nach dem Kind rief und dabei nicht einmal das Gras betrat, das den Spielbereich vom restlichen Lagerplatz trennte, sondern den Namen des Jungens in einem fast bedrohlichen Ton schmetterte, entdeckte ich an Simon so etwas wie Enttäuschung, als hätte er gehofft, dass niemand auftauchte und der Junge sich als verlassen erwiese, sodass man ihn möglicherweise dazu bewegen hätte können, zu uns zu kommen. Danach sprach er fast den ganzen Nachmittag kein Wort.

Als die Mädchen abends im Bett waren, begannen wir zu streiten. Eine der wenigen Streitereien in all den Jahren. Ich erinnere mich, dass ich sagte:

Er war nicht mal von dir. Es geschah, bevor ich dich kennengelernt habe.

Er sah mich nur an.

Ja, sagte er schließlich, *die* Chance hast du ihm ja nicht gelassen. Hat er das wirklich in diesen Worten gesagt? Es wirkt fast zu pointiert. Gut möglich, dass ich es mit der Zeit verändert habe, aber so hatte ich ihn jedenfalls verstanden. Und dennoch hatte ich das Gefühl, er machte sich weniger Sorgen um den Jungen als um mich, um diesen Mangel.

Ich lag in jener Nacht im Bett und der hart aufs Dach der Hütte prasselnde Regen hielt mich viele Stunden lang wach, ich fragte mich, ob sich etwas ändern würde. Ich überlegte, wie er mich sah, mit diesem Mangel, diesem Teil, der weg war und den er wiederfinden musste. Wie kann er so sicher sein, dachte ich, dass dieser Teil wertvoll ist, ein wertvoller Charakterzug, den zu finden es sich lohnte.

Als junge Frau war ich wohl für eine kurze Weile schön. Es fühlte sich wie eine Ablenkung an. Betrachtet zu werden, wegen dieser Eigenschaft gemocht zu werden, dieser so fragwürdigen Eigenschaft. Nie schien ich sie für mich selbst verwenden zu können. Sie hatte für mich keinen Wert, nur für andere. Ich wusste, wie ich Menschen dazu bringen konnte, sie wahrzunehmen und als Talent zu begreifen oder als etwas, das ich mir angeeignet hatte und auf das ich stolz sein durfte. Ein Merkmal, dem zu große Bedeutung eingeräumt wurde. Wie es auch mit einer Behinderung geschähe. Auch wenn wohl niemand Schönheit als Behinderung versteht. Die Schönheit und ich. Wir passten nicht zueinander. Mir missfiel die Aufmerksamkeit, die sie mir einbrachte, und außerdem meine Einstellung zu ihr, zu ihrer Bedeutung. Was sie mit mir machte.

Simon hat mich irgendwo entdeckt, wir waren jung. Ein Blick, ein Tanz, ein kurzes Gespräch an jenem Abend. Er brachte mich nach Hause. Es wiederholte sich. Ich ging dorthin, wo wir uns kennengelernt hatten, dort lernten sich junge Menschen wie wir kennen, er war da und ich erinnere mich, dass wir ein bisschen tanzten. Dass etwas geschehen würde, wussten wir beide, und es herrschte ein Gleichgewicht, das Gleichgewicht aus Interesse und daraus folgenden Bewegungen, einer Hand, eines Blicks. Eine ausgeglichene Gleichung. Wir wollten unbedingt jung sein. Er war damals ein dunkelhaariger junger Kerl, aber älter als ich, über zehn Jahre, für mich war er ein Mann, um seine Augen lag etwas Dunkles, die Wimpern, die Schatten, von deren Ursprung in Schlaflosigkeit ich nichts wusste, die aber die Augen noch blauer wirken ließen. Am Anfang machte es mich manchmal wütend, dass er sich in meine Schönheit verliebt hatte, dass sie ihn beeinflusst hatte, ich war eifersüchtig, er sollte mich sehen, wer ich war, sich nicht von etwas so Offensichtlichem leiten lassen. Aber zugleich hatte ich Angst, ihm etwas anderes zu zeigen. Falls es etwas anderes gab. Ich war mir nicht sicher, ich war jung. Er sagte, ich sei schwierig, und ich machte Schluss, bevor wir etwas angefangen hatten, ich sagte, wir seien nicht mehr zusammen. Er sah mich überrascht an. Ich erinnere mich, dass er abhaute. Verletzt. Ich dachte, er werde nie mehr zurückkommen. Aber er kam zurück. Er läutete an der Tür. Ich sah ihn vom Fenster aus auf der Straße stehen, ich wollte ihn nicht hereinlassen. Jemand hatte ihn »den Flüchtling« genannt, dabei war der Krieg lange vorbei. Er kam Abend für Abend, läutete. Schließlich machte ich ihm auf, wir saßen in meiner kleinen Einzimmerwohnung. Ich erinnere mich, dass wir einen ganzen Tag in diesem Zimmer saßen, wir hatten einander noch nie berührt. Er wollte nicht nach Hause gehen, weil Regen kommen sollte. Behauptete er. Und schließlich war es Nachmittag und ich ließ die Jalousien herunter, Rollladen, schwer und dunkel wie zur Abblendung, ich zog mich aus, die Geräusche der Straße drangen zu uns herein. Normalerweise zog ich mich in diesem Zimmer allein aus, jeden Abend, die Kleider über den Stuhl hängen, sie morgens anziehen, abends wieder aus, immer gleich, immer der gleiche Stuhl, Tisch, Raum. Wir waren zu zweit, wir entkleideten uns im Dunkeln, in dem verdunkelten Zimmer. Das Bett war kalt und wir waren füreinander neu. Wir waren zwei dunkle Schatten, aus einer anderen, größeren Dunkelheit geschnitten. Seine Hand folgte der Krümmung meines Schlüsselbeins, über das Brustbein, über meine Brüste, er ließ die Hand über meine Haut gleiten, als suchte er etwas. Legte sie zwischen meine Beine, ich öffnete mich, bis heute kann ich spüren, wie ich mich geöffnet habe, dass er in mir ist, ich vermisse es, ich möchte, dass er mich wieder so erregt, möchte die Bewegung, die Erregung, den heißen Atem zwischen uns. Als würden wir einander wieder zum Leben erwecken. Einem neuen Leben, wir einander. Hinter dem Fenster die Stadt und die Straßen, der alte Staub. Als ich später aufwachte, wusste ich, dass der Regen gekommen war.

Er erzählte mir von sich, in welcher Straße, welcher Stadt er geboren worden war, welche Menschen dort gewohnt hatten, seine Familie, ihre Namen. Was sie während des Kriegs in das Versteck gezwungen hatte. Er wollte Arzt werden, er wollte mit mir zusammen sein. Wir werden ein Haus haben, ein Kind. Vielleicht mehrere. Wir werden nicht zurückschauen. War das meine oder seine Idee?

Ich erinnere mich daran, dass mir ein Verwandter einen Fotoapparat vermacht hatte. Eine schwarze Box, in die man von oben hineinblickte, um das Objekt auf die Linse zu bannen, man konnte nie ganz sicher sein, ob der Apparat in dem Augenblick auslöste, in dem man das Foto machen wollte. Ich glaube, bei dieser Methode legt sich eine schwarze Wand über das Motiv, teilt sich in zwei Teile, das Bild ist gemacht, das Motiv in der Box verborgen. Ich habe mich nie gerne fotografieren lassen, aber es gibt ein Bild, das mit dieser Box aufgenommen wurde, an das ich mich äußerst gut erinnern kann. Ich habe es noch, ich sehe auf diesem Foto mein Gesicht, die halblangen blonden Haare, denen ich mit der Küchenschere drollig unregelmäßige Stufen verpasst hatte. Ich lehne mich nach hinten, um der Nähe auszuweichen, warum tue ich das, in meinem Ausdruck ist eine Mischung aus Angst und zugleich Zufriedenheit, die auf diesem Foto perfekt wiedergegeben wird. Das Mädchen, das ich auf diesem Bild sehe, umgibt etwas, das mich immer verwundert: ihr scheint die Zeit nichts anhaben zu können. In dem Augenblick, im Motiv, gibt es keine Vergangenheit, denke ich. Nicht, wenn man jung ist, so jung wie auf dem Bild. Zwischen dem, was geschehen ist, und dem, was geschieht, verläuft eine Grenze, klar definiert, wie eine Mauer, und hinter dieser Mauer hält sich die Vergangenheit auf, ausgeschlossen, vergessen.

Oft befinde ich mich im Traum wieder in meinem Körper vor dem Altwerden, fühle mich jünger, ohne irgendwelchen Widerstand, in solch einem Schlaf existiert kein Widerstand, kaum Schwerkraft. Wenn ich mich in dem Traum bewege, habe ich manchmal ein fast erotisches Gefühl. Nicht, dass meine Träume sinnlich wären. Nicht auf diese Weise. Trotzdem wache ich oft mit einem Gefühl von Lust auf. Oder einer Art Verlangen, die an sich schon Befriedigung schenkt. Ja, so ist es. Aber weder erregt mich dieses Verlangen noch macht es mich unruhig, es fühlt sich nur wie eine Bestätigung für irgendetwas an. Vielleicht eines Gefühls von Nähe zu Simon, aber die Träume sind lebensecht. Ich habe es geliebt, wenn wir zusammen waren, einfach im Bett auf ihn zu warten, auf seine Schritte auf der Treppe, manchmal habe ich das Licht ausgemacht und nur gespürt, wie er ins Zimmer getreten ist, ich vermisse ihn. Dass wir auf diese Weise zusammen waren, ist lange her, und nachdem er mich jetzt ausgesperrt hat, unmöglich. Noch immer erinnert mich irgendetwas an jungen Männern, an der Art, wie sie gehen, ihren Stimmen, an ihn. Als er jung war, habe ich mir gewünscht, er wäre schon älter. Und jetzt, da er alt ist, da wir beide alt sind, denke ich an ihn als jungen Mann. Manchmal habe ich unbändige Lust auf den Mann, der er damals war. Das macht mich froh, wie auch dieses Gefühl im Traum. Ja, es ist erotisch. Wahrscheinlich bin ich keinem anderen je so nahe gewesen wie ihm, habe mich über keinen anderen so gefreut wie über ihn. Über die Intensität. Und wenn ich aufwache, ist mein Leben, oder dieser Teil davon, die Jugend, wie ein Traum, den ich ein paar Minuten vor dem Aufwachen geträumt habe. Wie schnell er vorbeigegangen ist.

Ich meine, ihn sprechen zu hören. Manchmal. Er sitzt im Wohnzimmer oder ist ins Schlafzimmer gegangen.

Eva, sagt er. Meinen Namen.

Ich gehe ihm nach. Er sitzt in seinem Stuhl oder auf dem Sofa vorm Fernseher.

Hast du gerufen, frage ich. Er sieht mich verständnislos an.

Ich dachte, du hättest gerufen.

Oder ich meine, ihn mit jemandem sprechen zu hören. Als wäre er ans Telefon gegangen. Dabei tut er das kaum, er lässt es läuten, nur ein paar seltene Male konnte ich beobachten, wie er im letzten Moment ranging, einmal hielt er sich den Hörer ans Ohr und der Mensch am anderen Ende redete sicher und zweifelte allmählich, ob da überhaupt jemand war, bevor Simon wieder auflegte. Ein anderes Mal hat er mir den Hörer weitergereicht.

Aber dann diese Gespräche. Ich meine, seine Stimme zu hören, die Worte sind schwer verständlich. Einmal war es ihr Name, Marija. Ich lief schnell zu ihm ins Zimmer, ich meine, dass sich seine Lippen bewegt haben.

Eva.

Manchmal höre ich ihn aus dem Wohnzimmer, gehe zu ihm, und da sitzt er mit geschlossenen Augen.

Ich höre seine Stimme, weil ich sie hören möchte, eine Gehörhalluzination, wie der Nachhall von Musik oder Lärm, der weiterhin in der Luft schwebt, wenn man nach einem Fest oder einem Konzert nach Hause kommt, als würde das Gehirn noch immer das Geräusch weiterleiten, als wiederholte das Innenohr die Schwingungen wieder und wieder, an dem Ort, an dem Klang verarbeitet und zu etwas Sinnvollem gedeutet wird.

Eva.

Ich höre die Uhr. Trotz ihres durchdringenden Tickens, wie das einer alten Standuhr, hängt sie im Wohnzimmer. Sie presst gleichsam jede Sekunde in einem Schlag aus sich hervor, entschieden wie ein Hammer auf hartem Material, wie die Arbeiter, die an jenem Vormittag vor der Kirche etwas festklopften oder abschlugen. Fakt ist aber, dass ich die Uhr nicht höre, fast den ganzen Tag über, wenn ich durchs Haus wusele oder im Wohnzimmer sitze, höre ich sie nicht. Außer die paar Male, wenn sie ganz plötzlich in mein Bewusstsein dringt, und dann kann ich kaum verstehen, wie ich sie sonst überhören kann. Natürlich kenne ich den Grund, ich weiß, dass das Gehirn permanent anwesende Eindrücke aussperrt, das, was sich wieder und wieder wiederholt, denn alles auf einmal aufzunehmen, sich darauf zu konzentrieren, jederzeit jeden Geruch zu riechen, jeden Ton zu hören, jeden Gedanken zu denken wäre unmöglich; ohne diese Arbeit des Gehirns würden wir nicht überleben. Wir können uns jeweils nur auf einen kleinen Teil konzentrieren. Funktioniert das Gewissen ebenso?

Manchmal gehen wir ins Kino. Vormittagsvorführung. Unterschiedliche Genres, Komödien, Teenagerfilme, romantische Dramen. Ich würde etwas anderes aussuchen, etwas Historisches, aber so früh am Tag laufen offenbar nur solche Filme. Simon schläft nicht ein, er blickt auf die Leinwand, ich glaube die ganze Zeit. Der Saal ist fast leer, oft sitzen weiter hinten ein paar Jugendliche. Und mehrere Male habe ich einen Mann bemerkt, der mit seinem Sohn in diese Filme geht. Er betritt den Saal kurz nachdem das Licht verloschen ist, zusammen mit einem jungen Mann. Der ist genauso groß wie sein Vater, ihre Umrisse zeigen sich im Licht des farbigen Projektionsstrahls, das sich auf den Zuschauern wie auf Plastik spiegelt. Sie haben ein ähnliches Profil, sind bestimmt Vater und Sohn. Nur hat der Sohn zusätzlich ein Doppelkinn und sein Kopf ist zu groß. Der Vater zeigt dem Sohn, wo sie sitzen, sie setzen sich nebeneinander, immer weit vorne, immer beim Ausgang. Kurz bevor der Film endet, wenn die Musik eindeutig die Schlusssequenz markiert, greift der Vater nach der Jacke des Sohns, lässt ihn sich vorbeugen, fädelt ihm die Arme in die Ärmel, wie man es sonst bei Kindern tut, der Blick des jungen Manns bleibt auf die Leinwand gebannt, und wenn der Abspann beginnt, nimmt der Vater seinen erwachsenen Jungen an der Hand und führt ihn nach draußen. Jedes Mal. Der junge Mann folgt seinem Vater, dreht sich aber ein letztes Mal zurück Richtung Leinwand. Ein Vater, der seinen Sohn zum Ausgang geleitet, bevor das Licht wieder angeht. Darin steckt eine grausame Umsicht.

Wir haben es nicht geschafft, es zu akzeptieren. Unsere mangelnde Fähigkeit, aneinander etwas Wesentliches zu akzeptieren. Meine mangelnde Fähigkeit, seine Trauer zu erkennen, sein Nichtakzeptanz der Abwesenheit von Trauer, von Reue bei mir. Ich sollte die Geschichte von dem Kind, der Liebe zu dem Jungen, den ich weggegeben hatte, erzählen. Das sei nicht meine Geschichte, sagte ich. Er drang weiterhin darauf, ihn zu suchen. Für ihn als Arzt sei das leicht. Mit der Zeit fand er etwas heraus, durch sogenannte Kontakte. Einen Namen, ein gewöhnlicher Familienname, eine Adresse, nicht weit von uns entfernt.

Simon meinte, er habe ihn gefunden. Meinen Sohn. Ich solle hingehen, ihn sehen. Ihn treffen. Hier wohnt er, sagte er. Er hat die ganze Zeit in derselben Stadt gewohnt, nicht weit von uns entfernt. Das ist er nicht, entgegnete ich. Sein Name ist häufig. Ich wollte nicht dorthin.

Nach einer Weile hörte er auf, mich darum zu bitten, hörte

auf, darüber zu sprechen. Aber vergessen hat er es vermutlich nie.

Eine Adresse, ein Name.

Seiner Meinung nach gab es zwischen der Liebe zu ihm, zu unseren Mädchen und dieser Adoptionsgeschichte gewiss einen Berührungspunkt. Er konnte nicht begreifen, dass dem nicht so war. Aber ich würde doch unsere Mädchen so sehr lieben, meinte er. Das sei nicht dasselbe, sagte ich. Das reichte ihm nicht. Er wollte mehr, etwas anderes. Da musste sonst noch etwas sein.

Er warf Theorien auf.

Wenn wir abends zusammensaßen, sprach er manchmal plötzlich von dem Jungen. Es sei möglich, dass ich eine Depression gehabt hätte, die bekämen Frauen manchmal nach einer Geburt. Eine Depression, aufgrund derer man mit dem Kind keine Bindung eingehen könne. Das habe nichts mit Egoismus zu tun. Wenn ich eine Depression gehabt hätte, sei das nicht ungewöhnlich.

Einmal sagte er etwas über den Jungen, als Marija da war. Einen Kommentar, eine zusammenhanglose Bemerkung, an die ich mich nicht erinnere, aber ich kann mich genau daran erinnern, dass ich Angst hatte, Marija könnte das über mich herausfinden, sie könnte die Geschichte mit dem Jungen erfahren. Vielleicht weil dann zwei davon wüssten. Vielleicht auch, weil sie mit ihrem katholisch-orthodoxen Hintergrund, so bildete ich mir zumindest ein, eine solche Tat inakzeptabel fände, die Adoption. Jetzt im Nachhinein erscheint mir das paradox. Einmal fand sie tatsächlich das Bild von mir und meinem Sohn, ich hatte es zu den Kinderbildern von den Mädchen gelegt. Sie glaubte, er sei eine von ihnen.

Nein, sagte ich.

Wer denn dann, fragte sie und sah erst auf das Bild, dann zu mir. Und da meinte ich, sie hätte vielleicht verstanden, wer er war. Aber wie hätte sie das. Das war ein Junge, sagte ich.

Sie legte das Bild wieder weg. Ich habe mir immer einen Sohn gewünscht, sagte sie.

In der Zeit, in der Marija bei uns war, hatten wir einen Hund. Einen alten Hund. Er benahm sich längst nicht mehr wie ein Wachhund, der sein Territorium im Garten hatte. Meist lag er auf seiner Wolldecke im Wohnzimmer, am Fenster, sein einst tief lohfarbenes Fell war ausgeblichen, der schwarze Sattel von grauen Haaren durchzogen, seine Ohren, die im Welpenalter in die terriertypische Form angeklebt worden waren, vernahmen zwar die hereindringenden Geräusche, nur waren diese jetzt eher eine Quelle der Nervosität denn der Neugierde. Simon mag Hunde. Wie die Mädchen immer sagten. Papa und seine Hunde.

Immer freute sich irgendwo ein Hund, ihm zu begegnen, ein Welpe. Aber selbst wollte er keinen Hund. Die Mädchen drängten uns Max regelrecht auf. Simon hatte unermüdlich wiederholt, dass er keinen Hund haben wolle, also hätten sie es wissen müssen.

Bittend und bettelnd hatten sie sich einen Welpen gewünscht. Zu jedem Geburtstag, jedem Weihnachten. Nach jeder Begegnung mit einem Hund, der ihnen gefallen hatte. Simon war wütend geworden, von ihrer Bettelei genervt, aber erst als die Mädchen längst erwachsen waren, kamen sie vorbei und schenkten uns den Hund. Zur Gesellschaft, sagten sie. Das war hinterhältig. Simon wollte Max nicht. Max sei ein lebendiges Wesen, sie hätten vorher fragen sollen. Sie hätten uns eine Freude machen wollen, sagten die Mädchen enttäuscht. Simon zu überzeugen, wurde meine Aufgabe.

Ich versuchte, mit ihm darüber zu reden.

Es ist nur ein Hund. Er kann nichts dafür.

Ich habe gesagt, was ich davon halte, sagte Simon.

Sie können es eben nur schwer verstehen, sagte ich, so verrückt wie du nach Hunden bist.

Er lenkte nicht ein, und er hatte dafür seine Gründe, das wusste ich, die Mädchen mussten sich selbst um den Hund kümmern und teilten ihn sich eine Weile. Am Ende landete er dann doch bei uns. Erst ging ich allein mit ihm Gassi. Dieses ganze Verantwortlichsein gefalle ihm nicht, sagte Simon. Aber nach einer Weile sah ich, wie er mit dem Hund sprach, ihn hinterm Ohr kraulte.

Simon hatte als Kind eine Zeit lang den Hund des Nachbarn Gassi geführt. Für ein bisschen Kleingeld sei er eine kleine Runde mit ihm gegangen. Dieser Kindheitshund hatte Simon geliebt. Er hatte sich immer vor die Wohnungstür von Simons Familie gesetzt und so lange gebellt, bis Simon herauskam, sein Herrchen habe erzählt, dass der Hund wie der Blitz auf den Gang stürze und sich vor der Tür platziere, so treu sei er zu sonst niemandem. Jeder im Hausaufgang hatte den Hund vor der Tür des Jungen bellen und winseln gehört. Simon, der anfangs den Hundegeruch an den Händen nicht ausstehen konnte oder den Kot, den er mit einem Stöckchen vom Gehsteig kratzen musste. Aber nach ein paar Monaten als Hundesitter – so erzählte er es mir – hatte er sich darauf gefreut, mit ihm Gassi zu gehen, hatte sich sicherer gefühlt, der Hund war nämlich nicht gerade klein. Später hatte er diesen Hund mit der Freiheit vor dem Versteck verbunden. Die Spaziergänge, das Spiel auf der Wiese. Er war davon überzeugt, dass der Hund ihn vor Gefahren beschützt hatte, wie dieser Bande aus der Nachbarschaft, aufkreuzenden Braunhemden, der Hund hatte ihn sicher von der Straße zum Spielplatz daneben geleitet. Er hieß Kaiser. Ob das eine Huldigung oder ein Witz gewesen war, wusste er nicht. Aber Simon hörte sich noch selbst rufen: *Hol, Kaiser, hierher, Kaiser.*

Der Hund, den wir später hatten, hatte ein sanftes Gemüt, aber er erinnerte in nichts an diesen ersten Hund seines Lebens; Max schlief auf seiner Decke, fraß unanständig viel, kackte in den Garten. Nach und nach konnte sich Simon für ihn erwärmen, machte die Spaziergänge, die Max brauchte, tätschelte, während er lesend im Sessel saß, seinen Rücken. Aber erst nachdem der Hund gestorben war, wurde klar, wie sehr Simon und ich mit Max verbunden gewesen waren. Simon erzählte den Enkelkindern Geschichten von einem Hund, den er als Kind Gassi geführt hatte, aber diese Geschichten spielten, glaube ich, an einem anderen Ort, dieser Kindheitsort war völlig anders als die Stadt, in der er aufgewachsen war. In diesen neuen Erzählungen aus seiner Kindheit drehte sich alles um diesen anstrengenden Köter, den er erst nicht gemocht hatte, der sich in der Leine verbiss, wenn er ihn ausführen wollte, der aber später sein bester Freund wurde. Kaiser. Kein Krieg im Anmarsch, keine Probleme.

Unser Hund, Max, lag neben dem Stuhl, lag auf der Decke, bettelte in der Küche, buddelte im Nachbarsgarten, büxte zu einer kilometerweit entfernten läufigen Hündin aus. Als Marija zu uns kam, klagte sie, dass er haare, auch wenn ich nirgendwo Haare entdecken konnte. Die Enkel nannten ihn *Dummundhässlich, sitz, Dummundhässlich, hol, Dummundhässlich, wer ist Dummundhässlich.* Dummundhässlich hörte munter auf diesen Namen und vergaß wahrscheinlich seinen richtigen.

Er wurde alt, die Arthritis verkrüppelte seine Läufe und Pfoten, und eines Tages hatte er einen epileptischen Anfall, dessen Anblick schrecklich war und besonders Simon zusetzte. Max lag am Boden, der Kopf zuckte, der Körper wurde steif, Schaum stand ihm um die Lefzen, ein dumpfes Donnern des aufschlagenden Kopfs. Als er wieder zu sich kam, versuchte er sich aufzurichten, konnte es nicht, pinkelte ins Wohnzimmer, sah uns an, mich und Simon, Marija, als hätte er uns nie zuvor gesehen. Der Tierarzt redete von Einschläfern, aber wir entschieden uns zu warten. Er sollte eines natürlichen Todes sterben, zuhause im Wohnzimmer, auf seiner Decke, dort sollte er liegen, nicht auf einer Liege, einem Behandlungstisch, einem Boden, nicht woanders sterben.

Marija sprach Lettisch mit ihm, nannte ihn *suns,* das lettische Wort für Hund. Aber sie mochte ihn nicht. Sie mochte keine Hunde. Sie rief ihn nur, um ihm sein Fressen zu geben. Er beobachtete sie von seinem Platz im Wohnzimmer aus oder stand im Türrahmen zur Küche, bis sie ihn wegschickte. Sie behielten einander im Auge. Vielleicht hatte sie Angst. Vielleicht ist sie einmal von einem Hund erschreckt worden, sagte ich zu Simon. Das machte es plausibler. Sie war erschreckt worden. Bestimmt war sie einmal von einem Hund bedroht worden, und da half es nichts, wenn ich sagte, Max würde nie jemandem etwas tun. Manchmal ging auch ich mit dem Hund Gassi, und manchmal begleitete sie mich dabei. An meiner einen Seite lief der Hund, auf der anderen sie. Nie beide auf derselben Seite. Sie möge einfach keine Hunde, mehr sagte sie nicht. Vielleicht behauptete sie das nur, damit ihr beim Putzen kein Hund zwischen den Beinen herumlief, ich dachte, vielleicht mag sie ihn eigentlich. Wenn er sich neben sie legte, stellte ich mir vor, dass sie ihn tätschelte. Gesehen habe ich das aber nie. Vielleicht wünschte ich mir, dass es so wäre. Als man uns sagte, dass man ihn besser einschläfern sollte, fragte sie, was wir vorhätten.

Einen Hund, sagte sie. Ihr könnt einen neuen Hund haben.

Ich sagte, darum ginge es nicht, wir wollten diesen Hund.

Aber der ist alt, der verschwindet sowieso bald.

Nein.

Wo sie herkam sei das anders, sagte sie. Hundehaltung. Aber ich bin mir nicht ganz sicher, ob das nicht mehr als nur eine Entschuldigung gewesen ist. Was auch der Grund war. Sie mochte keine Hunde.

Marija sagte, sie müsse viel an ihre Tochter denken, ihre erwachsene Tochter. Sie hätte sie gerne näher bei sich, immer spüre sie ein Sehnen. Einmal war Marija krank und für ein paar Wochen weg. Das Haus blitzte nach ihrer vorherigen Putzintensivierung, es war sauber, fast desinfiziert. Sie tat immer mehr als notwendig. Hatte sogar ein paar Gardinen aus einem Schrank gekramt, alte, längst vergessene. Die hingen jetzt im Wohnzimmer und gaben mir das komische Gefühl, zehn Jahre in der Zeit zurückversetzt worden zu sein, aber ich mochte es.

Das Unbehagen darüber, jetzt Hilfe fürs Haus zu haben, verflog mit der Zeit fast vollständig, alles war so gründlich durchdacht. Der Kühlschrank war voll, das Bettzeug wurde gelüftet. Der Rasen gemäht, die Hecke geschnitten. Die Böden glänzten. Das Unbehagen, uns eine Bedienstete zugelegt zu haben, war nicht mehr vordergründig. Sie war inzwischen unersetzbar. Eine kluge Entscheidung. Fanden alle. Meine Töchter. Die Mädchen mochten sie, die Stimmung im Haus habe sich mit Marijas Anwesenheit aufgehellt. Auch wir mochten sie zusehends mehr, Simon und ich. Völlig überzeugt, dass das unserem Einsatz zu verdanken sei, wir glaubten wirklich, diese Ehre stehe uns zu, da schließlich wir die beste Lösung gefunden hatten, wir brauchten Hilfe, und das war, was alle machten, unsere Nachbarn, alle um uns herum. Aber wir stellten uns nicht auf dieselbe Ebene wie sie. Wir wollten die netteste Herrschaft sein, wollten alle Ungerechtigkeit, jeden Missstand wiedergutmachen, wir hatten uns keine minderjährige Afrikanerin zugelegt.

Vermutlich hatten wir eigentlich nicht den Wunsch, sie kennenzulernen. Es war keine Entscheidung, aber wir haben uns mit Marija angefreundet. Ich weiß nicht warum oder was sie an sich hatte.

Sie müssen besser auf Ihre Sachen aufpassen, hatte Marija gesagt. Und auf sich selbst. Wie eine strenge Aufseherin oder Polizistin erklärte sie uns, was wir zu tun hätten. Sie drängte uns zu einer Alarmanlage. Wenige Wochen später ließen wir eine installieren. Der Monteur zeigte uns die Funktionsweise. Die Bedienung der Alarmanlage sei unkompliziert, man müsse sich nur zur richtigen Zeit an einem bestimmten Ort befinden, anschalten und abschalten, sonst werde in der Zentrale Alarm ausgelöst. Damit sei nicht zu spaßen. Marija sagte, wir müssten der Wirklichkeit ins Au-ge sehen. Diese Verbrecher müssten abgeschreckt werden. Ich hatte ihr wohl von der Episode erzählt. Möglicherweise hatte sie etwas missverstanden und geglaubt, das sei erst neulich gewesen und dass der Eindringling eingebrochen war, nicht dass ich ihn selbst hereingelassen hatte.

Sie konnte überhaupt nicht verstehen, wie wir ohne Diebstahlsicherung ausgekommen waren, und Simon, sonst ein Gegner von Alarmanlagen, legte keinen Protest ein, sondern beteuerte, wie vernünftig es sei. Wir hatten den Wunsch umgänglich zu sein, wir mochten Marija. Vielleicht wegen ihrer Fürsorge.

Und der Stimme. Sie hatte begonnen laut *Hallo* zu rufen, sobald sie die Haustür aufmachte. Ich empfand das als Aufmunterung. Als wir dann mehr miteinander sprachen, erzählte sie mir, worüber sie sich Sorgen machte, über ihre Tochter und deren Lebensgefährten. Sie mochte ihn nicht, er bestimmte ihrer Ansicht nach zu viel, setzte die Tochter nächtelang endlosen Gesprächen aus, den reinsten Verhören. Ein Kind gab es auch. Marija machte sich Sorgen um ihr Enkelkind. Ein Mädchen, erzählte sie mir. Sie zeigte mir Fotos von Menschen um eine Festtafel, einem Mädchen am ersten Schultag. Einer Hochzeit, einem lettischen Feiertag. Niemand auf den Bildern wirkte sonderlich besorgt. Aber Fotos lügen, ich weiß. Sonntags schrieb sie Briefe an die Tochter. Ignorierte beharrlich jede andere Möglichkeit als Papier, obwohl ich ihr den Computer in Simons altem Büro angeboten hatte, sie könne sich eine E-Mail-Adresse zulegen. Nein. Aber den Schreibtisch im Wohnzimmer wolle sie gerne benutzen. Und da saß sie dann, mit dem geblümten Briefpapier vor sich (ich bin mir fast sicher, dass es wirklich geblümt war) und der Körperhaltung eines Mädchens, das gerade seine ersten Brieffreundinnen hat, und schrieb seitenlang. Briefe. Weiße Umschläge. Das Anachronistische dieser Situation wurde nach einiger Zeit dadurch betont, dass sie begann, die Briefe in Auszügen laut für mich zu übersetzen. Wie auch die Antworten ihrer Tochter. Liebe Mutter, ich hoffe, der harte Winter hat dich nicht untergekriegt. Hier ist alles wie immer, es gibt viel, was ich nicht schaffe. Aber bald habe ich mir ein paar freie Tage angespart, ich brauche Urlaub von dem ganzen Kram. Die Straßen sind voller Matsch, man sollte meinen, sie müssten jetzt bald trocknen und der Frühling endlich kommen, aber wenn wir schönes Wetter wollen, müssen wir wohl verreisen. Und Marijas Antwort: Danke, glaube bitte nicht, dass ich nicht an euch denke, ich tue es die ganze Zeit, und was den Matsch angeht, so ist Riga nicht der einzige Ort, dem trockenes Wetter guttun würde.

Ich nahm an dieser Kommunikation Anteil, als würde ich es mögen. Vielleicht war es auch so. Die Details waren monoton, nüchtern. Mir unbekannte Namen, erwähnte Orte, Menschen, die dort lebten, und was sie taten. Marija versuchte mir die Zusammenhänge zu erläutern, irgendwie spürte ich eine Befriedigung, dass ich außerhalb stand und zugleich durch die kurzen Briefbögen Anteil haben durfte, an all dem Beschriebenen, Erzählten.

Wir haben uns langsam, aber sicher verliebt. Sind meist zu Hause, warten darauf, den Schlüssel im Schloss zu hören. Ihren Begrüßungsruf. *Hallo, jemand zu Hause.* Oft hat sie etwas dabei. *Ich habe eine Tüte Boller gekauft.* Oder *Ich habe auf dem Weg schnell eine Packung Kekse besorgt.* Ihr Sparsinn bescherte uns einen Berg mit Gebäck von fast gummiartiger Konsistenz, Angebote aus irgendwelchen Läden, in denen es schon ewig herumgelegen hatte, bevor der Preis reduziert worden war. Und sie kaufte Käse im Angebot, Eier, die bald abliefen. Sie sei sich dieser Marotte bewusst, sagte sie und bat uns, ihr diese Schwäche nachzusehen, obwohl wir ihr versicherten, dass wir sowieso kein Problem damit hatten. Und manchmal backte oder kochte sie etwas, was eine völlig andere Sache war. Marija war eine vollendete und penible Köchin, die Rezepte hatte sie offenbar alle im Kopf. Aber eigentlich kochte sie nicht gerne, sie las lieber oder redete über Medizin.

Sie interessierte sich für Simons Arbeit.

Marija bat ihn, ihr von der Universität zu erzählen. Sie wäre keine gute Ärztin geworden, meinte sie, habe aber einen Sinn für die Systematik, das Wissenschaftliche, für die Bausteine. Ihr ehrfürchtiger Respekt vor der Medizin, der unserer Vermutung nach einer praktisch-idealistischen Idee entsprang, die mit dem Aufwachsen in ihrem Heimatland zusammenhing. Und zugleich ein Respekt vor Simon war. Sie sprachen gerne miteinander. Manchmal kam ich abends ins Wohnzimmer und sie saßen gemeinsam auf dem Sofa, er zeigte, erklärte ihr etwas.

Ich redete mit ihr über Bücher, sie erzählte mir von lettischen Schriftstellern, sprach mit einer authentisch wirkenden Freude, der ihr typischen Begeisterung, bestimmt bausche ich das jetzt im Nachhinein auf, wie alles, was ich als Charaktereigenschaft verstanden habe. Marija machte aus Begebenheiten, die man in ein paar Sätzen erzählen könnte, lange Geschichten, illustrierte sie mit Bildern von der kleinen Kamera, die sie immer bei sich trug. Um ganz am Anfang anzufangen, sagte sie. Dieses Kloster gab es damals noch nicht – aber um ganz am Anfang anzufangen.

Simon und ich lauschten ihren detailreichen Geschichten, den kleine Details, die wir zusammenfügten, zu einem Bild von ihr.

Sie gestand mir, dass sie oft darüber nachdenke, wie sie vielleicht irgendwann zurück an die Universität könne. Weiter studieren. Aber ich bin zu alt, sagte sie. Findest du nicht.

Nein, sagte ich, natürlich bist du nicht zu alt. Wir lachten über meine Lüge oder über das, was sie als Lüge verstand, aber ich meinte es ernst. Simon und ich sprachen darüber, dass sie trotz eines etwas romantischen Blicks auf Kunst, Literatur und dieser speziellen Neigung, über Medizin zu sprechen, als sei sie gottgegeben, ziemlich viel Vitalität und Wissen habe. Sie sollte studieren. Darin waren wir uns einig. Eine Weile erörterten wir sogar die Möglichkeit, ihr zu helfen. Vielleicht konnte Marija an einer norwegischen Universität studieren oder wir liehen ihr Geld zur Fortsetzung des Studiums in Lettland. Aber das einzige Mal, als wir die Idee zur Sprache brachten, ruderte sie zurück, es sei nur eine Phase gewesen, sie wolle nicht mehr studieren. Wir gaben den Gedanken trotzdem nicht auf. Ich wollte ihr helfen. Als wäre die akademische Welt die Planke, mit der wir sie aus dem Morast der Demütigung retten konnten, manchmal ist es einfacher, Helfer zu sein als derjenige, dem geholfen wird, wie Simon später einmal sagte. Zu welchem Anlass, weiß ich nicht mehr. Vielleicht brauchten wir eine Entschuldigung dafür, dass wir ihr nie irgendwie geholfen haben. Aber es war eine anmaßende Bemerkung. Wie herablassend wir gewirkt haben müssen, wir waren überzeugt davon, dass wir anders seien als die, für die sie sonst arbeitete. Als machte unsere Haltung, wer wir eigentlich sein wollten, das Anstellungsverhältnis insgesamt besser.

Dem Hund ging es immer schlechter, er hatte mehrere Anfälle, am Ende wollte er sich nicht mehr hinlegen, nicht schlafen, ruhen. Die Sehkraft war beeinträchtigt, der Gleichgewichtssinn. Mehrere Nächte in Folge schlief er nicht, wir gaben ihm Beruhigungsmittel, die eine kurze Weile wirkten, bis er sich wieder von seiner Decke erhob, taumelnd von den Medikamenten, und seine rastlose Wanderung durchs Haus fortsetzte, von Zimmer zu Zimmer, gegen irgendetwas stieß, schwankte, das Gleichgewicht verlor, wieder aufstand, gegen die Terrassentür donnerte, als wollte er ungeachtet der Glasscheibe hindurch. Ich dachte, er wandere aus Angst herum, Angst davor, sich hinzulegen, der Angst, in die Dunkelheit der Anfälle zu stürzen. Diese Ohnmacht konnte ich mir leicht vorstellen, und der Hund lief vielleicht in dem Versuch auf und ab, ihr zu entgehen, lief auf und ab, pinkelte neben das Bücherregal, taumelte gegen den Schrank, gegen den Tisch, presste den Kopf gegen die kalte Glasscheibe der Tür, verfing sich in der Gardine, und sie legte sich wie ein Schleier über seinen Rücken. Er wich etwas zurück, um sich zu befreien, auch wenn er nicht wusste wovon, setzte sich, um die Läufe zu sortieren, mühte sich wieder hoch, begann die Runde von vorn. Decke, Bücherregal, Schrank, Flur, Küche, zurück ins Wohnzimmer, Glasscheibe. Wieder und wieder. Legte sich nie hin, machte keine Pause. Er erkannte uns nicht mehr. Starrte uns an, die Augen beziehungsweise der Ausdruck in den Augen war menschlich, der Blick eines alten Manns, einer Frau. Eines Kinds, das gerade einen grauenvollen Albtraum hatte. Und im Aufwachen fragt, wer seid ihr, warum tut ihr mir das an.

Am Ende mussten wir ihn nach draußen bringen und anleinen, sein leises Klagen, das nach einer Weile in lautes Bellen überging. Er bellte, wie er früher vor Freude gebellt hatte. In den frühen Morgenstunden beobachtete ich, wie er dastand oder zu stehen versuchte, während sein Schwanz ekstatisch hin- und herwedelte, er blickte Richtung Straße, als hätte er etwas entdeckt, halluzinierte vielleicht, halbblind. Sah jemanden kommen. Aber es erschien niemand.

Um sechs Uhr hatte der Hund seit zwei Stunden so gestanden, es regnete nun und ich war hinausgegangen, um ihn unter den schützenden Dachfirst zu bewegen, hatte ihm über das feuchte Fell gestreichelt, den Hundekörper an mich gepresst, aber er wollte nicht, kurz darauf stand er wieder im Regen. Ich schlüpfte in meine Latschen, ging hinaus und redete mit ihm. Er wirkte enttäuscht, hatte wohl verstanden, dass niemand kommt, sein Bellen wurde zu einer leisen Anklage. Ich machte ihn los. Sofort nahm er seine Wanderungen wieder auf, mit demselben steifen, mechanischen Gang, zwischen den Beinen geklemmtem Schwanz und vom Regen durchtränktem Fell, aber diesmal geradeaus, über die Terrasse, die Einfahrt, Richtung Straße. Ich legte mich schlafen, völlig geschafft von diesen Stunden zwischen Halbschlaf und Wachsein, vom Heulen, Bellen, ich schlief ein und wachte erst um neun Uhr wieder auf, mit dem Gefühl verschlafen zu haben. Simon, der vor mir aufgestanden war, fragte, ob ich den Hund gesehen hätte.

Ich erklärte ihm, ich hätte ihn losgemacht.

Simon sah mich an. Stand in der Tür und sah mich an, nicht vorwurfsvoll, als müsste ich darauf schon selbst kommen. Ich konnte ihn nicht ins Haus lassen, und weiter da stehen konnte er auch nicht mehr, sagte ich.

Er nickte. Aber in seinem Blick lag kein Einverständnis. Wir wussten, dass ich Max umgebracht hatte, zwar war es noch nicht geschehen, aber wir wussten es. Um elf Uhr war er noch immer nicht zurück.

Wir suchten, auch Marija, und als wir ihn unten an der Hauptstraße am Straßenrand entdeckten, zweihundert Meter von unserem Haus entfernt, ahnte er, dessen bin ich mir sicher, dass wir da waren, und versuchte deshalb, die Straße zu überqueren. Es war nicht viel Verkehr, es war Sonntag. Er wollte über die Straße, das Fell klebte an der Haut, der Körper war dünner, als er mir in Erinnerung war, er ging los und vermutlich achtete auch von uns keiner auf das herannahende Auto. Es fuhr langsam. Vielleicht dachten wir, der Hund habe genug Zeit, er werde es schaffen, vielleicht dachte auch die Fahrerin, er werde längst über die Straße gekommen sein, doch dann überlegte der Hund es sich anders, und die Fahrerin reagierte nicht schnell genug. Er machte eine Ausweichbewegung, wurde aber trotzdem erfasst. Der Hund zog sich an den Straßenrand zurück, sah zu seinen Läufen, die gleichsam einknickten, der Kopf folgte dem Blick zum Boden, er fiel, sank in sich zusammen, kollabierte auf dem Seitenstreifen. Noch bevor wir zu ihm auf die andere Straßenseite gekommen waren, lag er still, er sah mich mit einem Ausdruck der Überraschung an, daran erinnere ich mich, ich legte meine Jacke über den Hundekörper, ohne dass das viel Sinn machte. Marija nahm meine und Simons Hand, hielt beide, wir bildeten einen Kreis, einen kleinen Kreis um den Hund. Sie redete mit der Autofahrerin, die die ganze Zeit beteuerte, wie leid es ihr tue, sie habe ihn nicht gesehen, man habe ihn nur schwer sehen können. Die Kinder in ihrem Auto, die Fahrerin musste ihnen das Aussteigen verboten haben, denn sie starrten uns durch die Heckscheibe an. Das Ende des Hundes war ziemlich aufreibend, ziemlich dramatisch gewesen, Marija machte Kaffee und saß den ganzen Nachmittag und Abend bei uns, lauschte geduldig den Geschichten über einen Hund, der wahrscheinlich wenig mit dem realen Hund zu tun hatte, der jetzt weg war. Sie sagte nicht einmal, wir könnten einen neuen Hund haben, sie sagte nichts. Sie lauschte, und ich glaube, Simon weinte.

Ich dachte nicht, dass ich feige sei, habe es nie gedacht. Was aber bedeutet es, feige zu sein, es kommt doch darauf an, womit man konfrontiert wird. Hat man davor keine Angst, ist man auch kein Held. Man muss sich richtig davor fürchten. Die meisten Menschen messen Feigheit wohl daran, was man, gemessen an der Vorstellung, sich selbst zu verlieren, zu verlieren riskiert, oder?

Marija hat Simon gerne lesen gehört. Er hat mir oft aus der Zeitung vorgelesen. Er ist ein guter Vorleser gewesen. Seine schöne dunkle Stimme, voll Einfühlungsvermögen. Nein, ich kann mich kaum erinnern. Sie verschwindet stetig mehr.

Wenn er vorlas, kam sie. Vielleicht war sie zuvor in der Küche gewesen, aber stellte sich zum Zuhören in die Tür, mit einem Ernst auf ihrer Miene, selbst wenn er etwas Triviales vorlas. Oder berichtigte. Er war ganz davon besessen, die Sprache zu korrigieren, und kam zum Beispiel nur um einen in der Zeitung entdeckten Fehler vorzulesen aus seinem Arbeitszimmer.

Sie korrigierte er nie. Er wusste, was es bedeutete, eine fremde Sprache meistern zu müssen. Es hatte bei ihm selbst lange gedauert, den Akzent, die kleinen sprachlichen Fehler loszuwerden. Davon wusste sie nichts, dass auch er nicht von hier, aus dieser Stadt, aus diesem Land war, dass auch er einen Akzent gehabt hatte. Er hat es ihr nie erzählt.

Einmal war sie schon sehr früh am Morgen bei der Arbeit, war mit ihrem Schlüssel ins Haus gekommen, ich wusste nicht einmal, dass sie schon da war. Ich kam aus der Dusche und wollte die Treppe hinunter. Im Haus war es still, ich erinnere mich nicht, wo Simon war.

Wie sich später herausstellte, war sie mit einem vollen Eimer die Treppe hinuntergegangen und hatte dabei etwas Wasser verschüttet. Das abgelaufene Linoleum war glatt wie eine Eisbahn, nach nur einem Schritt verlor ich den Halt. Es ging so schnell, ein Wirrwarr aus sich übergangslos ablösenden Bewegungen, wie ein Tanz mit einer unorthodoxen Choreographie. Ich fühlte mich, als würde ich ins Bodenlose geschubst und jenseits der Stufe landen.

Sie rannte aus dem Keller herauf und kniete sich neben mich, befühlte meine Füße, Handgelenke.

Es tut nicht weh, sagte ich. Aber da war sie auch schon dabei, mir wie einer Patientin aufzuhelfen, mich zu stützen, fast trägt sie mich ins Schlafzimmer, ich hänge an ihrem großen Körper, werde abgeschleppt.

Sie legt mich aufs Bett. Es ist alles in Ordnung, sage ich, um sie zu beruhigen. Ich habe Glück gehabt.

Sie redet davon, einen Arzt zu rufen. Sie legt sich neben

mich. Ihre Füße ragen über das Bettende, so groß ist sie. Sie hält meine Hand.

Ich muss sie halten, sagt sie. Ich fühle mich schuldig.

Ich bin selbst schuld, sage ich.

Nein, sagt sie.

So lagen wir da. Ich schlief nach einer kurzen Weile ein, sah ihr Gesicht in einer gartenähnlichen Landschaft, einer verwirrenden Collage, in die sie offensichtlich nicht gehörte.

Schläfst du.

Ich wachte wieder auf.

Nein, sagte ich.

Sie sah mich an.

So nebeneinander zu liegen tat gut.

Sie fing zu sprechen an, über ihr Lieblingsthema, ihre Tochter und deren Möglichkeiten. Weiterhin meine Hand in ihrer. Sie ließ sie nicht los, bis ich sagte, ich wolle aufstehen. Ich dachte: wie nah wir uns sind.

Ich kann das Warum nicht erklären. Warum ausgerechnet Marija. Aber wir schienen auf jemanden gewartet zu haben. Aus Einsamkeit, oder auch aus Langeweile. Vielleicht hat sie uns an die Mädchen erinnert. Wir haben sie hereingelassen. Wir hatten scheinbar die ganze Zeit auf sie gewartet.

Ich denke an jenen Vormittag und vergesse fast das andere, alles fühlt sich jetzt sonderbar fremd an, und ich bin so verwundert wie meine älteste Tochter, als sie vor mir gestanden und nach dem Warum gefragt hatte, was geschehen sei, was wir Marija nicht verzeihen konnten.

Ich schrecke hoch. Ich muss geschlafen haben, und jetzt spüre ich diese Schwere, die mich manchmal überkommt, wenn ich am Nachmittag schlafe, als wäre etwas existenziell Grundlegendes dicht an die Oberfläche gestiegen und kurz davor, das Bewusstsein zu erreichen. Aber ich spüre nur Traurigkeit. Und kann das, was mir im Aufwachen beinahe klar geworden ist, nicht fassen, und somit gibt es nichts, was ich damit anfangen kann, keinen Weg, es wieder zum Verschwinden zu bringen.

Er hatte jemanden gefunden. Eine Verwandte, eine andere Überlebende. In welchem Jahr war das? Die Kinder waren fast erwachsen, ich hatte nicht einmal gewusst, dass er auf der Suche war, dass er noch immer suchte. Irit war ihr Name, Irit Meyer. Eine gleichaltrige Cousine zweiten Grades. Sie war Witwe und lebte in Deutschland, in Berlin.

Ein Jahr nachdem die beiden Kontakt aufgenommen hatten, besuchten wir sie. Wir reisten mit dem Zug ins damalige Westdeutschland und wohnten für eine Woche bei ihr. Der Zug ging über Trelleborg, Sassnitz, und die deutschen Waggons verströmten einen eigenartigen Geruch, den wir beide beim Einsteigen sofort registrierten. Ledrig oder wie geschmolzener Gummi, gemischt mit dem widerlich süßlichen Gestank, den ich den Toiletten zuschrieb, was vielleicht die leicht synthetische Note erklärte, wie von Desinfektionsmitteln. Nach der Hälfte der Reise rochen auch unsere Hände so, und die Jacke, die ich mir über den Kopf gezogen hatte, um ein bisschen Schlaf zu bekommen, schien nie anders gerochen zu haben, und ich dachte, bis wir am Ziel unserer Reise angekommen seien, werde alles diesen Geruch haben, das Gepäck, unsere Kleider, Haare, wir selbst.

Eine Weile teilten wir das Abteil mit einer Frau, die vermutlich weder eine skandinavische Sprache noch Englisch oder Deutsch sprach. Sie war an einem der kleineren Bahnhöfe eingestiegen, hatte den Koffer und eine Tasche auf die Ablage über den Sitzen gewuchtet und ein Buch hervorgeholt, wir lasen alle drei, keiner hatte das Bedürfnis zu reden. Die Stille war nicht unangenehm. Sie war eher eine Art Geste. Auch wenn wir uns wahrscheinlich sowieso nicht hätten verständigen können. Wir nickten ihr zu, sie nickte uns zu, als würden wir einander gut kennen und hätten bereits lange miteinander geredet. Als wären wir bereits an einem Punkt, den man normalerweise erst nach längerer Freundschaft erreicht.

Vor dem Fenster flogen kurze Eindrücke unterschiedlicher Landschaften vorbei, Gegenden mit Ackerland und Dörfern, in denen die Häuser dicht an dicht standen. Ohne dass wir den Zug verlassen mussten, wurden wir an Bord einer Fähre gebracht, in deren Cafeteria sich die Fernfahrer trafen. Wir gingen ebenfalls dorthin, Simon und ich, tranken einen Kaffee und tauchten dann wieder hinab auf den Grund des Schiffsbauchs, zu den Waggons. Die Fähre legte am Kai an, und nach einem längeren Zeitraum mit metallenem Kreischen der Stahlräder auf dem Untergrund, Dröhnen und schubweisen Bewegungen kamen wir wieder ans Tageslicht, die Waggons wurden angekoppelt, und gleich darauf ging es weiter.

Gegen Ende der Reise rollte der Zug in einen Bahnhof, aus einem knisternden Lautsprecher drang unverständlich irgendeine Ansage. Wir lauschten eine Weile, die Stimme klang wie kurz vorm letzten Atemzug.

Ein paar Minuten später öffnete ein ostdeutscher Grenzbeamter die Tür zu unserem Abteil, einer dieser jungen Männer, die wir zuvor auf dem Bahnsteig gesehen hatten.

Auf dem Kopf trug er eine alberne, viel zu große, tief in die Stirn gezogene Uniformmütze, deren Schirm seine Augen verbarg, während die Oberseite allem Anschein nach von einem flachen Karton ausgefüllt wurde und mit einem Stoff bezogen war, den ich als grün erinnere, vielleicht auch beige. Zweifellos hatte er auch irgendwo eine Waffe, obwohl ich mich nicht daran erinnere, sie im Abteil gesehen zu haben. Ich bemerkte die hohen Stiefel, die an den dünnen Beinen ebenso übertrieben wirkten wie seine Schirmmütze, was den Eindruck von einem Kostüm aus einem Verleih verstärkte.

Er sah Simon und mich mit einem Blick an, als hätten wir oberste Priorität, als wäre der Besuch in diesem Abteil unseretwegen notwendig. Ich war mir sicher, er würde nach unseren Papieren fragen, die ich schon in der Hand hielt, und zweifelte zugleich, ob sie wohl ausreichten, um seine Forderungen zu befriedigen. Er wandte sich jedoch der Frau zu, mit der wir das Abteil und die wohlgesonnene Schweigsamkeit geteilt hatten. Er griff nach dem Magazin, das sie auf das kleine Klapptischchen unter dem Fenster gelegt hatte. Sie hatte die meiste Zeit der Reise über in demselben Buch gelesen, jetzt wirkte sie, als hätte man sie aufgeweckt und würde nicht verstehen, was vor sich geht. Sie sah zu uns, zu ihm.

Er begann zu sprachen, nein, er schrie sie mit fast unverständlichem Akzent an, oder vielleicht konnte man es nur aufgrund der Lautstärke kaum verstehen. Sie verschmolz fast mit ihrem Sitz, hatte offenbar Angst und kapierte ebenfalls nicht, was er ihr zu sagen versuchte. Er hielt die Zeitschrift in die Höhe und beschimpfte sie für das in seinen Augen offenbar schmutzige, unterminierende Hochglanzmagazin. Wir saßen nur da und beobachteten, wie er in dem sowieso komplett erhellten Abteil mit der Taschenlampe zu unserem Gepäck hinaufleuchtete, er ließ die Frau aufstehen, wir dachten, er würde den Rest des Gepäcks durchsuchen. Sie musste sich mehrmals im Kreis drehen, ein sinnloses Vierschritt-Ballett vor den Augen dieses Mannes. Ich hatte Angst, dass Simon sich einmischen könnte, dass man uns vielleicht auf der falschen Seite der Grenze aus dem Zug werfen würde und wir eine Möglichkeit finden mussten, um in den Westen zu gelangen. Aber so schnell der Uniformierte mit seiner Ermahnung begonnen hatte, so schnell beendete er sie wieder, zog die Tür hinter sich zu, jetzt kontrolliert und ganz ruhig, nichts zeugte von dem Wutausbruch eben. Durchs Fenster der Abteiltür sah ich ihn mit einem Kollegen sprechen, ebenso ruhig und besonnen, als wäre das Ganze nur ein Schauspiel gewesen. Die Frau in unserem Abteil hatte das Gesicht in den Händen vergraben. Simon versuchte, etwas zu ihr zu sagen, etwas Tröstendes, aber sie bedeutete ihm, dass sie ihn nicht verstehen und griff wieder nach ihrem Buch. Ihre Hände zitterten, unsere Hände zitterten. Wir nahmen den Versuch zu lesen wieder auf. Jetzt war die vorher so beruhigende Stille schwer auszuhalten. Draußen wurde es allmählich dunkel, und ich sah die Spiegelbilder unserer Gesichter in der Scheibe, im Zugfenster. Vom grellen Licht im Abteil ganz bleich.

Wir verbrachten eine Woche in Berlin, ich bekam schnell Heimweh. An vielen Tagen hatte ich schlicht das Gefühl, überflüssig zu sein, auch wenn die Cousine alles versuchte, damit ich mich zuhause fühlte. Die Stadt und die Luft waren hitzebedingt fast dampfig, vor allem der Asphalt, die breiten Gehsteige am Kurfürstendamm, die Schwüle mischte sich mit warmem Teergeruch, als wäre der Asphalt dabei zu verdunsten, um sich mit der dicken, staubigen Stadtluft zu vereinigen. In einem deprimierenden Gehege im Zoologischen Garten streifte rastlos ein Löwe umher, hinter der Glasscheibe dazu gezwungen, sich zur Schau zu stellen, während Horden von Schulkindern vorbeiliefen. Ich beobachtete ihn eine Weile, sein von der Akustik verstärktes Brüllen klang nicht wie das eines Tiers, sondern mehr wie die Geräusche einer Baustelle ein paar Blocks weiter, auf der Maschinen Steinblöcke vor und zurück bewegten, bevor sie ihre Last an einem augenscheinlich zufälligen Ort losließen, dieses Fräsen der Maschinen, das vereinzelte Dröhnen, ein grausliches, fast außerirdisches Geräusch. Wie auch der grummelnde Lärm der Züge unter der Erde, mit denen wir mehrmals unterwegs gewesen waren, der U-Bahn, wie sie dort hieß, deren Gleiten durch diese unterirdischen Röhren an ein Ungeheuer denken ließ, das sich bei der unerträglichen Hitze gequält von Schlaflosigkeit im Dunkeln zu verstecken suchte.

Sie redeten nicht nur über den Krieg. Sie redeten auch über die Zeit davor, als sie beide Kinder gewesen waren und mehrere Wochen am selben Urlaubsort verbracht hatten. Die Erinnerungen aus dieser Zeit, wie es war Kind zu sein, darüber sprachen sie mit größtem Vergnügen, sie befreiten sich von den Jahren und fanden zu etwas zurück, das sie wohl einmal waren, sie erzählte, sie habe eine verliebte Kindheitsschwärmerei für ihn gehegt. Sie erinnere sich an Simon als den unwiderstehlichen Vetter, und sie habe ihn heiraten wollen, bis irgendjemand sie zurechtgewiesen habe, dass man nicht in der Familie heiraten könne. Diese Erkenntnis habe sie eine Zeit lang mehr bekümmert als der Krieg, der im Anmarsch war. Sie beschrieb den Urlaubsort, den er fast vergessen hatte, die Verwandten, an die er sich kaum noch erinnerte, Namen, bei denen sie ihm weiterhelfen konnte. Sie engagierte sich in einer Arbeit, einer Organisation, die nach der Identität sogenannter Vertriebener forschte, von denen Europa seit dem Krieg voll war, und die versuchte, das genaue Schicksal derjenigen zu ermitteln, die die Vernichtung getroffen hatte, was geschehen war, nicht nur mit ihnen, sondern auch mit ihren Spuren, dem Eigentum, dem, was zurückgeblieben war. Die Verwandte zweiten Grades, beziehungsweise die Cousine, wie er sie nannte, als wollte er versuchen, sie näher an sich heranzuholen, als sie eigentlich war. Das ist vielleicht das am wenigsten Verständliche. Ich bin eifersüchtig. Wir sind bei ihr zu Besuch, sitzen in ihrem Wohnzimmer und sie erzählt, sie serviert Kaffee, serviert irgendein kleines, rundes keksartiges Gebäck mit süßer Füllung, und sie legt die Arme um mich, wiegt mich, als tröstete sie mich, als wäre ich diejenige, die Trost braucht, als wären wir alte Freundinnen. Bei ihm tut sie das auch, und er ist völlig hingerissen, er kann von ihr und ihren Geschichten über die Familie, die Vergangenheit, alles, was verschwunden ist, nicht genug haben: er hat seinen Namen wieder, Shimon, sagt sie, sein Gesicht ändert sich während unseres Aufenthalts, er gleitet in seine alte Sprache und in Geschichten vom Aufwachsen, ich habe das Gefühl, ich kann in der kleinen Wohnung, in dieser engen Nähe zur Vergangenheit nicht atmen.

Ich gehe in den kleinen Park am Viktoria-Luise-Platz. Sitze dort mehrere Stunden. Aber auch wenn ich nicht will, ich muss zurück. Im Treppenhaus taste ich kurz im Stockfinstern nach dem kleinen leuchtenden Knopf, und während ich ihn drücke, spüre ich eine Spannung, eine Erwartung, dann geschieht es: Für eine Weile ist das Treppenhaus hell, die gesamte Wand ist mit kleinen viereckigen Spiegeln, Malereien, Ornamenten bedeckt, eine Demonstration des Jugendstils. Ich gehe langsam die Treppe nach oben und betrachte ein Mosaik meines Gesichts, seine schier unendlichen Versionen, alle aus demselben Treppenhaus, aus Spiegelbildern und einer Verlängerung der Treppe, die bis zum Dach weiterzuführen scheint. Kurz darauf stehe ich vor einer neuen Tür, die ich in dem Moment aufmache, als das Licht hinter mir verlischt, und wende mich wieder allem anderen zu. Der Dunkelheit im Eingangsbereich, den Kleiderbügeln, den Fotos in der Wohnung. Der Vergangenheit.

Danach rief sie ab und zu an, Irit Meyer, aber mit größerer Regelmäßigkeit kamen ihre Briefe. Ich habe es nicht gemocht, dass sie einander schrieben, habe weder die Briefe noch ihre Gespräche gemocht, über die Zeit in ihrem Heimatland, den Urlaubsort und die Vergangenheit. Warum nicht? Bei ihren Anrufen sprach sie immer Deutsch mit mir, ich versuchte mit dem bisschen, das ich in dieser Sprache konnte, das Simon mir beigebracht hatte, zu antworten. Deutsch ist offenbar eine Sprache, in der man ein gesamtes Kapitel bis zum Schluss erzählen konnte, Satz für Satz, ohne einen Punkt zu setzen oder vor der letzten Silbe preiszugeben, über wen oder was gesprochen wurde. Der

Inhalt selbst ist elegant verpackt wie der Dotter in einem Ei, man schlägt es behutsam an einer Kante auf und der Inhalt läuft voller Selbstsicherheit schwerflüssig, aber prachtvoll und üppig in die Schüssel. Man sagt, dass man beobachtet habe, man habe sich ein paar Gedanken gemacht. *Man hat sich Sorgen gemacht.*

In den Gesprächen mit Irit wurden sie wieder lebendig, er hat gesagt, sie seien für ihn wieder lebendig geworden. Seine Eltern natürlich, aber auch andere Verwandte. Die jüngere Tante, die mit ihrem kleinen Sohn eine ganze Zeit bei ihnen gewohnt hatte. Eine Schwester seines Vaters. Wenn er zurückdachte, hatte er sich nicht sonderlich für sie interessiert, sie hatte in die Welt der Erwachsenen gehört. Diese Welt bedeutete für ihn Gesprächsbrocken, gutes und schlechtes Wetter: Erwachsene mit Kirschwein um den Wohnzimmertisch versammelt oder sorgenvoll über eine Zeitung gebeugt, dicht zusammengesteckte Köpfe über einem Artikel, von neuen Verordnungen, vom Krieg, der im Anmarsch war. Aber die Tante hatte einen fünf- oder sechsjährigen Sohn. Simons Bild von diesem Vetter war ziemlich unscharf. Irit Meyer erinnerte etwas. Bruchstückhaft. In den Ferien war die Familie des Jungen ein paarmal zu Besuch gewesen, er war gern am Strand, hatte den Sand gemocht, die Wellen, war aber schüchtern, sie meinte sich zu erinnern, dass er in seinen Hosentaschen Sachen gesammelt hatte, das müsse wohl er gewesen sein, aber er hatte zu kurz gelebt, um tiefe Spuren zu hinterlassen. Es existierten noch ein paar Zeichnungen, ein paar Kinderbücher, sie meinte, irgendwo müssten Fotos sein. Simon erinnerte sich, dass die Tante wenig gesprochen hatte, sie war in der gemeinsam verbrachten Zeit gedanklich nur bei dem Mann, der wegen einer Aktivität, in die er verwickelt gewesen war, untertauchen hatte müssen, er tauchte nie auf, auch wenn der eigentliche Plan war, dass er kommen und bei ihnen leben sollte. Sie änderte Kleider ab, daran hatte Simon eine klare Erinnerung, wenn man wuchs, passte sie die Kleidung an, er erinnerte sich an das merkwürdige Gefühl, wenn sie ihn vermaß, die Länge seiner Beine, Arme, er hob die Arme nach ihren Anweisungen, gut möglich, dass er die entschlossenen und zugleich vorsichtigen Hände mochte. Die Tante schrieb die Maße in ein Büchlein, sie hatte immer einen gepackten Koffer, packte ihn nie richtig aus. An den konnte er sich erinnern. Sogar an den Inhalt, auf den er einen Blick erhascht hatte, als sie ihn aufmachte, um etwas herauszuholen oder hineinzulegen. Der Koffer war wichtig gewesen, stand immer bereit. Wie eine Warnung, ein Drängen, lange bevor etwas geschah. Es hatte Simon häufiger in den Fingern gejuckt, damit auf die Straße zu laufen, ihn irgendwo abzustellen und abzuhauen.

Er erinnert sich an zwei Dinge: Die Sehschwäche des Vetters, er trägt eine starke Brille, von der man die Finger lassen muss, ohne sie tapst er hilflos herum, und wenn man ihn Milch trinken lässt, von der es sowieso fast nie welche gibt, wird ihm schlecht. Er erbricht sich auf den Küchenfußboden, die ganze Wohnung riecht danach. Simon kommt in die Küche, und Tischdecke und Boden sind voll mit Erbrochenem, der Vetter wird hinter einem Vorhang saubergemacht. Ein Vorhang aus Handtüchern. Dahinter ein Bottich mit Wasser und Stimmen, vermutlich die seiner Tante, der jungen Mutter, die mit ihrem Sohn spricht. Das ist die ganze Erinnerung. Er erinnert sich an alles drumherum, aber nicht an den Vetter. Abgesehen von den zwei Regeln:

Hände weg von der Brille, gib ihm keine Milch. Dass man die Brille des Vetters nicht anfassen darf, hat ihm seine Mutter erklärt, vermutlich auch, dass er ohne die Brille hilflos sei, denn Simon hat daran keinerlei Erinnerung, wie überhaupt keinerlei Bild von dem Vetter. Der Vetter verbirgt sich hinter dem Handtuchvorhang, taucht nur als mütterliche Ermahnung wegen der Brille, als Geruch und Anblick von Erbrochenem, als geöffnetes Fenster in der kleinen Küche auf. Simon ist verzweifelt, er kann sich an nichts erinnern, was mit diesem Jungen zu tun hat, er sucht in den Fotos, die die Cousine ihm schickt, sucht in den Worten, die er glaubt, gehört zu haben.

Als habe er vermieden, dass man ihn sehe, überlegte Simon. Der Vetter sei klein gewesen, habe manchmal am Fenster gesessen, mit dem Gesicht zur Straße. Nein, das war Simon selbst. Simon hatte am Fenster gesessen und auf die Straße hinuntergeschaut, hatte es geliebt, aus dem Fenster zu sehen. Er glaubt, er habe gewartet, während der Vetter auf dem Klo gewesen sei, habe ihn dort gehört. Ob er jemals wieder herauskommt? Er geht in dem dunklen Flur an ihm vorbei, der Vetter schaut weg, ein Foto wird gemacht, der Vetter duckt sich. Doch auf ein oder zwei Bildern ist er zu sehen, als Neugeborener in eine Decke gewickelt, ein Fleck, der in einen anderen helleren Fleck eingepackt ist.

Später hat er mehrere Träume von dem Vetter. Von einer Gestalt, die nur er sein kann. Der Traum sei fast immer derselbe. Simon ist in seiner alten Straße, der Straße, in der er als Kind gewohnt hat, ist in der alten Wohnung, der Vetter wartet draußen. Manchmal ist der Vetter ein Kind, manchmal erwachsen. Ist er ein Kind, sitzt er in dem großen Baum im Garten, ein Baum, der im Traum größer und kräftiger ist, als Simon ihn aus der Wirklichkeit in Erinnerung hat. Simon geht vorbei, der Vetter ruft, er brüllt irgendetwas, aber Simon blickt nicht zu ihm hoch. Das findet er selbst grausam, aber er wird nicht stehenbleiben. Schlimmer ist der Traum jedoch, wenn der Vetter erwachsen ist. Dann steht er auf dem Platz vor dem Haus, sie begegnen einander, geben sich die Hand, grüßen, manchmal beginnt der Traum wohl schon auf der Treppe, und Simon weiß, dass draußen etwas ist, das er umgehen will, er sucht nach möglichen Auswegen, aber es gibt keinen, und dann muss er durch die immer gleiche Tür, auf den immer gleichen Vorplatz, wo der Vetter steht, guten Tag, sie grüßen einander, der Vetter nimmt seine Hand, begleitet ihn, aber der Vetter soll nirgends hin. Er fragt, wo Simon hinwolle. Und Simon ist auf dem Weg zur Arbeit, das sagt er. Der Vetter fragt, ob er mitkommen könne. Ob er Simon begleiten könne. Ja, sagt Simon, weil die Frage ähnlich dem engen Treppenhaus ist, es gibt keine andere Antwort, keine andere Möglichkeit, und trotzdem weiß er, dass ihn der Vetter nicht begleiten kann, und deshalb muss er eine Lüge erfinden, und er schwitzt im Traum, er windet sich heraus, er muss vor dem Vetter weglaufen, schafft es aber nicht. Er wacht auf, er liegt im Bett und fühlt sich, als hätte der Vetter sich in ihm eingenistet. Auch in diesen Träumen sieht er aber nie das Gesicht des Vetters, es erinnert an andere, ist zusammengesetzt, kann nicht aus dem Traum geborgen werden. Schließlich verändert sich der Traum, Träume verändern sich irgendwann. Jetzt ist der Vetter ein Mischmasch aus Kind und Erwachsenem, er wartet auf ihn als Bettler, Kind,

Erwachsener, Greis. Und will immer dasselbe und Simon weiß, dass es unmöglich ist, er kann ihn, dieses Wesen, diesen Geist, dieses Gespenst, dieses was auch immer nicht mitnehmen. Er spricht es aus. Du kannst mich nicht begleiten. Nein, sagt er. Warum nicht, fragt der Vetter. Weil du tot bist, antwortet Simon. Der Vetter sieht ihn an und wirkt ebenso lebendig wie alle anderen Gestalten, die Simon in diesem Traum wähnt. Du bist als Kind gestorben. Wie?, fragt der Vetter und ist jung, gerade alt genug, die Worte zu erfassen, nicht aber, sie zu verstehen. Vielleicht acht oder neun Jahre alt, älter als er bei seinem Verschwinden gewesen ist. Simon hat keine Antwort. Ich weiß es nicht, sagt er. Der Vetter will wissen, ob er ihn deswegen nicht begleiten könne, ob es das sei. Ja, antwortet Simon. Er wacht auf. Er schläft wieder ein, er träumt dasselbe, mit winzigen Variationen, nur kleinen Veränderungen. Dieser Traum kehrt über mehrere Jahre immer wieder. Er quält ihn. Manchmal meint Simon, den Vetter auch im Wachen zu sehen, sagt er, irgendwo, im Hintergrund, aus dem Augenwinkel, aber wenn Simon sich umdrehen will, wird er ausgelöscht. Dieser Geist, dieser Eindringling.

Ich rufe Helena an, um ihr zu sagen, dass sie gerne vorbeikommen könne, ich bräuchte ein paar Lebensmittel. Ja, es gebe doch etwas, wobei sie mir helfen könne. Falls sie Zeit habe.

Sie scheint sich zu freuen. Ich kann für dich einkaufen gehen, sagt sie. Sag einfach, was ihr braucht.

Nach zwanzig Minuten höre ich, wie ihr Auto vorm Haus vorfährt.

Ich bin's, Mama, ruft sie. Als könnte es sonst jemand sein. Danach ist es eine Weile still, bis sie in der Küchentür erscheint.

Der Antrag, sagt sie. Der liegt noch immer hier.

Enttäuschung. In Gesicht und Stimme, der Hand mit dem Brief.

Sie gibt ihn mir. Und jetzt muss ich den Umschlag also öffnen, muss mir das Blatt mit den unausgefüllten Feldern ansehen, in denen Simons Name stehen soll. Muss Oh sagen, muss sagen, ich hätte ihn wohl vergessen. Ich muss eine Entschuldigung erfinden, sie darf zu Recht unzufrieden mit mir sein, das ist jetzt ihre Rolle. Und ich soll mich schämen.

Ich bin etwas neben der Spur, entschuldige ich mich bei meiner Tochter, sie sagt, schon in Ordnung, Mama. Sie holt mir die Brille, legt sie vor mich auf den Tisch und stellt die Einkaufstüten neben das Abspülbecken. Setz dich ins

Wohnzimmer, Mama, ich kümmere mich um die Einkäufe. Ich gehe ins Wohnzimmer und lege den Antrag auf den Couchtisch, mache die Augen zu, wie Simon sonst. Mache sie wieder auf. Auf der Terrasse hat sich ein Schwarm Spatzen niedergelassen. Im Radio läuft ein Beatles-Song. Sie heißen *The* Beatles, Simon mag die Gruppe, für die Beatles ist er nie zu alt geworden. Was ist nochmal der Titel von diesem Song? *Michelle*. Lange nicht mehr gehört. Simon müsste jetzt da sein.

Die Zeitung liegt zusammengefaltet auf dem Tisch. Helena ist drüben weiter am Räumen, öffnet und schließt die Kühlschranktür, Küchenschränke. Ich überfliege die Zeitungsüberschriften, schaffe eine ganze Spalte, einen ganzen Abschnitt. Ich schaue zu den Spatzen. *Michelle, ma belle, these are words that go together well*. Simon liebt diesen Song.

Oder liebe ich den Song?

Kannst du dich an das Buch erinnern, das Papa so gern mochte?, ruft sie. Das Geschichtsbuch.

Ich weiß, welches sie meint. Sein großes Hobby, Schlachten des Ersten Weltkriegs. Sie ist noch immer in der Küche, ruft herüber.

Ja, antworte ich.

Ich habe versprochen, es zu lesen.

Michelle, ma belle, sont les mots qui vont très bien ensemble.

Aber in Wirklichkeit habe ich keine Zeit dafür.

Très bien ensemble.

Ich werde es wohl nicht lesen, sagt sie, bringt ja sowieso nichts. Mehr.

Ob er für eine Geliebte geschrieben worden ist, denke ich. Der Song. Bestimmt.

Ich verstehe nicht, warum die Zeitung nicht gekommen

ist, sage ich. Gestern war keine da, heute schon wieder nicht.

Eigentlich sollte ich es besser zurückbringen, ruft sie.

Was solltest du zurückbringen?, frage ich.

Sie klappert mit dem Geschirr, räumt den Geschirrspüler ein, macht ihn zu. Der Song ist vorbei, jetzt spricht wer.

Sie steht in der Wohnzimmertür. Helena, unsere ewig Jüngste. Sie setzt sich neben mich, breitet die Arme aus, umarmt mich, wiegt mich. Ich nehme die Zärtlichkeit an und erwidere die Umarmung. Wenn du den Antrag ausfüllst, hol ich es in der Zwischenzeit, sagt sie.

Was, frage ich.

Das Buch, sagt sie.

Warum macht es keinen Sinn mehr?, frage ich. Was meinst du damit?

Ich meine nur, dass ich es ihm nicht erzählen kann, wenn ich es mag, wir werden dieses Buch nicht mehr diskutieren.

Während sie das sagt, greift sie sich in die Haare, sammelt sie hinter den Ohren. Ich kann es für dich holen. Ich kann sowieso nachher nochmal kommen.

Ja, sage ich.

Mama, sagt sie und umarmt mich.

Und dann geht sie.

Sie will das geliehene Buch zurückbringen, als würde es eilen. Eine Stunde später ruft sie an, um zu sagen, es habe etwas gedauert, es zu finden. Als hätte ich um das Buch gebeten, als wäre es dringend und wichtig. Lass dir Zeit, sage ich. Ich bin da.

Aber schon kurz darauf ist sie zurück. Mit zwei Tüten, in

einer das Buch, in der anderen gefrorene Himbeeren, die sie im Sommer im Garten gepflückt hat. Abgefüllt in zwei Tüten. Sie könne es einfach nicht lesen. Auch wenn sie spüre, dass er sich das noch immer wünsche. Das Buch bedeute ihm viel, er sei von dem Autor, dem Historiker, der es geschrieben hat, sehr begeistert. Sie haben darüber gesprochen. Es war eines der letzten Gespräche, das sie mit ihm gehabt hatte, oder eines der letzten, bei dem Simon einen vollständigen Satz zu ihr gesagt hatte. Vielleicht kommt es mir deshalb so wichtig vor, meint sie. Sie hat das Buch genommen, es auf den Wohnzimmertisch gelegt.

Wir stehen eine Weile da.

Ich rätsle immer, was du denkst, Mama.

Wirklich?, frage ich. Ich spreche doch die ganze Zeit.

Nein, sagt sie. Tust du nicht.

Ich sehe meine Tochter an, ihre dunklen Haare, blauen Augen. Ungewöhnlich blau. Simons Augen. Ich betrachte Helena, ihre gläserne Zerbrechlichkeit, die ich seit jeher wahrnehme. Sie hatte als Kind ständig Angst, vor Wasser, vorm Dachboden, vor der Dunkelheit.

Vielleicht rührt das von der Angst her, die sie übernommen hat, ohne zu wissen, wovor sie eigentlich Angst hat, ohne es wissen zu können.

Früher dachte ich wohl, es würde sie beschützen. Nichts zu wissen, dass es sie, sie alle drei, sicherer machen würde. Aber wenn ich mir Helena jetzt ansehe, hat es wohl das Gegenteil bewirkt. Vielleicht erschreckt einen das, was man ahnt, mehr als das, was einem erzählt wird. Das undeutliche, namenlose Gespenst.

Einmal lud sie als Kind Freundinnen zum Geburtstag ein. Sie hatten sich hübsch gemacht, und so spazierten acht herausgeputzte, kritische elfjährige Mädchen durch unser Haus, begutachteten unser ganzes Hab und Gut, drehten und wendeten prüfend Helenas Sachen. Keines der Mädchen redete mit ihr, sie aßen unser Essen, lieferten ihre Geschenke ab, plapperten im Kinderzimmer miteinander, ohne Helena einzubeziehen. Sie beschwerte sich nicht, sie hatte wohl Angst, dass sie auf sie sauer werden würden.

Ein paar Stunden später gingen die Mädchen wieder nach Hause.

Keine Ahnung, warum das so war, es gab keinen ersichtlichen Grund. Als ich Helena fragte, sagte sie nur, sie sei nicht besonders beliebt.

Mit der Zeit wurde sie wie ich, wie wir, sie begann zu lesen, zog sich mehr und mehr zurück. Ihre Schwestern sind härter im Nehmen. Helena ist als Einzige in meine Fußstapfen getreten und Lehrerin geworden. Sie unterrichtet Mathematik und Naturwissenschaften, nichts so Ungreifbares und Vages wie Literatur. Mir sind diese Fächer sympathisch. Sie unterrichtet in der Mittelstufe, dass sie vor Jugendlichen steht und ihnen etwas so Handfestes, Sicheres erklärt, ist ein angenehmer Gedanke.

Ich nehme die eine Tüte mit ins Wohnzimmer. Ich bin noch immer unruhig, vielleicht habe ich ihre Unruhe übernommen. Die Uhr tickt, mit einem Mal höre ich sie.

Helena geht, und mir fällt der Antrag ein. Dass sie gar nicht gefragt hat, ob ich ihn ausgefüllt habe.

Ich erinnere mich an eine Begebenheit auf dem Heimweg von einem Ausflug ins Fjell, wir, Simon und ich, waren schon seit Stunden unterwegs, fuhren von einem kleinen Hotel, in dem wir zu irgendeinem besonderen Anlass für ein paar Tage Urlaub gemacht hatten, nach Hause und kamen in ein Tal, das uns beide an einen anderen Ort erinnerte, einen Ort, an dem wir zuvor einmal waren und den wir gemocht hatten. Wir waren erschöpft. Hungrig und durstig. Da sah ich neben der frisch geteerten Landstraße ein Schild, auf dem stand: Bygdetun. Ich hatte eine Kindheitserinnerung an so eine Art Freilichtmuseum, eine vage Erinnerung an einen warmen Tag, den ich an solch einem Ort verbracht hatte, und durch einen ähnlich warmen Tag fuhren wir jetzt. Ich erzählte es Simon und schlug vor, wir könnten Halt machen. Uns etwas zu essen besorgen.

Simon war unschlüssig, fuhr weiter, ich glaubte, er würde es dabei belassen. Aber an der nächsten Abfahrt wendete er das Auto.

Es war schon später, als ich gedacht hatte, und als wir das Auto hinter den am Straßenrand abgestellten anderen Wagen parkten, verließen einige Leute bereits das Gelände, aber noch hatte niemand die Buden abgebaut oder war am Zusammenpacken. Auf einem Teil des Spielplatzes streichelten Kinder ein Pony, auf der Bühne rangelten zwei Buben um ein Mikrofon, sie sprachen hinein, bogen sich vor Lachen, aber die Anlage war abgeschaltet. Auf den Holzbänken saßen Familien mit Thermoskannen und Kaffeetassen. Aber voll war es nicht, und vielleicht wäre es mit mehr Menschen anders gewesen, wenn noch immer Schlangen vor den Buden gestanden hätten, wie vermutlich den ganzen Tag über, wenn die Leute den Blick auf die Bühne gerichtet hätten, auf das Geschehen dort. Ziemlich schnell wurde mir klar, dass wir eine Attraktion waren, obwohl Attraktion das falsche Wort ist. Man hatte uns bemerkt, oder mehr als das. Wer an uns vorbeiging, sah uns mit Skepsis an, zumindest empfand ich es als Skepsis, jedenfalls weckte es nicht eben das Gefühl, willkommen zu sein. Die Freude meiner Kindheitserinnerung an einen ähnlichen Ort, die ich wiederaufleben hatte lassen wollen, war verflogen. Stattdessen war ich die Fremde, wir waren die zwei Fremden, die sich wo eingeschlichen hatten, wo sie nicht hingehörten.

Wir gingen eine Weile weiter herum, Simon kaufte sich eine Tasse Kaffee. Ich sah mir selbstgestrickte Schals an, ich fühlte mich beobachtet. Sogar von den Kindern.

Auf dem Rückweg zum Auto sagten wir nichts. Ich bin mir sicher, dass wir dasselbe empfunden haben: Wir waren hier nicht erwünscht. Wir schämten uns irgendwie dafür, dass wir möglicherweise etwas missverstanden, die Zeichen von Gastlichkeit falsch gelesen und geglaubt hatten, sie schlösse auch uns ein, dass wir einfach so hineinpassen und willkommen geheißen werden könnten.

Sie mag ihre Arbeit, das wusste ich von Marija. In der Regel ging sie einfach in ein Haus oder eine Wohnung, schloss die Haustür mit dem Schlüssel auf, den man ihr gegeben hatte oder der irgendwo für sie versteckt lag. Arbeitete sich mit Wischmopp und Staubsauger durchs Haus. Keiner war da, keiner gab Anweisungen. Wenige der Häuser waren wirklich schmutzig. Nichtsdestotrotz machte sie gründlich sauber. Sie sah wenig von den Bewohnern, die wohl an diesen Orten lebten, aber selten mehr als ein fast unsichtbares Haar im Waschbecken hinterließen, ein Trockentuch auf dem Küchenfußboden, ein Paar Joggingschuhe im Flur. Und natürlich das Geld, das auf Kaminsimsen oder Esstischen für sie bereitlag oder in wenigen Ausnahmefällen, wie bei uns, auf ihr Konto überwiesen wurde. Manchmal fand sie an einem strategischen Ort eine Münze oder eine scheinbar zufällig aus dem Abfalleimer gerutschte Bananenschale. Eine Art Test, meinte sie.

Da war die Wohnung von diesem Ehepaar. Zuerst hatte Marija gedacht, sie teilten nur die Wohnung, sie seien irgendwie verwandt, vielleicht Geschwister. Denn auf sie habe es gewirkt, als lebten sie getrennt und sprächen wenig miteinander. Sie waren jedoch ein Ehepaar. Der Mann mochte es, mit Marija zu plaudern, während sie arbeitete, er redete über seine Frau. Er redete über seine Frau, die sich auf der anderen Seite der Wand befand oder im Flur vorbeilief, zwischen Bad und Küche, redete, als wäre sie aus dem Haus gegangen, als wäre sie vor langem verschwunden. Oder er sprach von der Hütte und den erwachsenen Kindern, die zu oft dort waren, er sprach abfällig über ihre Gewohnheiten, die Ehepartner, die er nicht ausstehen konnte, über ihre Reisen zu Orten, bei denen er nicht verstehen konnte, wie sich irgendjemand dafür interessierte. Wann immer sie da war, kam er, um mit ihr zu reden. Er konnte minutenlang seine Überlegungen ausführen, plapperte und plapperte, während die Zeit verging und Marija versuchte zu arbeiten. Sie habe den Eindruck gehabt, dass man sie eigentlich nicht fürs Bodenputzen und Saubermachen bezahlte, sondern um mit diesem Mann zu sprechen, sagte Marija. Es war eine Art stillschweigende Voraussetzung. Diese Regelung sollte etwas andeuten. Dass für den Umgang verwischte Grenzen galten, es wurde etwas vorausgesetzt, das sie nur mit Mühe verstehen konnte.

Sie beschlich das Gefühl, dass die beiden, der Mann wie auch die Frau, gar erhofften, sie werde ein Bedürfnis stillen, das die Frau nicht mehr stillen wollte.

In der Regel arbeitete sie alleine, auch wenn sie gerne die Gesellschaft einer Kollegin gehabt hätte, sie hatte gerne eine Freundin zum Quatschen. In leeren Wohnungen wurde es häufig zu still. Jedes Haus hatte seine charakteristischen Geräusche. Sie erinnerte sich zum Beispiel an ein in der Nebenwohnung eingesperrtes Tier. Ein Hund, eine Katze? Das Geräusch war sehr leise, ein leises, helles Winseln, manchmal hörte es sich fast wie ein Kind an, als wäre in einem Zimmer jener Wohnung ein Kind eingesperrt, und die Möglichkeit, dass dort womöglich ein Kind alleine war, fand Marija gruselig.

Die Zimmer wirkten wie aus einem Einrichtungskatalog, einmal hatte sie auf einem Sofa Probe gesessen, sich mit einer teuren Kaffeemaschine einen Kaffee gemacht und ihn aus einer Tasse aus einem Designerservice getrunken, sie schämte sich, als sie mir das anvertraute.

Eine andere Wohnung war vollgestellt mit Fitnesszeug, sonst gab es kaum etwas, in der Küche standen riesige Schraubbehälter mit Proteinpulver und im Wohnzimmer zwei Trainingsgeräte, auf denen sie jedes Mal Staub wischte. Wieder woanders waren überall Fotos von der dort wohnenden Familie. Man hätte fast meinen können, die hätten keinen Spiegel, sagte sie lachend.

In einem Einfamilienhaus hatte es einen unheimlichen Keller gegeben, die Waschküche hatte sich im Keller befunden, man musste die Treppe hinunter, und am hintersten Ende des schmalen Kellerflurs hing an der Tür zu einem dunklen Raum ein Vorhängeschloss, sie hatte in den Raum hineingesehen, dahinter endete der Keller in einem Loch, nur einem Loch in der Wand. Wie eine Gefängniszelle.

Die meisten ihrer Arbeitsplätze waren ganz gewöhnlich, Reihenhäuser, Einfamilienhäuser, einfache Wohnungen. Ich kann da rein, sagte sie, und jetzt weiß ich mein Leben lang, wo ihre Schlüssel sind, wo sie sie verstecken. Zwar hat jeder sein eigenes Versteck, aber ich könnte in dieser Stadt jede Tür öffnen.

Sie freundete sich mit dem Briefträger an. Ebenjenem Mann, der mit mir über die Asylbewerber geredet hatte.

Gelegentlich passte sie ihn ab, bei schönem Wetter wartete sie im Freien darauf, dass er mit der Post kam, sonst schaute sie nur durchs Fenster, sie bestand darauf, uns am Samstag die Post ins Haus zu holen. Da kam immer derselbe Typ.

Ich sah sie durchs Fenster. Wie sie auf dem Gartenweg stand, und wie er mit der Umhängetasche vor dem Bauch anmarschierte, sein Auto parkte an der Straße. Anfangs hatte er offensichtlich kaum geantwortet, denn ich hatte sehen können, dass sie mit ihm sprach, während er die Post raussuchte, er sie aber ignorierte.

Eines Samstags sah ich sie jedoch beieinanderstehen und sie lachte, und mir wurde plötzlich klar, dass die beiden im selben Alter waren, er vielleicht ein paar Jahre älter als sie. Flirten die beiden etwa?, dachte ich. Ich erinnerte mich an das, was er über die Putzfrauen gesagt hatte. Doch jetzt quasselte er angeregt mit ihr.

Sie winkte, als er ging. Stapelte die Post ordentlich aufeinander, drehte sich um und winkte.

Simon erwähnte Marija gegenüber seinen Bruder ein einziges Mal, als sie gefragt hatte, ob er Geschwister habe, er redete ihr zu wenig von seiner Familie. Und da erwähnte er den Bruder. Ich war überrascht. Er sprach nie über seinen Bruder.

Ich beobachtete Simon. Nie wieder war er so kurz davor, Marija von seiner Vergangenheit zu erzählen. Er erzählte, sein Bruder sei vermisst, sie hätten den Kontakt verloren, ihr Kontakt sei nach Ereignissen abgebrochen, die.

Ich glaube, er war drauf und dran zu sagen: die während des Kriegs stattgefunden haben. Hätte er weitergesprochen, hätte er vielleicht das Versteck erwähnt.

Sie hätte vielleicht gefragt: Warum ein Versteck?

Vielleicht hätte er es ihr dann erzählt.

Aber sie hatte ihn mit dem Hinweis unterbrochen, dass es effektive Arten gebe, Vermisste oder Menschen, zu denen man den Kontakt verloren habe, wiederzufinden, sie selbst habe eine Verwandte gefunden, er solle es bei der Auslandsauskunft versuchen: Simon nickte lächelnd und tat auf schwer deutbare Art überrascht, sagte ja, stimmte ihr zu, er müsse es wohl bei der Auskunft versuchen.

Die sind so hilfsbereit, sagte Marija. Die Frau dort meinte, sie brauche von mir nur Namen, Land und wenn möglich eine Stadt, aber ich hatte keine Stadt. Und trotzdem hatte ich nach nur ein paar Minuten Milda an der Leitung, und wir waren überwältigt. Milda und ich, so viele Jahre hatten wir nicht mehr miteinander gesprochen.

Nach und nach beendete Marija mehrere Arbeitsverhältnisse, weil es ihr zu anstrengend wurde. Am Ende ihrer Zeit in Norwegen putzte sie eigentlich nur noch für einen Ladenbesitzer und für uns regelmäßig. Arbeitete sporadisch noch woanders. Ihrer Aussage nach in gemütlichen Wohnungen, alle fast leer.

Die Arbeit dort war leicht.

Norwegische Häuser sind sauber, sagte sie. Wie Norweger.

Ich lachte. Aber sie meinte es völlig ernst.

Es ist wahr, legte sie nach. Norweger sind so. Immer schön. Und sauber.

An manchen Tagen geht er direkt nach dem Frühstück zum Auto, setzt sich auf den Beifahrersitz und wartet darauf, dass wir zur Seniorentagesstätte fahren. Wenn ich nicht innerhalb von zehn, fünfzehn Minuten nachkomme, drückt er auf die Hupe. Wie lange er wartet, variiert, einmal kam ich zum Auto und er war eingeschlafen. Er hupt nur ein einziges Mal. Wenn ich nicht komme, bleibt er noch eine Weile sitzen, und wenn ich dann noch immer nicht komme, schiebt er die Autotür auf und müht sich aus dem Wagen. Gibt der Tür einen kleinen Schubser. Geht enttäuscht zum Haus zurück. Zumindest wirkt er enttäuscht, sein Ausdruck ist ernst und nachdenklich. Nie fragt er, warum ich nicht komme.

Er geht ins Auto. Wartet. Ich lasse ihn warten.

Er will nicht sprechen, ich will nicht fahren. Er sitzt fast eine halbe Stunde im Auto. Durchs Fenster sehe ich seinen Hinterkopf, denke, er sitzt viel zu ruhig, erwäge für einen Augenblick hinauszustürzen, doch dann bewegt er sich.

Er kommt zurück ins Haus, setzt sich ohne die Jacke auszuziehen auf den Stuhl im Flur, schaut durch das Flurfenster, schaut zum Auto. Ich sage nichts.

Ich sehe ihn an. Ich überlege, was er sagen würde.

In der Regel gehe ich hinaus, bevor er auf die Hupe drückt. Ich setze mich neben ihn. Manchmal entfährt ihm ein kurzes zufriedenes Schnauben, das er damit überspielt, dass er sein Taschentuch herauskramt, er wischt sich jetzt ständig mit dem Taschentuch ab, das kann eine Gewohnheit aus der Kindheit sein, die er hervorgekramt hat, als würde jemand, vielleicht seine Mutter, über ihm stehen und ihn bitten, an das Taschentuch zu denken. Wenn ich ihn in den Fluren der Tagesstätte zurücklasse, fühle ich mich weiterhin, als hätte ich ihn für immer weggebracht, als hätte die ganze Autofahrt dorthin nur das Ziel, ihn abzusetzen und dort zu lassen, während ich so schnell wie möglichen dem Ausgang zustrebe, um zu entkommen.

Vor dem Gehen gebe ich ihm einen Kuss auf die Wange, die weiche Haut, und spüre unter meinen Lippen die Wangenknochen.

An den Tagen, die er nicht in der Tagesstätte verbringt, will er mit mir herumfahren. Wohin er möchte, sagt er nicht, aber ich weiß, er will an Orte, an denen wir schon einmal waren. Dort macht er einen zufriedenen Eindruck.

Ich fahre ihn.

Im Auto riecht es angenehm nach Leder, es ist immer gleich geborgen, egal zu welcher Jahreszeit, mollig, ich fühle mich wie in einem Haus, einem beweglichen, um uns gebauten Haus. Meist müssen wir nirgends hin.

Die Autotouren begannen vor vielen Jahren, nur konzentrierten sie sich damals stärker auf ein Ziel. Wir waren zu unserer Hütte unterwegs oder um irgendwelche Verwandten von mir zu besuchen, eines der Kinder, das in einer anderen Stadt studierte, oder einen seiner Kollegen. Wir unternehmen auch heute noch längere Fahrten. Wir verlassen die Stadt, manchmal knallt die Sonne auf die Dächer der überholenden Autos, dem Strom von Autos. Bald, oben im Fjell, werden sie sich verlieren, verschwinden, nur ein oder zwei folgen uns weiter hinauf, dann sind auch sie weg. Es ist Frühling, fast Sommer oder Herbst, früher Herbst. Sein Kopf ist häufig zur Seite geneigt, ruht auf der Schulter, vielleicht schläft er, oder er lässt den Kopf nur dort ruhen. Graue Haare vor dem Sitzbezug, Wärme im Auto. Früher saß häufig er am Steuer. Früher hätten wir über Dinge gesprochen, die wir sehen, manchmal taucht auf einer Seite plötzlich ein Fluss auf, der sich ins Tal hinunterschlängelt. Wasser und Grund wirken türkisgrün, und an einer Stelle schäumt im Flusslauf ein Strudel, wirbelnd, eine aufgewühlte Bewegung, als versuchte der Fluss in die Gegenrichtung zu fließen, entgegen der ihn ins Tal zerrenden Kräfte. Andere Flüsse wieder treiben sachte und klar, wie über Steine strömendes geschmolzenes Glas, manchmal erstreckt sich vor uns das Tal, man sieht keine Menschen, nur Gras, ein vereinsamtes, durchsichtiges Haus, mit verschwindenden Wänden, bald nur noch eine Rahmenkonstruktion mit Dach, die sich Stein für Stein auflösen. Ein Haufen Glas, eine Ansammlung von Materialien, ein verrückter Winkel, eine Unebenheit in der Landschaft rundherum. Die Einsamkeit, die mancherorts herrscht. Unmöglich, von ihr nicht berührt zu werden. Es geschieht ganz plötzlich. Vielleicht sind wir nicht zum ersten Mal an diesem Ort, vielleicht sagt er das, vielleicht sprechen wir darüber, ein alltägliches Gespräch, Musik aus dem Autoradio, Stimmen, die kommen und gehen. Ich erinnere mich daran, wie gerne wir einfach Radio gehört haben. Aber das ist Vergangenheit. Jetzt haben unsere Fahrten kein Ziel, wir sprechen nicht, wir fahren nirgends wirklich hin, es geht nur um die Fahrt an sich. In letzter Zeit jedoch beschleicht mich das Gefühl, dass wir doch irgendwohin unterwegs sind oder zumindest nach etwas Ausschau halten. Vor ein paar Tagen fuhren wir durch einen Wald, und als das Laubdach über uns vorbeizog, ging mir auf, dass das, dass der Wald, den ich sah, ein überlieferter visueller Eindruck war, der schon immer existiert hatte. Natürlich nicht durch eine Windschutzscheibe gesehen, aber trotzdem dasselbe Bild. Im Gegensatz zu der Teerstraße, den Schildern, den Abfahrten zu Rastplätzen. Während ich fuhr, saß Simon schlafend neben mir, ich wollte ihn am liebsten aufwecken, wollte, dass wir das zusammen sähen, dass wir darüber so redeten, wie ich glaube, dass wir das früher getan haben. Oder haben wir nur über die Kinder gesprochen, über Arbeit und das Haus und Finanzen. Ich erinnere mich nicht. Aber das Gefühl war stark, es war äußerst besonders. Ich begann darüber nachzudenken, was in ihm vorging, wenn er so mit geschlossenen Augen dasaß, wenn ihn der Schlaf übermannt hatte.

Manchmal hole ich ihn früher ab, er scheint nichts dagegen zu haben, er folgt mir und ich helfe ihm in den Mantel, aber anstatt nach Hause zu fahren, steuere ich das Auto auf die Hauptstraße, wir fahren aus der Stadt, durch die Tunnel und weiter hinaus in ein offenes Gebiet, wo wir uns entscheiden müssen, welche Straße wir ins Fjell nehmen. Dort hoch kommt man in jedem Fall. Oben drehe ich wieder um und fahre zurück. Und eines Nachts habe ich mich an ihn gekuschelt, im Traum, aber ich konnte deutlich sein Herz hören, die Haut darüber wie ein dünnes Häutchen, er schloss die Arme um mich, ich schob ihn im Bett hoch, bis er fast saß, kletterte auf ihn, schob seine Erektion in mich. Und dabei bemerkte ich, dass ich weinte. Als ich wieder zu ihm blickte, schien er etwas sagen zu wollen, konnte es aber nicht herausbringen. Ich stand auf, ich versuchte ihm zu helfen, etwas steckte in ihm fest, ich fühlte nach seinem Puls, und als ich ihn nicht fand, hechtete ich auf die andere Seite des Betts und presste meine Hände, meine Handflächen gegen seine Brust. Und während ich das tat, machte er die Augen auf.

Dann bin ich aufgewacht und er hat neben mir gelegen, und ich habe mich aufgesetzt und nach seinem Puls gefühlt, auch wenn er ruhig atmete wie sonst auch.

Ich war bei der Kirche, um das Grab des jungen Manns zu pflegen, Simon half mir, indem er mit der Gießkanne die Pflanzen wässerte, da kam der Priester zu uns. Er sprach genauso bedächtig, wie ich es von jemandem wie ihm erwartete.

Er sagte, dass er mich damals in der Kirche gesehen habe, er habe gesehen, wie ich sie wieder verließ, schade, dass wir nicht hätten sprechen können. Ich könne mich gerne bei ihm melden, fuhr er fort, wenn etwas sei. Ich blickte ihm ins Gesicht und überlegte, ob er das aus Pflichtgefühl sagte, aber er wirkte aufrichtig.

Übrigens, wir haben am Sonntag einen Taufgottesdienst, sagte er.

Ich nickte, wollte schon erwidern: Das schickt sich wohl nicht für uns.

Als wir am Sonntag spazieren gingen, sahen wir vor der Kirche ein paar Grüppchen Kirchgänger. Unsere Blicke richteten sich auf die geöffneten Türen, durch die die Leute eintraten, um Platz zu nehmen. Während des Gottesdiensts hatte Simon die Augen zu, schläfst du, fragte ich ihn, und da machte er sie wieder auf. Als hätte er nur für einen Augenblick alles um sich herum ausschließen müssen. Der Täufling, nach vorne getragen von einer rundlichen Frau mit halblangem Rock und schwarz glänzenden Stiefeletten, wie soll das Kind heißen, die Mütze wird abgenommen, der Kopf über das Taufbecken gehalten. Das Köpfchen des Babys nur ein paar Zentimeter tiefer, es untertauchen, schon wäre das Ritual völlig anders, erschreckend. Die Familie steht aufgereiht, alle in Festtagskleidung, das Kind ist still, ein Junge. Ein Mädchen singt, ein junges Mädchen singt ein Kirchenlied, mit unglaublich heller, zarter Stimme, einem Puppenstimmchen, sie singt *Eine feste Burg ist unser Gott*, heißt das Lied so? Beim Rausgehen gab Simon dem an der Treppe stehenden Priester die Hand. Ich hätte nicht gedacht, dass der Priester normalerweise an der Kirchentreppe steht. Simon reichte ihm jedenfalls die Hand, nahm die Hand, hielt sie fest, als wollte er etwas sagen, womit der Priester vermutlich ebenfalls rechnete.

Aber es kam kein Wort. Ich habe gesehen, wie der Priester wartete, und Simon lächelte.

Vielleicht hat er über den Priester gelächelt, über was auch immer. Er schien über etwas nachzugrübeln.

Der Priester nickte uns zum Abschied zu.

Als wir dann weggingen, kam es. Das Wort, das Simon vielleicht auf der Kirchentreppe im Kopf gehabt hatte. Fabelhaft, sagte er. Das erste Wort seit zwei Tagen. Fabelhaft.

Ich habe später darüber nachgedacht, ob ihm dieses Wort einfach so eingefallen war. Manchmal tauchen Wörter auf, als würde er über sie stolpern, er findet sie und untersucht offenbar ihre Bedeutungen, schmeckt an ihnen, ob sie weiterhin Sinn ergeben, ob sie es wert sind, ausgesprochen zu werden. Andere Male überraschen sie ihn offensichtlich ebenso sehr wie mich. Bankrott, kam es einmal plötzlich aus ihm heraus. Kopierer. Kalligraphie. Sein Blick fällt auf die Zeitung und er liest Bruchstücke eines Textes, Überfall, Altersvorsorge, Steuerhinterziehung.

Anfangs habe ich geglaubt, das sei eine Einleitung, habe gewartet, was er als Nächstes sagen würde, manchmal einen ganzen Tag. Ich war mir sicher, dass diese vereinzelten Wörter Bruchstücke eines verstreuten, sich zeitlich ausdehnenden Monologs waren, und dass er damit etwas Bestimmtes ausdrücken wollte. Wie in der Geschichte über die zwei Trolle, oder sind es drei?, wo der eine etwas sagt, dann vergehen einhundert Jahre, dann antwortet der andere.

Wenn ich sie auflese, seine Wörter, und zusammensetze, werden sie in gesammelter Form vielleicht etwas ergeben, eine Art Sinn. Vielleicht auch nicht.

Ich bin als Kind in einer Kirche gewesen, erzählte Simon vor vielen Jahren. Er hatte an diese Kirche zwei Erinnerungen. Die erste war an irgendeinen Tag vor dem Krieg, eine kleine Bande Jungs, die ohne Ziel durch die Gegend streiften. Simon, sein kleiner Bruder, ein Freund, vielleicht noch ein oder zwei mehr. Sie waren vor der Kirche, die in einer ruhigen Straße lag, stehen geblieben. Sie sind ganz allein, kein Erwachsener in der Nähe. Nur die Kirche, die sie alle nicht sonderlich beeindruckend finden, sie ist wie andere Kirchen auch, eine Kreuzkirche, errichtet auf einem kreuzförmigen Grundriss, eine auf dem lateinischen Kreuz basierende Konstruktion, mit einem langgezogenen Hauptschiff. Sie steht von ein paar Häusern und anderen Bauten eingerahmt in der Mitte eines offenen Platzes. Niemand bewacht die Kirche, warum sollte auch jemand eine Kirche bewachen, sie umrunden das Gebäude, erkunden es, ein massives, aus grauen Steinen gemauertes Bauwerk, mit riesigem Turm, Kirchturmspitze. Sie sind noch nie im Inneren gewesen. Dieses Gebäude, das sie bestimmt vorher schon gesehen, aber vielleicht noch nicht bemerkt haben, ist auf einmal zum Sinnbild für etwas geworden, das noch nicht formuliert ist, das darauf wartet aufzutauchen, in ihren Gedanken Form anzunehmen. Was, wenn sie etwas dranschreiben oder dagegenspucken, was, wenn sie auf einen Baum klettern und von dort auf den niedrigsten Teil des Dachs springen, oder wenn sie eine Botschaft in die Kirchenmauer ritzen. Keiner hat etwas zum Schreiben dabei, keine Kreide. Da öffnet der Älteste von ihnen seine Hose. Schockiert und begeistert beobachten sie ihn, sie begreifen, woran er denkt, was er vorhat. Aber aus lauter Angst kann er nicht pinkeln, presst nur ein paar dünne Tröpfchen hervor, die einen winzigen Fleck an der Mauer hinterlassen, am untersten Ende der Mauer, neben der Treppe. Sie starren auf den Fleck, ob er womöglich wächst, sich ausbreitet, wird er vielleicht zu einem richtigen Bild, einem Muster? Die Hände des ältesten Jungen sind noch am Hosenschlitz, die Sonne scheint auf den dunklen Fleck, in einer Seitengasse hören sie ein Orchester, es ist kurz vor dem Krieg. Eine Kirche.

Ein Mann in dunklem Mantel kommt die Straße herauf. Ein Erwachsener. Sie stürzen davon, rennen, wie Jungs in ihrem Alter rennen können. Über die Gemeindewiese, die Straße hinunter, verschwinden über die Pflastersteine. Sie kommen nie wieder zurück. Der Gedanke daran lässt Simon damals nachts angsterfüllt aufwachen. Später muss er zu verschiedenen Gelegenheiten in diese Straße, jedes

Mal habe er das Gefühl gehabt, dass man den Fleck sehen könne, dass er sich stetig weiter ausbreite und nur darauf warte, entdeckt zu werden, dass es nur noch eine Frage der Zeit sei, bis er für alle sichtbar werde, für die ganze Stadt.

Sein Besuch der Messe in der Kirche war später. Ich war mit einer Freundin meiner Mutter dort, erzählte mir Simon, sie gehörte zu denen, die uns dann im Krieg mit dem Versteck geholfen haben. Seine Mutter habe ihren Stolz überwinden müssen, um von dieser Frau Hilfe annehmen zu können, wegen ihm und diesem Besuch in der Kirche sei es zum Konflikt zwischen seiner Mutter und einer Helferin gekommen. Ich kann mich nur vage an sie erinnern, sagte er. An die Freundin. Vielleicht hatte sie braune Haare, vielleicht waren sie lang, bis zu den Schulter, vielleicht standen die Zähne im Oberkiefer etwas vor, waren etwas schief, vielleicht lächelte sie mit ihren schiefen Zähnen aus einem dunkelrot nachgezogenen Mund und die langen Haare glitten bei einer Kopfbewegung über die Schulter, die Menschen aus dieser Zeit seien so flüchtig, beklagt er, selbst die einfachsten Merkmale entzögen sich der Erinnerung, während einzelne Eigenschaften hervorstächen und deutlich, fast überexponiert im Gedächtnis klebten. Zum Beispiel, dass sie Stofftaschentücher hatte oder dass sie mir ständig etwas von meinen Kleidern zupfte, sagte er, einzelne Haare, kleine festsitzende Krümel, Staubkörnchen. Sie gingen gemeinsam in ihre Lieblingskirche, wahrscheinlich war sie Protestantin, er erinnert sich, dass die Kirche protestantisch anmutete. Sie war ein Mädchen, eine junge Frau, Ende zwanzig, eine Freundin meiner Eltern, sagte er, man vergisst leicht, dass sie selbst ziemlich jung waren, so schnell sind sie nach dem Krieg gealtert. Obwohl ich es nicht mit Gewissheit sagen kann, fuhr er fort, bilde ich mir ein, dass sie mich nicht bekehren wollte. Sie teilte lediglich eine Geschichte mit mir, die ihr wichtig war, und die Kirche war der Ort, an dem diese Geschichte am besten erzählt wurde. Durch ihre Überzeugung und Vorstellung wurden das Neue und auch das Alte Testament zu einer schillernden Parade und ihre gedämpfte Stimme eine Betonbrücke, über die die ganze Erzählung in seinen mehr als empfänglichen kindlichen Geist einmarschieren konnte. Sie erzählte aus der Bibel mit solcher Intensität in der Stimme, traurig, schön, grotesk, stark und mehr. Diese Worte hat Simon benutzt, um davon zu erzählen. Und dann war da der Besuch in der Kirche.

Vielleicht an einem Vormittag, vielleicht an einem Abend, umgeben von den großen Fenstern, den Bildern über dem Altar, der Erwartung, dem Klang der Kirchenorgel. Die Orgelmusik hallt von den Wänden wider, nach mehreren Ohrentzündungen ist Simon geräuschempfindlich, aber er hält es aus, ist nicht versucht, sich die Finger in die Ohren zu stecken, um es zu dämpfen, außer ihm sind noch andere Kinder in der Kirche, die glauben vielleicht, er sei ihr Sohn, er glaubt es fast selbst. Wahrscheinlich steht er auf, wenn alle anderen aufstehen, faltet ebenfalls die Hände, ahmt die Gesten nach, was sie wohl ausdrücken? Bei ihm zu Hause faltet niemand die Hände oder betet.

Hatte sie ihn beschworen, nichts davon zu erzählen, hatte sie einen Grund gefunden, warum die Erwachsenen bei ihm zu Hause es nicht wissen sollten? Es musste ein Geheimnis zwischen ihnen bleiben, und deshalb war es für ihn ihrer beider Geschichte. Der Engel, das Weihnachtsevangelium, Golgatha, die Kreuzigung, die Auferstehung. Von außen sah das Kirchenhaus aus wie alle Kirchen, glatt und wuchtig wie Beton, obwohl es möglicherweise aus einer älteren Zeit stammte, womöglich gar alt oder schön war, und im Inneren sitzt sie neben ihm und hält seine Hand, mittendrin steht sie einmal auf und folgt einer kleinen Schar Menschen nach vorne zu dem Bogen vor dem Altar, ihre Hand signalisiert ihm, er solle warten, das tut er und sieht, dass auch die anderen Kinder sitzen bleiben. Während die Eltern in ungeordneter Reihe nach vorne gehen, sich hinknien und vorbeugen, kniend etwas in den Mund gesteckt bekommen. Das muss etwas Gutes sein, denkt Simon und ist ein wenig enttäuscht, dass er das nicht auch haben darf, etwas Gutes wird nicht oft verteilt.

Aber hinterher, auf dem Weg nach Hause, erklärt sie ihm, es sei anders, als er denkt. Er hält ihre Hand und bildet sich ein, dass sie beinahe feierlich wirkt, als hätte sie eine Eroberung gemacht, oder er denkt das zumindest jetzt, als Erwachsener. Er glaubt, sie sind danach noch in ein Café gegangen und er hat ein Getränk bekommen. Limonade, Tee. Er war glücklich, sie hat ihm weiter vom Testament erzählt, aber als sie sich seinem Zuhause genähert haben, hat sie ihn gebeten, seinem Bruder nichts zu erzählen, sonst würde er vielleicht neidisch. Wenn möglich auch nicht den Eltern. Ob er es denn erzählen wollte? Nein, wollte er nicht.

Die Besuche, denn es gab mehrere, flogen auf. Auch das unter der Matratze versteckte Buch. Das Neue Testament, in dem er gelesen hatte und das für ihn eine Fabel mit Magiern und Zauberern war. Ich hatte das Neue Testament zwar nicht unbedingt verschlungen und verdaut, meinte

Simon, aber es hatte mich doch beeindruckt, vor allem die Geschichte von der Auferstehung, den Frauen am leeren Grab Jesu, ich mochte die Momente, die wie Zauberei wirkten, auch wenn ich nicht weiß, warum ich diese Dinge mit etwas Fröhlichem assoziiert habe. Die Kreuzigung, wie sich die Idee zu einem spannenden Märchen formte. Wahrscheinlich lag es an der Art, wie es mir erzählt worden ist, wie die Freundin meiner Mutter es mir erzählt hatte. Es hat sie tief getroffen. Meine Eltern. Die Besuche und was sie alles ausgelöst haben mussten (er hatte keine Ahnung, was sie ausgelöst hatten), hatten sie als Provokation empfunden, nicht weil sie religiös waren, im Gegenteil, sondern weil sie, die Freundin, ihrer Auffassung nach versucht hatte, mir etwas Falsches zu vermitteln, etwas, das nicht zu uns gehörte, sagte Simon. Dabei gehe es nicht um Religion, sondern um fehlenden Respekt, keiner von ihnen sei sonderlich religiös, aber das Ganze habe mit Identität zu tun, hatte sein Vater gesagt. Mit dem, wer sie waren. Wer sind wir denn, hatte Simon am liebsten fragen wollen. Die wütende Mutter, das traurige, alt wirkende Gesicht des Vaters, alt, obwohl er noch jung war. Er glaubte an nichts. Simon hat auch nie an irgendein Testament geglaubt, aber er hat mir diese Erinnerung mit großer Freude erzählt, man hatte ihn zu etwas mitgenommen, heimlich, wie zu einem geheimen Auftritt, einer Vorstellung. Einige Jahre später kam er an der Kirche vorbei, sie war dunkel, verschlossen, niemand da. Aber er konnte sich noch erinnern, wie sich die Türen geöffnet hatten, an das Licht, die Orgel, die Theaterbühne. Die ganze glitzernde Geschichte. Fabelhaft.

In den Geschäften und den Straßen der Stadt herrscht eine Bewegung, die ich sonst vermisse. Ich bin jetzt eine dieser Frauen, die die Welt vom Bus aus betrachten, durch Fenster. Von Parkbänken und Wartehäuschen. Ich störe niemanden und niemand fühlt sich gestört. Wo ich auch gehe, ich falle nicht auf, mein Körper ist in einer Gruppe von Menschen kaum sichtbar, ich bin weder dick noch dünn, spreche weder leise noch laut. Sollte ich mehr aus mir machen? Nach ein paar Stunden in der Stadt fühle ich mich wie in einer aufreibenden, mäkelnden Maschine, und nach meiner Rückkehr nach Hause bin ich richtig dankbar für die Stille, wie vermutlich ein Schlafloser für Schlaf.

In den Stunden bis ich ihn wieder abhole suche ich mir eine Beschäftigung nach der anderen. Manchmal laufe ich durchs Haus und finde nichts, was zu tun wäre. Manchmal starre ich die Uhr an und merke nicht, wie ich die Hände an den Mund hebe und sie an den Kieferknochen entlangführe, wie ich eine Ewigkeit in einer wiederholenden Bewegung über mein Gesicht streiche, bis mir auffällt, was ich tue. Ich mustere meinen Körper und denke, ich sollte mit ihm zufrieden sein, jetzt, da er nicht mehr für etwas anderes steht, als wer ich bin, da ich mich nicht mehr mit einer Schönheit auseinandersetzen muss, mit der ich nichts zu tun habe, einer Weiblichkeit, mit der ich mich nie anfreunden konnte.

Aber der Körper macht sich stärker bemerkbar, die Physiologie, die Maschinerie offenbart sich mehr denn je. Alles, was man versteckt und in den Hintergrund gedrängt hat, rächt sich und tritt ins Rampenlicht, die Schmierung der Gelenke versagt, sogar die Peristaltik, die Darmbewegungen, die die Zeitpunkte eines Tages mehr markieren als irgendetwas anderes, das hat schon eine Komik. Es ist echt. Zumindest kann keiner behaupten, es würde an Authentizität fehlen.

Die überlaut tickende Uhr, aber im Augenblick ist das Geräusch nicht aufdringlich. Ich öffne die Tür zum Wohnzimmer. Dahinter steht der Sessel, auf dem er immer sitzt.

An manchen Tagen vergesse ich sein Schweigen beinahe. Die Stille wirkt mit einem Mal vergänglich, bald werden wir wieder sprechen. Er wird etwas sagen und ich werde antworten. Wie ich das vermisse. Ich möchte ihm am liebsten sagen, dass er aufhören müsse, mir das anzutun. Es fühlt sich an, als hätte er sich dafür entschieden, als wäre es sein freier Entschluss. Mich auszuschließen, uns alle auszuschließen.

Als wir einander gerade kennengelernt hatten, dachte ich ständig, dass er verschwinden werde. Dass er eines Tages in einem Zug sitzen wird, vielleicht auch einem Flugzeug, an einem Ort weit weg von mir, von uns.

Er werde einen Zettel, einen Brief hinterlassen. Ich würde ihn öffnen und lesen, was er geschrieben hat. Es würde nichts erklären.

Später hat er mir erzählt, dass er umgekehrt dasselbe geglaubt habe.

Mir ist klar geworden, dass die Stimme, die Worte der Zugang zu ihm sind. Aber auch zu uns. Es fühlt sich an, als hätte er sich zurückgezogen, sich wieder verschlossen. So wie die alte Straße, in der wir als frisch verheiratetes Paar gelebt haben, für den Verkehr gesperrt worden ist, der Verkehr wurde umgeleitet und die Straße ist vereinsamt. Für mich ist es, als wäre er in einem anderen Haus, an einem unerreichbaren Ort, ich kann sehen, dass er darin umhergeht, wie er über etwas lacht, er ist mit allem Möglichen beschäftigt, ich nehme alles zur Kenntnis, und er blickt durch die Fenster zu mir heraus, er steht in der Tür. Auf Distanz.

Ein paar Jahre vor der Episode, als wir frisch in diesen Stadtteil gezogen waren und unsere älteste Tochter Greta noch ein Baby war, ging ich viel spazieren. Bei meinen Spaziergängen in der Nachbarschaft bemerkte ich einen Jungen. Er wohnte nicht unmittelbar in unserer Nähe, sondern auf der anderen Seite des Felds, nahe der Kirche. Er machte seinen Schulweg immer allein, ohne Kameraden. Häufig war ich gegen Schulschluss gerade mit dem Kinderwagen draußen, dann sah ich ihn am See entlangstapfen. Er trödelte. Blieb stehen, schaute sich an, was es zu sehen gab, zu der Zeit ließen dort häufiger ein paar ältere Jungs ihre Drachen steigen. Er beobachtete sie vom See aus. Ich dachte damals, er müsse wohl im Alter meines Sohns sein, des Jungen, den ich weggegeben hatte. Es ist eine Art Spiel, bei dem man die ganze Zeit weiß, dass man spielt und gleichzeitig auch die Idee des Spiels kreiert, man ist sich der Fiktionalität bewusst, was aber nichts über die Illusion an sich aussagt. Mir gefiel die Vorstellung, dass er vielleicht mein Sohn war. Sie verschaffte mir irgendwie Genugtuung. Zu denken, dass es ihm gut ergangen war, war wohltuend, zumindest musste ich ausgehend von dem, wie ich ihn jetzt erlebte, ja der Überzeugung sein, dass es ihm gut ergangen war. Ich konnte mir seine Kindheit ausmalen, ganz in der Nähe. Eine Familie aus Vater, Mutter und Kind, ich sah das Haus, in dem er wohnte, ein Haus mit Garten, im Winter lief er bestimmt auf dem See Schlittschuh und im Sommer fuhren sie in ihr Ferienhäuschen.

Bei einem meiner Abendspaziergänge brannte in seinem Zimmer im Obergeschoss Licht. Ich entdeckte ihn im Fenster. Er klebte etwas an den oberen Teil des Fensterrahmens, ein an dünnem Draht befestigtes Figürchen, es begann sich zu drehen, vielleicht von der aufsteigenden warmen Luft einer Heizung unterm Fensterbrett. Wir verfolgten beide, wie die Bewegung, wie das Figürchen die Richtung änderte, sich erst dahin, dann dorthin drehte. Er stand drinnen am Fenster, ich draußen auf der Straße, etwas auf Distanz. Irgendwie meinte ich, nein, ich war mir sicher, dass er mich wahrgenommen hatte. Zumindest nach einiger Zeit. Mein rastloses Auf- und Abschieben des Kinderwagens. Die allzu zufälligen Begegnungen. Einmal waren seine Eltern dabei. Ein paar Mal sah ich ihn beim Vorbeigehen an der Schule im Pausenhof. Mit Kameraden, oder auch alleine. Ein andermal bekam ich mit, wie ihm auf dem Schulweg ein paar Jungs den Weg abschnitten, ihn schubsten, ihm ein Bein stellten. Noch bevor ich ihn erreicht hatte, hatte die Gruppe sich aufgelöst. Er kniete am Boden, wegen seines vollgepackten Schulranzens fiel ihm das Aufstehen schwer.

Alles in Ordnung, fragte ich. Er nickte nur. Ich half ihm hoch, aber als sich unsere Blicke begegneten, lag in seinen Augen keine Dankbarkeit. Er hastete weiter den Gehsteig entlang und ich schaute ihm nach, Greta im Kinderwagen weinte los, als ahnte sie, dass ich sie einen Moment lang vergessen hatte, sie hörte erst wieder auf, als ich sie herausnahm.

Kurz darauf überholte ich ihn auf dem Gehsteig.

Ich fantasierte mir ein Gespräch zusammen.

Er sah mich an. Ich sah ihn an.

Alles wieder gut, fragte ich. *Ich möchte gerne mit dir sprechen.*

Ich weiß nicht, wer du bist.

Nein. Aber ich würde es gerne erklären.

Er erwiderte meinen Blick nicht mehr. Zwar nahm er weiterhin denselben Weg wie früher, jetzt aber deutlich häufiger unten am See. Wenn wir einander begegneten, hatte er es immer eilig, an mir vorbeizukommen.

Begegnungen auf der Straße, ihre Gesichter, sehen, wo sie zuhause sind, die Straßen kennen, die sie täglich nehmen, beispielsweise zur Schule. Sehen, wie er sie überquert, täglich an derselben Stelle. Gesichtszüge wahrnehmen, wie dass das Gesicht jung und noch nicht fertig ist, dass er vielleicht zehn, vielleicht zwölf Jahre alt ist. Irgendein Junge aus der Nachbarschaft. Da sein Haus, da seine Schule. Da die Straße, auf der er geht, manchmal auch unten am Wasser.

Ich habe oft an ihn gedacht, suche nach seinem Gesicht, versuche es in Erinnerung zu behalten, das Gesicht dieses Jungen. Er hat mit der Episode nichts zu tun, ebenso wenig mit dem Jungen im Grab, aber irgendwie ist doch ein Zusammenhang entstanden, als hätten sich ihre Erscheinungen übereinandergelegt, und erneut muss ich an eine Fotografie denken, an ein fehlentwickeltes Foto, auf dem zwei

Motive zu sehen sind, die in einer zufälligen Verbindung ineinanderfließen. Wie es Erinnerungen im Bewusstsein ununterbrochen tun.

Einmal war noch eine Frau auf dem Friedhof, eine Frau in meinem Alter. Sie blieb für einen Augenblick vor dem Grab stehen. Ich war neugierig darauf, wer sie war, ob sie mir vielleicht etwas erzählen konnte, ich wollte mit ihr sprechen und ging schneller, aber kurz bevor ich sie erreicht hatte, bewegte sie sich fort, und je mehr ich darüber nachdenke, desto unsicherer bin ich mir, ob sie wirklich an dem Grab innegehalten hatte. Ob sie dort länger gestanden hatte als anderswo. Sie war bestimmt auf der Suche nach einem anderen Grab, vielleicht spazierte sie auch nur umher und las die Namen auf den Grabsteinen.

Warum beunruhigt mich das so sehr, dieser Mangel an Liebe, an Zuwendung. Die Einsamkeit in dem Namen und dem kleinen Erdhügel. Dass niemand kommt, dass nie jemand da ist. Als Kind begleitete ich sonntags häufig eine ältere Verwandte zum Friedhof, einem kleinen versteckten Friedhof hinter einer alten Kirche, dort spielte ich wie in einem kleinen Park, während meine Großmutter die Gräber pflegte. Sie kümmerte sich um die Toten. Nur selten erzählte sie mir Geschichten über sie oder beschrieb, wie sie gelebt hatten, eigentlich waren die einzigen zugänglichen Details die an die Wand ihres Hauses gehängten, gerahmten Porträtaufnahmen, von denen uns die mittlerweile verstorbenen Menschen mit unscharfen Augen entgegenstarrten, doch in der Art, wie meine Großmutter die Steine aus der Erde klaubte und vorsichtig neue Blumen zwischen die vorhandenen setzte, lag Zuwendung. Als breiteten ihre Hände eine Decke aus dunkler, schwerer Erde über die Verstorbenen, im Winter entfernte sie den Schnee, und rund um Weihnachten entzündete sie eine Kerze in einer schmalen Laterne, die zurückblieb, wenn wir nach Hause gingen. Als bräuchten auch sie Licht, die Toten.

Vor mir liegt der Antrag, ich habe ihn auf dem Sofatisch liegen lassen, beim Herausziehen aus dem Umschlag sind die Ränder etwas zerknittert. Simon ist alt, ihn wegzugeben ist für uns beide das Beste. Helenas Ansicht nach hatten wir bereits darüber gesprochen. Kannst du dich nicht daran erinnern, Mama? Dass ich ihn weggeben müsse. Habe ich darüber gesprochen? Ich kann mich nicht daran erinnern. Ihre älteren Schwestern sind bestimmt ihrer Meinung. Bestimmt stecken die beiden dahinter, schieben Helena vor, wie schon als Kinder, wenn sie ihre kleine Schwester auf der improvisierten Bühne im Wohnzimmer nach vorne geschoben hatten. Sie hatte zu weinen begonnen, oft hatte sie dann losgeheult. Sie hatte versucht zu tun, was die beiden wollten. Zu tanzen, als Teil der Vorstellung. Oder zu singen, einen Witz zu erzählen, ein Zauberstückchen vorzuführen.

Ihn verschwinden lassen. Sie haben sich entschieden. Der Aufenthalt in der Tagespflegestätte ist nicht genug, er braucht etwas Besseres. Ein *Heim* für Senioren. Ich muss es einsehen. Unser Zusammenhalt ist mit einem Mal irgendwie suspekt, unbesonnen.

Simon, der meist in seinem Sessel schläft, vormittags manchmal für Stunden. Ich betrachte ihn beim Schlafen und warte darauf, dass er aufwacht. Manchmal redet er im Schlaf, aber nichts, was ich verstehen könnte. Als unsere Töchter noch klein waren, habe ich ihnen manchmal beim Schlafen zugesehen, sie konnten überall schlafen, auf meinem Schoß, auf einer Treppe, im Bus nach Hause, auf der Rückbank im Auto, wenn wir auf dem Heimweg von einem Fest waren, bei dem es spät geworden war, oder wie an besagtem Augustabend auf dem Rückweg von der Hütte, es geschah übergangslos, vom wachen Zustand fielen sie plötzlich in Schlaf, als würden sie sich nach innen falten, den Schlaf um sich spinnen, wie eine Raupe sich in einen Kokon einspinnt, die Augenlider sanken herab, und dann war es für mehrere Stunden praktisch unmöglich, sie wieder aufzuwecken, und wenn ich sie dabei betrachtete, kam mir plötzlich in den Sinn, dass ich sie eigentlich nicht kannte. Während des Schlafs, der Stunden, in denen sie uns vergaßen, überlegte ich, was ihnen Tag für Tag Schaden zufügte, was sie geformt hatte beziehungsweise gerade formte, was ihnen Angst machte, wovon ich nichts wusste und das ich nicht aufspüren konnte, weil mir dafür die Voraussetzungen fehlten, das aber womöglich für sie gerade in ihnen drinnen sichtbar war. Ich fühlte mich hilflos. Ich hatte und habe ein solches Gefühl von Nähe zu ihnen, und trotzdem leben sie ihr eigenes Leben, ich weiß nicht, ob ich sie wirklich gut kenne. Ich dachte immer: wem ähneln sie, welche familientypischen Züge kann man an ihnen erkennen, Züge von Menschen, die längst weg sind. Der Antrag auf dem Sofatisch. Ich habe einen Stift gefunden, darauf prangt das Logo einer Hotelkette, eine Telefonnummer, eine Internetadresse. Ich habe keine Ahnung, wo der herkommt. Wer hat ihn auf diesen Tisch gelegt?

Nachname, steht da, bitte in Großbuchstaben ausfüllen. Ich setze einen Punkt auf das Blatt, er ist blau. Glaube Simon ausatmen zu hören. So hat er früher oft ausgeatmet, wenn er etwas sagen wollte, wie ein Seufzer, um Kraft zu sammeln. Aber er ist nicht hier. Was ich höre, ist mein eigener Atem. Ich betrachte den Stift, die Hand, die ihn hält.

Der Junge, den ich geboren habe, mein Sohn. Ich denke daran, wie ich ihn in seinem Bettchen beobachtet habe, wie er dalag und schlief, aufwachte. Wieder einschlief.

Ich nahm ihn nur selten hoch, nur wenn ich ihn füttern oder wickeln musste.

Sonst ließ ich ihn in dem kleinen Bettchen liegen, die meiste Zeit heulte er. In sämtlichen Variationen von Weinen, von leisem Schluchzen bis zu todesängstlichem, ohrenbetäubendem Geplärre, Brüllen. Manchmal ging das stundenlang, bis endlich das Heulen langsam abebbte und von Stille abgelöst wurde. Bei Tageslicht konnte ich linienförmige Spuren auf seiner Gesichtshaut entdecken, sie erinnerten an Narben. Die Hände hatte er oft ineinander verschlungen. Manchmal lag in seinem Blick ein Ausdruck, den ich als Angst deutete, ich glaube, er hatte Angst vor der Dunkelheit, den Geräuschen, die von der Straße hereindrangen, vielleicht auch vor mir.

Beim Trinken der Milch, die ich ihm mit einem Fläschchen gab, war er immer unruhig, seine Ärmchen und Beinchen waren unablässig in Bewegung. Als gäbe es keinen Ort, an dem er Ruhe finden konnte.

Als er dann ein paar Monate alt war, versuchte er Kopf und Oberkörper anzuheben, sich hochzustemmen, vielleicht suchte er nach mir, nach einem Ausweg, und wie ein Mensch am anderen Ende des Lebens, ein Greis, gefesselt ans Bett, konnte er nirgends hin. Sein schwerer Kopf plumpste wieder auf das Kissen, die Matratze.

Das Weinen.

Es hörte nicht auf. Es war sein einziges Mittel. Er wurde groß genug, um sich aufzusetzen, er sah mich mit demselben ängstlichen Blick an, seine Augen flackerten. Ich habe keine Erinnerung daran, dass er gelächelt hätte, aber ich habe ihn selbst nie angelächelt, deshalb fiel das nicht weiter auf.

Ich hatte ihn auf der Stelle weggeben wollen, aber irgendwer, vermutlich mein Vater oder meine Mutter, hatte gesagt, wo ich ihn jetzt bekommen und mir das eingebrockt hätte, müsse ich auch die Verantwortung übernehmen. Also war ich für ihn verantwortlich. Er wollte mich, ich ihn aber nicht.

Es gab auch andere Augenblicke, vielleicht wenn er schlief oder auch wenn er mich ansah, ohne etwas zu wollen, wenn ich mich nicht gerade schämte oder wütend war, empfand ich manchmal Augenblicke von Ruhe, manchmal war es nicht völlig trostlos. Als er krank wurde, wachte ich die Nächte durch, der Arzt hatte gesagt, ich müsse ihn aufrecht halten, ich war gezwungen, ihn auf dem Schoß zu haben, wenn er schlief, hochschreckte, wieder einschlief. Wenn er aufwachte, sah er mich an und ich ihn. Für einen Moment lang dachte ich, er werde gleich lächeln, ein Zucken in seinen Mundwinkeln.

Ich legte ihn zurück in sein Bettchen, vielleicht aus Angst. Angst, er könnte etwas verändern, dass er in mich dringen, in mir einen Platz finden und diesen einfordern könnte. Dass er bleiben würde, ohne dass ich es ignorieren könnte, sein hartnäckiges Fordern, sein Schreien. Ich ließ ihn liegen. Er schrie und schrie.

Die Male, an denen ich mit ihm nach draußen ging, waren wir im Park spazieren, oder ich ließ ihn im Kinderwagen im Hinterhof oder am Treppenaufgang schlafen.

Er war um die fünf Monate alt, da zog ich ein paar Mal ohne ihn los. Wenn ich mich entfernte, weinte er, als könnte er verstehen, dass ich wegbleiben würde, als fragte er sich, ob ich jemals zurückkommen werde. Obwohl er natürlich zu klein war, um das zu denken, zu verstehen.

Einmal verließ ich die Wohnung, ging die Treppe hinunter, dann weiter die Straße lang bis ins Stadtzentrum. Ich kam an ein Kino, kaufte ein Ticket und sah den Film, der eine halbe Stunde später begann. Als ich wieder nach Hause kam, war es still. Ich dachte, dass er vielleicht schlafe, aber wenn er nach dem Heulen schlief, war seine Nase verstopft und er machte ein Geräusch, ein Schnarchen. Ich konnte nichts dergleichen hören. Es war völlig still. Ich kann mich daran erinnern, wie ich durch das Zimmer zum Babybettchen ging, der Weg dauerte ewig.

Als ich hineinblickte, sah er mich von unten an, blinzelte, als hätte er auf mich gewartet und sich entschieden, geduldig zu sein. Als ich ums Bett herumging, folgte er mir mit dem Blick. Dann machte er die Augen zu.

Ein Gespräch mit einer Kinderpflegerin. Sie half mir, herauszufinden, wohin ich gehen, welche Papiere ich unterschreiben musste. Sie sagte nichts. Eine Frau wie ich war für sie nichts Neues, ich war nicht die Erste, die ihren Sohn weggab. Er war damals ein halbes Jahr. Er trug eine gestrickte Jacke und ein Mützchen. Ich hatte ihn in einem kleinen Büro auf dem Schoß. Vor dem Fenster war eine Wiese, ein Garten. Das war mir beim Betreten des Zimmers aufgefallen. Ein kleiner Garten vor dem Haus. Als ich ihn aus dem Kinderwagen genommen hatte, hatte er natürlich losgeheult. Aber in dem Büro hörte er auf, und als sie ihn hinaustrugen, ließ er mich nicht aus den Augen. Und dann war er weg.

Man sagte mir, ich könne eine Adresse haben, aber ich wollte nicht. Ich war erleichtert, ihn los zu sein. Diese runden Wangen, diese Händchen, die in die Luft griffen. Das ganze Geheule. Bis ich das nächste Mal an ihn dachte beziehungsweise mir erlaubte, an ihn zu denken, vergingen Jahre. Er und ich, wir waren eine gescheiterte Beziehung, ich war nur erleichtert. Aber später habe ich an ihn gedacht und mich gefragt, wo er wohl sei, wer sich seiner angenommen habe. Ob sie ihn besser behandelten, als ich es getan hatte.

Auf dem Antrag steht keine Adresse, nichts weist aus, wo er hin soll, an wen er gerichtet ist. Man kann ihn schicken oder nicht. Ich weiß nicht wohin damit, wo ich ihn abgeben soll. Helena wird mir sicher erklären, was ich tun muss. Ein glatter Bogen steckt zwischen den restlichen Papieren. Ich habe angefangen, den Antrag auszufüllen, habe ihn wieder weggelegt. Mir wird davon ein bisschen schwindelig, übel, wann immer ich ihn hervorhole, meine ich aufs Klo zu müssen. Ich muss vor Nervosität aufs Klo.

Manchmal weckt mich nachts ein Gefühl von Unruhe, keine Furcht oder Angst. Vielleicht spukt die mittlerweile uralte Episode mit dem Eindringling durch meinen Kopf, mir ist diese Unruhe schlicht unerklärlich. Ich wandere durchs Haus, überprüfe, ob die Türen abgeschlossen sind, räume auf, eine Zeitung vom Tisch, eine im Wohnzimmer vergessene Tasse, Essensreste, die Simon auf dem Teller übriggelassen hat, solche Sachen. Ich gehe in die Küche, überprüfe, ob die Herdplatten aus sind, die Kaffeemaschine, ob alles ist, wie es sein soll, ich sehe mich um. Manchmal trinke ich ein Glas Wasser, lösche das Licht und gehe zurück ins Bett, wo ich dann meist in tiefen Schlaf falle, wie man es bei zu großer Müdigkeit häufig tut. Aber vor Kurzem blieb ich nachts im Wohnzimmer und blickte aus dem Fenster, in den Garten, wie oft, sonst nur nicht um diese Tageszeit, und so früh am Morgen war alles ganz anders. Das Licht bläulich, als hätte man die Dunkelheit verdünnt, peu à peu mit mehr Weiß versetzt, nur die Konturen blieben erhalten und wurden nicht ausradiert. Ich betrachtete den Garten, der jetzt fremd anmutete. Die Häuser auf der anderen Seite, mehrere hügelaufwärts, im nötigen Abstand voneinander. Auch wenn wir so nahe aneinander wohnten und all diese Jahre hier verbracht haben, kennen wir von den dort lebenden Menschen nur wenige: das junge Paar auf dem Nachbargrundstück, ein anderes Paar gleich daneben, die sind wohl seit Kurzem in Rente, der Typ mit der jungen Putzfrau. Was sie wohl über uns sagen? Mit dem Blick aus dem Fenster denke ich über Simon nach, ob er wohl jemanden vermisst, dem er sich anvertrauen kann. Über seinen Wunsch, dass ich meinen Sohn aufsuche. Und wieder steigt dieser Gedanke auf, dass sie womöglich schon unter allem, unter dem Haus, den Kindern, all den Jahren voller Bewegung und Unruhe gelegen hatte, diese Stille. Dass sie nur an die Oberfläche gestiegen ist, hervorgepresst durch äußere Veränderungen. Wie eine Felsenplatte durch Frosthub in die Höhe gepresst wird, durch Veränderungen im Erdreich und dann im Frühling nach und nach zu sehen ist. Eigentlich erschreckt mich vor allem das. Wie die Stille an etwas anderes erinnert. An Bedeutungslosigkeit?

In einer anderen Nacht träumte ich, dass Simon wie früher war, dass er sich zu mir auf die Bettkante gesetzt hatte, ich dachte tatsächlich, ich sei gerade aus einem Traum aufgewacht und er habe mir Kaffee, Zeitungen und einen dieser Scones gebracht, die Marija manchmal für uns buk und einfror, weswegen ich sofort glaubte, sie wäre noch immer da, sie wäre in der Küche oder irgendwo sonst im Haus am Werkeln, und ich war glücklich darüber, wie auch darüber, dass Simon wieder etwas aß und dass Simon quasselte, es war offensichtlich ein wichtiges Gespräch, beziehungsweise: was er sagte war wichtig, aber wenn ich es zu verstehen versuchte, wirkten die Worte zusammenhangslos, es gelang mir nicht, sie zu bedeutungsvollen Sätzen zu verbinden.

Als ich aufwachte, tatsächlich aufwachte, lag er neben mir.

Ich hätte seine Hand nehmen können, hätte über die mit Sommersprossen übersäten Hände, die grauen Haare streicheln können. Aber ich konnte nicht. Ich konnte es nicht akzeptieren. Am liebsten hätte ich zu ihm gesagt, reiß dich zusammen, sag etwas. Das bist nicht du. Sei wer du bist, sei der, den ich kenne, mir reicht es jetzt.

Aber das tat ich nicht. Ich verstummte ebenfalls. Ich stand auf, und als ich mich umdrehte, sah er mich vom Bett aus an, mit einem klaren, anwesenden Blick, ich fragte mich, ob da in seinen Augen Begehren lag. Ich war überrascht. Ich zog den Morgenmantel an und verließ das Zimmer.

Vor nicht so langer Zeit sah ich beim Aufwachen, dass eine Wespe im Schlafzimmer war. Simon hat neuerdings eine Allergie gegen Wespen, oder hatte sie vielleicht auch schon immer, jedenfalls kann ihn theoretisch ein einziger Stich umbringen. Das Fenster war offen, und sie musste es geschafft haben, die dünne vor der Öffnung hängende Gardine zu überwinden, vielleicht vor wenigen Minuten, vielleicht war sie auch schon seit einer Weile durchs Zimmer geschwirrt und hatte mich erst jetzt geweckt, als sie sich dem Bett näherte. Sie wirkte desorientiert, gab ein tiefes, intensives Geräusch von sich.

Simon schlief, ich sah dabei zu, wie die Wespe auf den entblößten Teil seines Unterarms zusteuerte, er lag auf der Seite und hatte die eine Hand unter der Wange und den anderen Arm wie in einer beschützenden Geste über dem Kopf. So schläft er oft. Es war früh am Morgen. Ich hatte tief geschlafen und war wohl allmählich wach geworden, auch wenn es sich anfühlte, als wäre ich hochgeschreckt und hätte nur wenige Zentimeter vor mir die Bewegung gesehen. Ich blieb ruhig liegen und beobachtete sie. Auf diese kurze Distanz war sie riesig, selbst im Verhältnis zu seinem Arm, seiner Hand. Simons Haut, blass, Sommersprossen auf dem Handrücken. Die Wespe saß still auf seiner Haut, hob und senkte die Flügel.

Beide einander in selbem Maße ausgeliefert, die Wespe, die vermutlich niemanden verletzen wollte, und Simons nackter Arm, den er nicht im Schlaf an sich heranziehen durfte, die Gefahr, derer er nicht gewahr sein konnte. Sie waren einander überantwortet.

Die Einzige, die etwas tun konnte, war ich.

Wäre er wach, würde er ganz ruhig liegenbleiben, reglos, und wir würden beide davon ausgehen, dass ich mich um die Beseitigung des Insekts kümmerte.

Ich starrte die Wespe an, sie flog kurz auf und setzte sich nahe seiner Stirn auf ihn.

Nach einer Weile erhob sie sich, kreiste ums Bett, verharrte irgendwo auf dem weißen Nachttisch und flog dann weiter im Zimmer umher, ich stand auf, fand eine Zeitung und jagte sie durchs offene Fenster. Als ich mich wieder ins Bett legte, war Simon wach, er sah mich an, so wie ich die Wespe angesehen hatte, reglos.

Er fragte: Ist sie jetzt draußen?

Ja, antwortete ich, überrascht, seine Stimme zu hören.

Danke, sagte er.

Ich erinnere mich, dass ich im Bett an die Decke schaute und dass er still neben mir lag. Sonst sagte er nichts mehr.

Wir wollten unseren Hochzeitstag feiern. Nur ein paar Wochen nach der Kündigung und nachdem Marija abgereist war. Ein Jubiläum. Wir verloren kein Wort darüber, wie sehr sie sich darauf gefreut hatte, dass wir die Feier mit ihr besprochen und geplant hatten. Wir hatten ein Familienfest erwogen oder einen Ausflug, schließlich luden wir die Mädchen ein, wollten den Anlass mit einer Zusammenkunft begehen. Wir verbrachten Tage damit, uns das Fest auszumalen, so hatten wir etwas, das wir tun, worauf wir uns freuen konnten.

Ich stand an dem Tag früh auf und deckte im Wohnzimmer die Festtafel, zwar war unser Plan, einen Großteil des Fests im Freien abzuhalten, aber das Wetter war unbeständig. Nichtsdestotrotz hängte Simon Lampions in die Bäume. Das hatten wir noch nie probiert. Er malte sich aber aus, wie schön die Lichter nach Einbruch der Dunkelheit leuchten würden.

Helena rief an und sagte, sie sei nicht richtig fit, ich bat sie, sich zu schonen, sie hörte sich sehr unglücklich an, ob sonst noch was sei, wollte ich wissen, vielleicht im Job oder mit ihrem Freund. Sie verneinte. Sie sei erschöpft, sagte sie. Ich hätte nachfragen sollen, warum sie erschöpft war, vielleicht hätte sie es mir dann erzählt, mich gewarnt. Hätte das Simon, uns geschont? Hätte es etwas verändert?

Ich sehe uns an diesem Vormittag im Haus herumwuseln, wir holen die schönen Kerzenständer aus Messing aus dem Schrank, breiten gemeinsam ein Tischtuch über den Tisch, an einem Ende Simon und am anderen ich, sie bläht sich wie ein Segel auf und landet auf der Tischplatte. Er bringt Teller und Besteck, poliert die Leuchter noch einmal nach sowie die kleinen Dessertlöffel.

Sie sollen gegen vier kommen, wir haben genug Zeit, wir arbeiten langsam, sorgsam, nur die Aufgaben nicht zu schnell erledigen, bis sie kommen dauert es noch. Außerdem bergen diese Aufgaben an sich schon eine nicht zu verachtende Freude, eine Erwartung, denn wir kennen solche Anlässe, kennen das gute, beglückende Muster, nach dem sie für gewöhnlich ablaufen.

Die Mädchen und ihre Ehemänner. Die Kinder, die zur Terrassentür rein- und rauslaufen, hin und her zwischen dem Tisch voll Limonade und Süßigkeiten und dem Garten, ihre roten verschwitzten Gesichter, vertieft in ihr Spielen draußen. Die Teenager, die sich auf dem kleinen Absatz versammeln, ungelenk in der formellen Kleidung, eine Weile die Kleinen beneidend, dann finden sie ihre eigene Variation, eine Perversion des Spiels, und machen die Kleinen zu ihren untertänigen Dienern. Die Ehemänner, die sich erst wohlfühlen, wenn die Zeit fürs Bier gekommen ist, treffen sich unter dem Dach der Terrasse, Hosenbeine hochgekrempelt, Jacken über die Stuhllehnen gehängt, jetzt, da es doch warm geworden ist, es wird bestimmt ein heißer Nachmittag und lauer Abend. Simon redet mit ihnen, er mag diese Begegnungen, auch wenn keiner von ihnen im selben Bereich arbeitet wie er. Sie sind ausgebildete Informatiker, einer ist Lehrer.

So war das viele Male. So ist es normalerweise. Darüber denke ich später nach, ich weiß, wie es hätte verlaufen, wie das Fest hätte sein sollen.

Sie wollten gegen vier kommen. Das Tischtuch landet also auf dem Tisch, die Kerzenleuchter glänzen übertrieben, Simon ruft zweimal, ich glaube sie kommen, meint ihre Autos an der Straße stehen bleiben zu hören. Das Wohnzimmer verwandelt sich beziehungsweise erlebt seine Wiederauferstehung als jenes Wohnzimmer, in dem früher solche Feste abgehalten wurden, das Wohnzimmer auf den bei derlei Festlichkeiten aufgenommenen Fotos, das nach jeder Familienfeier wieder verschwindet und vom Alltag verschluckt wird. Das ist so augenfällig, dass sich unsere Töchter als Kinder wunderten, damals waren es ihre Geburtstage, die wir so feierten, ein seltenes Mal hatten wir Besuch von einem befreundeten Paar: Im Wohnzimmer versteckt sich ein anderes Wohnzimmer. Sie fragten sich, wohin es wohl verschwand, wenn wir alleine waren.

Ständig meinen wir, ihre Autos zu hören, wir halten inne und horchen. Aber die Stimmen, die Schritte in der Einfahrt bleiben aus.

Es läutete an der Tür. Wir sahen einander an, und er stand in seinem neuen Anzug auf. Ich sah, was er dachte, endlich.

Jetzt kommen sie, sagte ich. Ich ging ruhig zur Tür, ich wollte keinen Unterschied zu sonst machen. Auch wenn das Öffnen der Tür ein Teil der ganzen Freude war.

Draußen stand eine Nachbarin. Ich hätte ihr Gesicht durch das schmale Fenster neben der Tür sehen können, wäre ich nicht so damit beschäftigt gewesen, die Tür schnell aufzumachen, ich war mir so sicher, dass ihr Bild bereits auf meiner Netzhaut klebte, die Mädchen, ihre Ehemänner, ihre Familien. Die Nachbarin erzählte irgendetwas von einem Gemeinschaftsprojekt mehrerer Nachbarn. Und während sie da vor mir stand, ohne sich zu entschuldigen oder zu fragen, ob sie störe, dachte ich nur, warum gehst du nicht. Ich hörte ihr nicht zu. Ich war komplett überrumpelt. Als ich ins Wohnzimmer zurückkam, stand Simon da wie ich ihn verlassen hatte.

Nein, sagte ich nur. Als Antwort auf eine Frage, die nicht gestellt worden war.

Aha, sagte er.

Ich ging in die Küche und deckte die Schnittchen mit Klarsichtfolie ab. Zog den Stecker der Kaffeemaschine, diese Handlung wirkte wichtig, logisch und richtig. Blickte auf den Kalender. Machte die Augen zu.

Womöglich stand ich eine Weile einfach da. Was machst du, fragte er. Ich drehte mich um, er war in der Tür.

Glaubst du sie kommen?, fragte er.

Natürlich kommen sie, antwortete ich ihm.

Ja, sagte er.

Wir setzten uns ins Wohnzimmer, draußen verlöschte das Licht, wie an Sommerabenden üblich, wenn die Dunkelheit nicht plötzlich, sondern allmählich heraufzieht. Ich legte eine CD ein, die Musik strömte durch die Zimmer. Umhüllte uns. Aber irgendwann drehte er die Lautstärke herab, auch wenn sie bereits so leise gewesen war, dass sie unmöglich die Türklingel hätte übertönen können.

Ich konnte nichts sagen. Ich sah ihn an, er lächelte. Ein sorgenvolles Lächeln, das insistierte: *Sie kommen bestimmt bald.*

Wir versuchten, sie anzurufen, aber keine ging ans Telefon. Wir spielten die Vorstellung weiter. Wir hatten wohl beide keine Ahnung, wie wir sie beenden sollten. Gehetzte Schauspieler, die an eine Stelle im Stück gelangt waren, an der es keine Regieanweisungen oder weiteren Improvisationsmöglichkeiten mehr gab und nur noch eins fehlte: die Entscheidung, wie es zu Ende geht. Er richtete einen Teller, steckte ein neue Kerze in den Ständer, ich bemerkte, dass wir die Servietten vergessen hatten.

Wir kreisten um die offensichtliche Leere. Ich nahm ein Buch, tat, als läse ich. Ich wusste, ich musste etwas sagen, ich konnte nicht.

Er lief durchs Zimmer, drehte um und blieb wieder stehen.

Eva, sagte er, ich glaube, sie kommen nicht.

Er hatte den Satz kaum beendet, da klingelte es an der Tür. Wir sahen einander an.

Die Tür aufgemacht hat er.

Gemeinsam betraten sie das Zimmer. Er und Helena. Sie trug ein dünnes langärmliges Kleid. Sie kam auf mich zu, umarmte mich.

Obwohl der Abend lau war, blieben wir im Haus, vorm Fenster die im Garten aufgehängten Lampions, die er bei Dämmerungsanbruch hatte anzünden wollen.

Ich würde gerne etwas sagen, begann sie.

Aber sie sagte nicht sofort etwas. Noch immer lief die Musik, dudelte an der Grenze zur Unhörbarkeit vor sich hin.

Wir aßen und suchten vielleicht nach einem Grund, nichts sagen zu müssen. Worum es hierbei ging, wussten wir alle drei. Der Ärger, der sich aufgestaut hatte, die Mädchen wollten uns irgendwie für das, was sie nicht begreifen konnten, bestrafen.

Helena fasste es in Worte, obwohl wir es schon wussten. Ihre Wut hinge damit zusammen, dass sie die Kündigung von Marija irritiere, und das habe weiteren Ärger an die Oberfläche befördert. Und jetzt hätten sie gemeinsam entschieden, nicht zu kommen. Uns zu bestrafen. Das hat sie so nicht gesagt, aber ich nehme an, dass es so war. Ich verstehe es nicht, sagte sie nach einer Weile, keiner von uns, aber ich akzeptiere es. Wenn ihr es nur besser erklären könntet. Besonders Kirsten und Greta. Ihnen erklären, worum es eigentlich geht.

Sie hatte ein Geschenk mitgebracht, eine Vase, sie strich das Geschenkpapier sorgfältig glatt, faltete es zusammen, Schicht für Schicht. Schließlich hielt sie ein Quadrat in Händen. Sie finden, dass wir stur sind, sagte Simon, lächelte und strich Helena über die Wange.

Mama, wandte sich Helena an mich.

Aber da gibt es nichts zu erzählen, sagte ich.

Sie sah mich an, ziemlich enttäuscht.

Sie blieb ein paar Stunden, wir aßen von den Hähnchenflügeln, und in erster Linie redete Helena. Simon sagte nicht viel. Wir benutzten die Finger zum Essen, das mochte ich noch nie, Knöchelchen anfassen. Ich aß nur wenig. Helena erzählte irgendetwas, ich kann mich nicht mehr genau daran erinnern, weiß nicht einmal, ob ich zugehört habe. Danach half sie mir beim Aufräumen. Wir stellten die Essensreste in den Kühlschrank, ich ließ Wasser ins Spülbecken laufen, das Licht draußen war rötlich, als hätte der Tag, den wir uns erträumt hatten, stattgefunden und ginge jetzt zu Ende, ich beugte mich über den Abwasch.

Helena umarmte mich, bevor sie ging. Das tut sie immer.

Es ist ungerecht, dachte ich, aber auch unsere eigene Schuld.

Ich könnte sie anrufen und ihnen sagen, wie ungerecht ich es fände, aber es stand ihnen gewissermaßen zu, so wütend zu sein, dachte ich. Nach allem, was wir ihnen über die Jahre hinweg verheimlicht hatten, nicht nur bezüglich Marijas, sondern alles andere. Als hätten wir gelogen.

Es war keine Absicht, wollte ich sagen, wir dachten, es sei das Beste. Für alle. Er sollte da nicht noch einmal durchmüssen, durch die Schwere, die Depression. Es gibt Dinge, die wir nicht verstehen, dachte ich.

Und was ist mit mir? Vielleicht war ich feige.

Ich habe eingesehen, dass ich einen Fehler gemacht habe, wollte ich sagen. Aber was würde das helfen? Das Ganze war ein gemeiner, stiller Protest, dachte ich. Simon und ich räumten den Tisch ab und liefen im Haus umher, in Stille.

Ich wollte so gerne etwas sagen, das Schmerzhafte etwas lindern. Er brauche nicht alles jetzt zu machen, manches könne bis morgen warten, sagte ich. Ich weiß, antwortete er. Seine Hände zitterten, er räumte das Festtagsgeschirr weg. Um es nicht morgen nach dem Aufstehen sehen zu müssen, als Manifestation der Enttäuschung.

Ich beobachtete ihn an diesem Abend, wie er durch den Garten lief und einen bunten Lampion nach dem anderen abnahm. Ich erinnere mich daran, dass ich dachte, jetzt werden wir nie sehen, wie sie leuchten.

Sie riefen später an und sagten, es habe ein Missverständnis gegeben, entschuldigten sich. Worauf sie es geschoben haben? Daran erinnere ich mich nicht. Wir wussten, dass sie logen, und sie wussten es auch. Ich glaube, sie bereuten es, natürlich bereuten sie es, es war ja auch gemein gewesen. Wir nahmen ihre Entschuldigungen an und machten kurz darauf eine Art Feier, die aber nicht wie die ursprünglich geplante wurde, nicht der große Tag. Wir wussten es, und sie wussten es auch.

Er wollte es ihnen erzählen. Es sei an der Zeit, dass die Mädchen es erfahren würden. In den folgenden Tagen bereitete er sich vor, machte sich bereit, ihnen zu erzählen, was wir die ganzen Jahre hindurch nicht zu sagen geschafft hatten, ich glaube, er suchte nach dem richtigen Augenblick. Wird es etwas ändern, war soweit ich mich erinnere einer meiner Gedanken. Werden sie nicht nur noch wütender, weil wir ihnen nicht früher etwas gesagt haben? Er konnte nicht aufhören, davon zu sprechen. Als nähme er Anlauf, wieder und wieder. Ich war seine Zuhörerin, ich hörte von denen, die ihn umgeben hatten, als er klein war, Frauen, Männer, Familien, ins Vergessen geratene Namen.

Eines Nachts wachte er auf und erzählte mir, dass er die Wohnung sehen könne, in der er als Kind gewohnt habe, vor dem Krieg, bevor seine Heimatstadt von den Deutschen besetzt worden sei. Er konnte in sie hinein. In Gedanken schob er die Tür auf, vorsichtig, für den Fall, dass ihn im Inneren etwas erwartete, mit dem er nicht rechnete, er trete ein, erzählte er mir, nachdem offensichtlich alle weg waren. Vor sämtlichen Fenstern des Wohnzimmers lange bis auf den Boden reichende Gardinen, er erhascht einen Blick in die Küchenzeile, Gläser und Teller stehen abgewaschen neben dem Spülbecken, darüber ausgebreitet ein Geschirrhandtuch. In dieser Vorstellung, dieser Erinnerung, sieht er sich selbst den Schrank im Windfang öffnen, riecht den bekannten Geruch, aber die Kleider seiner Eltern sind nicht da. Er streift umher, da sind die Schuhe des Bruders, da seine eigenen. Weiter durch die Diele. Ein Gefühl, als wären sie anwesend, und zugleich weiß er, sie sind es nicht. Im Wohnzimmer stellt er sich an einen Fleck, an dem er seiner Erinnerung nach als kleines Kind immer gestanden hatte, eine Stelle, von der aus er das Treiben der anderen überblicken konnte, die Eltern, die, mit verschiedenen Aufgaben beschäftigt, ständig zwischen den Zimmern hin- und hergegangen waren.

Draußen scheint die Sonne, sagte er, aber die bernsteinfarbenen gewebten Vorhänge sind vorgezogen, nicht die für die Abblendung. Außer bei einem Fenster. Dort ist diese schwarze Gardine geschlossen und wirkt wie eine Mauer, die Wand eines Schornsteins.

Er entdeckt noch etwas anderes.

Simon denkt an die junge Tante und den Vetter, die zwei, die zurückgeblieben waren, sie hatten auf den Vater des Jungen gewartet, auf Helfer, die sie zu ihm bringen sollten.

Und das ist, was er entdeckt: Sobald er sich in dieser Wohnung vorfindet, sieht er etwas auf der Bank liegen, er nimmt es hoch, eine Brille, die Fassung um die dicken Brillengläser ist verstärkt, aber die Brille ist klein. Eine der Schrauben sitzt etwas lose, er hebt die Brille in die Höhe, am Ende des Bügels ein leichter Bogen, der hinter das Ohr passt, unter den Haaren. Er hat die Brille in der Hand, sie riecht vertraut, nach Ohrenschmalz. Da ist tatsächlich dieser unverkennbare Geruch von Ohrenschmalz, er erkennt ihn wieder oder glaubt, ihn wiederzuerkennen, das macht keinen Unterschied mehr. Er meint sich zu erinnern, dass der Vetter immer bevor er sich wusch die Brille auf die Bank gelegt hatte, dass er sie da schon einmal liegen gesehen habe. Sein Blick fällt auf eine Schüssel mit Waschwasser, unangetastet, obenauf ein bläuliches Häutchen, Seifenreste. Und er begreift, dass man sie plötzlich geholt, mit Gewalt nach draußen gebracht hatte, den Vetter, der nicht richtig sehen kann, der diese Sehstörung hat, ohne Brille ist alles nebelig, hätten sie Zeit gehabt, hätten sie niemals die Brille zurückgelassen, und deshalb, erzählte er mir, wisse er, dass es wahr sei, dass man sie nach draußen getrieben habe, und der Vetter habe vermutlich nicht mehr erahnt als verschwommene Farben und Licht, Gestalten, die verschmolzen und sich wieder teilten. Und vielleicht war das auch gut so.

Simon erzählte mir von einem Gespräch seiner Eltern kurz vor dem Untertauchen, das er mitangehört hatte. Die beiden hatten im Flur der alten Wohnung miteinander geredet. Darüber, dass der Vater versucht hatte, seinen früheren Arbeitgeber um Hilfe zu bitten. Solange das Arbeiten für Leute wie ihn möglich gewesen war, war er in einem Büro angestellt gewesen. Der ehemalige Chef hatte zu Simons Vater gesagt, er habe kein Problem damit, ihnen zu helfen, nur wisse er nicht, wie es sich bewerkstelligen ließe. Ob es denn in ihrer Situation wirklich einen Unterschied mache. Simons Vater hatte ihm erläutert, dass es möglicherweise manches hinauszögern könne. Aber, hatte der Chef geantwortet und ihn betrübt angesehen, glauben Sie nicht, die Polizei hat einen Grund für das, was sie tut. Ich wusste nicht, was ich erwidern sollte, sagte Simons Vater zu Simons Mutter, da draußen im Gang, als Simon sie vom Kinderzimmer aus belauschte. Er war mein Chef.

Der Chef hatte noch angemerkt, dass es darüber hinaus für den Ruf des Büros nicht gut sei. Wenn herauskäme, dass sie versucht hätten, zuwider der öffentlichen Gesinnung zu handeln, würde es zweifellos alle in ein negatives Licht rücken. In Anbetracht der Verhältnisse war jedes seiner Worte vernünftig, man konnte es durchaus aus mehreren Perspektiven betrachten. Und der Vater hatte zugestimmt, er hatte genickt. Weil er sich nichts anderes getraut hatte, weil er es nicht gewohnt gewesen war, seinem Chef zu widersprechen. Er hatte gesagt, dass er verstehe.

Und während dieses Gesprächs, hatte Simons Vater zu Simons Mutter im Flur vor dem Kinderzimmer gesagt, hat es draußen aufgeklart. Vor dem Gebäude, in dem sich das Büro befand, war der Himmel zum Vorschein gekommen. Wir konnten auf die Stadt hinunterschauen, und es war ein herrlicher Tag.

Er hat meine Hand genommen und mir Glück gewünscht, erzählte der Vater weiter. Ich weiß, Sie werden das Beste aus der Situation machen, habe er gesagt. Und was hast du gesagt, fragte Simons Mutter. Ich habe Ja gesagt und den Händedruck erwidert, hörte Simon seinen Vater antworten.

Sie hat den Hut meines Vaters genommen, erzählte Simon, den Schrank geöffnet und seinen Mantel zu unseren Jacken gehängt. Den Geruch des Schranks habe ich bis heute in der Nase, von ausgelatschten Schuhen, gebrauchten Sohlen, vergessener Schuhcreme. Sein Mantel. Daneben unsere Jacken. Danach waren sie noch einen Augenblick im Flur geblieben. Ich weiß nicht, was sie getan haben. Vielleicht standen sie einfach nur da. In ihrer Wohnung, vor dem Kleiderschrank. Sie, die gerade seinen Mantel weggehängt hatte, er neben ihr. Standen da, und dann kamen sie zu uns Kindern.

Er kann sich noch an eine weitere Begebenheit von kurz vor dem Untertauchen erinnern. Er war mit seiner Mutter in einem der Läden, in dem die Familie noch einkaufen durfte, und die Mutter hatte nicht genug Geld dabei, möglicherweise weil die Preise, der Wert der Waren schwankte und beim nächsten Besuch schon wieder gestiegen war, sie hatte so getan, als sei es ganz normal, und ihn gebeten, schnell nach Hause zu laufen, um das andere Portemonnaie zu holen. Und er lief schnell, aber als er zurückkam, stand seine Mutter in der Reihe von ein paar Menschen, die festgenommen wurden.

Er ging auf sie zu, vielleicht um sich zu ihr zu stellen, zumindest aber, um ihr das Geld zu geben. Sie hatte ihn keines Blicks gewürdigt und ihn stattdessen angeschaut, als wäre er einer der Gaffer rundherum, er stoppte und wich zurück. Simon war zwischen den Schaulustigen stehengeblieben, während man sie auf die Ladefläche eines Lastwagens getrieben hatte, nicht ein einziges Mal hatte sie ihn angesehen, als würden sie einander nicht kennen.

Etwas später kam sie nach Hause, erstaunlicherweise hatte man sie nicht lange festgehalten. Aber über mehrere Tage hinweg betrachtete er sie mit anderen Augen, als wären sie einander tatsächlich fremd. Er überlegte, wer sie eigentlich war. Erinnerte sich an Geschichten, die sie erzählt und denen er nur teilweise zugehört hatte, darüber, wie sie seinen Vater kennengelernt hatte, wie sie jung gewesen waren. Plötzlich wurde ihm klar, dass sie jenseits von ihm ein Individuum war. Er sah sich ihre Kleider im Schrank an. Sah zu, wie sie sich die Haare hochsteckte, sich dabei die übrigen Haarnadeln zwischen die Lippen klemmte, sich Mantel und Hut anzog, um das Haus zu verlassen, sich beim Nachhausekommen über den Knöchel strich, weil ihr die Schuhe, die sie sich hatte besorgen können, zu eng waren, er versuchte herauszufinden, wer sie war, sie von außen zu sehen. Wenn er ihren Namen oft genug hintereinander sagte, klang er fremd, überraschend. Er sah sie als die, die sie immer gewesen war, doch das reichte offensichtlich nicht aus. Fast als würde er auf eines dieser Bilder starren, bei denen die gezeichneten Konturen eine Figur darstellten, die aber, wenn man lange genug darauf blickte, das Ende einer anderen Figur hervorbrachte. Das entdeckte er jetzt, an ihr. Und diese Veränderung war grundlegender als alles, was sonst um ihn herum vor sich ging, mitten in den Umwälzungen entdeckte er sie. Und das erschreckte ihn gleichermaßen wie es ihn freute.

Nachdem sie untergetaucht waren, hatten mehrere Menschen dazu beigetragen, sie versteckt zu halten, insbesondere konnte er sich an eine Frau aus einer Kirchengemeinde erinnern. Ihre Strenge. Simon glaubte, dass sie die Schwester der Frau war, die ihn in die Kirche mitgenommen hatte. Die Stimmungen dieser Menschen erwiesen sich als wechselhaft, ihre Motive waren höchst unterschiedlich, und an manchen Tagen hatten sie ihre Zweifel, es war ziemlich undurchschaubar, warum jeder Einzelne zum Helfer geworden war, vielleicht aus purem Zufall, vielleicht aufgrund von schlechtem Gewissen, vielleicht gebot es ihnen die Religion oder eine andre Überzeugung, jedenfalls: ihre Herangehensweise variierte. Die Eltern sprachen mit diesen Männern und Frauen immer gedämpft und zurückhaltend, und nach und nach wurde ihm bewusst, wie abhängig sie von diesen Menschen waren, wie keiner von ihnen ohne die Helfer, die man ebenso gut als Wächter bezeichnen konnte, am Leben wäre und dass diese Menschen jederzeit ihre Meinung ändern und verschwinden konnten. Sie, er und seine Familie, überlebten aufgrund des Essens, das die Helfer brachten, die Abhängigkeit machte die Gefangenen hilflos, das erkannte Simon, und auch wie sich das im Verhalten der Eltern widerspiegelte, wie sie mit dieser Frau redeten, die meist ungeduldig und mürrisch war und der sie trotzdem nie zu widersprechen oder sie mit ihrer zeitweisen Bockigkeit zu konfrontieren wagten. Er erinnerte sich, wie seine Mutter einmal, nachdem die Frau wieder gegangen war, zusammenbrach und schluchzend hervorstieß, sie halte das nicht mehr aus.

Mitunter auch aufgrund von Macht, einem Kontrollbedürfnis, das sich möglicherweise erst angesichts dieses neuen Einflusses auf andere bemerkbar machte, vielleicht aber schon immer da gewesen war. Auch das war mit ein Grund, warum sich die Frau und möglicherweise manch anderer zunächst einmal darauf eingelassen hatte, ihnen zu helfen. Wir kannten ihre eigentlichen Motive nicht, sagte Simon.

Er erzählte mir wieder von seiner Kindheit, dem Versteck, mit der Zeit wurde es fast zu einem Wiederkäuen vieler Details, als könnte er sie durch die Wiederholung festhalten. Er beschrieb, wie alles im Versteck einen widerlichen Staubgeschmack gehabt hatte, sogar die Luft schmeckte nach Staub, das limitierte Essen, das sie aßen, das abgestandene Wasser, das sie tranken, wenn er die Zeit beschreiben solle, denke er vor allem an Staub.

Er erzählte mir Dinge, die er nie zuvor erzählt hatte, vielleicht zuvor nicht erinnern konnte. Als hätte er Zugang zu einem anderen Raum bekommen, er ging hinein, kam wieder heraus, er wandelte zwischen der Vergangenheit und der Gegenwart. Aber zuletzt schien er damit nicht fertigzuwerden, etwas schloss sich, die Offenheit verschwand schleichend, er verschloss sich in sich selbst. Und ich hatte geglaubt, dass er es den Mädchen erzählen wollte, jetzt aber wollte er nicht mehr darüber sprechen. Und eines Morgens kam ich ins Wohnzimmer und er saß unter einer Decke im Sessel, er musste irgendwann nachts aufgestanden sein. Er saß still, die Decke bis zu den Schultern hochgezogen, in seinem Gesicht war ein Ausdruck, eine Fratze, die mich verwirrte. Ich bekam Angst, ich schüttelte ihn vorsichtig. Er schlug die Augen auf und sah mich an. Aber er sagte nichts.

Und so blieb es. Als die Mädchen klein waren, spielten sie öfter ein Schweigepakt-Spiel, wer konnte am längsten schweigen. Nur durch ein Zauberwort konnte der Pakt wieder aufgehoben werden.

Dieses Wort fehlt mir.

Und so laufen wir durchs Haus, und manchmal meine ich, dass er nur darauf wartet, dass ich etwas vorbringe, eine

Antwort. Als wäre die Stille eher eine Herausforderung als ein Mangel an Worten.

Man brachte Simon und die engste Familie nachts woanders hin, in ein neues Versteck, in dem sie bis zum Ende des Kriegs ausharrten, sie überlebten alle. Aber die Verwandten, Freunde, das Leben draußen war verschwunden. Seine Eltern seien nach dem Krieg verändert gewesen, sagte Simon. Sie alterten schlicht, und wenn er sie in den Zimmern ihrer neuen Wohnung besuchte, kamen sie ihm klein vor. Sein Auszug ins eigene Leben als Erwachsener, in dem er seine Eltern seltener besuchte, fiel zusammen mit ihrem Umzug in diese anderen Räume, ihre neue Wohnung, die verglichen mit dem Versteck riesig wirkte und ihre Bewohner schrumpfen ließ. Sie versanken, wurden von den massiven Wänden, den hohen, riesigen Zimmern ihrer Wohnung verschluckt, wie im Ernst. Verschwunden, lange bevor unsere Kinder geboren wurden. Den Kontakt mit dem Bruder, mit dem er während des gesamten Aufenthalts im Versteck die Stille geteilt hatte, konnte er nicht aufrechterhalten. Ihre Gespräche waren stets kurz, voll Zaudern. Als könnten sie nicht aufgeben, was sie gerettet hatte, das Schweigen. Der Kontakt verlief sich, innerhalb weniger Jahre.

Von dieser entfernten Verwandten erhielt er weiterhin Briefe, von Irit Meier. Sie leitete auch Briefe von jener Organisation weiter, die nach Informationen über die in der Vernichtung Verschwundenen suchte. Die kleine, mollige Verwandte, oder Cousine, wie er sie am liebsten nannte, die nicht mehr so rundlich war und jetzt in einem

Pflegeheim in Berlin-Schöneberg lebte, schickte ein Bild von sich, um sie herum standen die Sachen, die ich aus ihrer kleinen Wohnung erkannte, vermutlich waren einfach die gesamten Möbel in einen kleineren Raum gepfropft worden und in der Mitte thronte sie mit derselben ausladenden Frisur wie auf den Vorkriegsfotos. Neben ihr lächelte ein Mann drollig, indem er die Oberlippe nach unten schob und zugleich irgendwie versuchte, Unterlippe und Mundwinkel hochzuziehen. Ralph und ich, schrieb sie. Aber nicht, wer dieser Ralph war, ich ging davon aus, dass er auch dort wohnte. Trotz ihres Umzugs ins Pflegeheim schrieb sie kurze Briefchen über ihr Dasein in Deutschland. Briefe, die ich öffnete und ihm gab, bis irgendwann letztes Jahr plötzlich keine mehr kamen und ich den Grund lieber nicht erforschte, um nicht Simon erzählen zu müssen, dass noch jemand verschwunden war.

Der Vetter. Der Vetter fehlte. Er ist das Kind, das niemand gefunden hat. Jahrelang suchte Simon nach Auskünften über ihn. Wo er getötet wurde, was genau geschehen war. Erst vor Kurzem war etwas aufgetaucht, es herauszufinden hatte lange gedauert.

Vor dem Schweigen war Simon völlig besessen von dem Vetter, dem jungen Vetter, vielleicht auch der Tante. Er werde nicht eher ruhen, sagte er, bevor er nicht wisse, was mit ihnen geschehen sei, ein Satz, der aus einem von Irits Briefen stammte, zumindest hatte sie etwas Ähnliches geschrieben. Früher hatte er jeden ihrer Briefe beantwortet, und sie hatte den einen oder anderen Brief dieser Organisation weitergeleitet. Ihren Briefen lagen auf glänzendes, dünnes Fotopapier kopierte Bilder bei. Ihre Sippe. Menschen, die mir beim Betrachten dieser Bilder wie Illustrationen aus einem Buch vorkamen, niemand ähnelte ihm. Sie sind leicht verschwommen, eingesperrt und auf die Fotos reduziert wie auf Gedenktafeln, von denen sie keiner mehr abreißen kann.

Obwohl er es während dieser Abende, Nächte und Tage, in denen er vor mir die schmerzhaften Aspekte der Vergangenheit aufrollte, geplant und geübt hatte, hat er es ihnen nie erzählt. Stattdessen verstummte er zusehends. Als wäre die Vergegenwärtigung der Vergangenheit, dieser Geschehnisse, der Beginn einer Wanderung zurück, nach innen gewesen, als würden sich die Erinnerungen, die ihm erst so lebendig erschienen, verändern, er sagte, sie seien nicht mehr so leicht zugänglich, beklagte, er habe das Gefühl, sie von außen zu betrachten, sie wurden allmählich zu ausgestellten, unbeweglichen Tableaus in einer Vitrine, für ihn unerreichbar. Und damit auch nicht mehr ansatzweise erklärbar. Zu guter Letzt entschied er sich für das Schweigen. War es so?

Ich glaube, ihn über die auf dem Tisch liegende Zeitung gebeugt zu sehen, oft betrachtet er ihre Seiten wie eine seiner Karten, blättert rastlos, legt sie beiseite, nimmt sie wieder hoch, als müsste er überprüfen, ob der entstandene Überblick, der Eindruck von Veränderungen und Verschiebungen innerhalb dieses zerfledderten Atlas, weiterhin stimmte. Wenn er sich über die Zeitung beugt und ich ihn frage, was wir zu Abend essen sollen, zuckt er mit den Schultern und lächelt. Es bleibt mir überlassen.

Ich sehe wieder seine Hand. Er blättert die Zeitung um. Ich gehe zu ihm hinüber, er sieht überrascht hoch, vielleicht lege ich meine Hand auf seine. Für ein paar Minuten stehen wir so.

Ungefähr sieben oder acht Wochen nach dem missglückten Hochzeitstag wachte ich auf und er war nicht da. Er war aufgestanden und ins Wohnzimmer gegangen.

Er saß im Halbdunkel.

Simon, sagte ich und vernahm die Unsicherheit in meiner Stimme, ich mache mir Sorgen. Dass er nachts wach war, gefiel mir nicht.

Es ist jetzt zwei Monate her, sagte er. Er meinte Marija. Die Kündigung. Zwei Monate, seit sie uns verlassen hatte. Ja, antwortete ich. Das ist wohl wahr.

Ich glaube, man konnte.

Er brach ab, wartete.

Ich glaube, man konnte es unmöglich wissen.

Ja, sagte ich.

Er saß nur da. Vor sich ein Glas Cognac. So spät abends trank er selten.

Wir hätten ihr Geld leihen können, sagte er.

Warum hätten wir das tun sollen, wollte ich am liebsten entgegnen.

Ja, sagte ich. Uns freikaufen, dachte ich, ohne es auszusprechen. Als hätten wir tatsächlich einen Fehler gemacht. Wir.

Aber es ist noch nicht zu spät, sagte er. Wir können sie vielleicht kontaktieren. Morgen. Ihr vielleicht trotzdem ein kleines Darlehen geben.

Ich zögerte mit einer Antwort, er schwenkte behutsam sein Glas.

Ja, das könnten wir, sagte ich.

Er stand auf, man konnte an der Bewegung erkennen, dass er lange gesessen hatte, an der Steifheit im Rücken. Er ging zum Fenster, blickte in den Garten. Ich wusste, dass er oft träumte, dass er noch immer Albträume hatte.

Ich trat neben ihn ans Fenster. Ich habe an meinen Bruder gedacht, sagte er. Ich habe lange nicht mehr an ihn gedacht.

Ich nickte. Ein Vogel flog in der Dunkelheit tief über den Rasen. Wir blickten ihm beide hinterher. Mir fiel auf, wie alt Simon geworden war, es war nicht mehr zu übersehen, ich stellte es auf dieselbe Weise fest, wie man sieht, dass jemand im Regen nass geworden ist oder vergessen hat, ein paar Knöpfe am Hemd zu schließen. Genauso flüchtig und nichtig fühlte sich meine Beobachtung an. Auch wenn dem nicht so war. Und ich dachte: Ich muss einsehen, dass es nicht flüchtig ist. Er wird das Alter nicht abschütteln.

Wir könnten ein paar alte Kollegen einladen, sagte er.

Ja, sagte ich.

Jemanden treffen wäre nett.

Wir sollten bald ins Bett gehen, sagte ich.

Er trank seinen Cognac aus, stellte das leere Glas auf die Fensterbank.

Was hast du über deinen Bruder nachgedacht, fragte ich.

Er sah mich an, sagte, er wisse es nicht genau, er sei noch im Halbschlaf gewesen.

Ich habe das Licht vergessen, fügte er hinzu. Das Licht in der Garage ist an.

Er atmete hörbar aus, wartete, und in der Stille, die die gesamte Aufmerksamkeit auf sich zog, stand er da, seine Hand lag halb über dem Mund. Lass uns schlafen gehen, sagte er.

Er hatte in späteren Jahren nie versucht, seinen Bruder zu finden. Ich weiß nicht, ob er ihn besucht hätte, hätte er gewusst wo er war. Einmal sagte ich sogar, er habe sich um seinen Bruder nicht gekümmert. Selbst wenn viel Zeit vergangen sei, gebe es ihn ja irgendwo, in einer Wohnung, einer Stadt. Den Bruder, der lebte und sich erinnerte, der wusste, der in der Lage gewesen wäre zu sprechen. Anders als die, die weg waren.

Er hatte uns ein einziges Mal besucht. Der Bruder. Genau einmal, da waren die Mädchen noch so klein, dass sie sich nicht einmal an ihn erinnern können. Ein hagerer, ernsthafter Mann, Simon überhaupt nicht ähnlich, er rauchte viel, trank etwas zu viel, sie sprachen miteinander in der Sprache, die Simon sonst nie benutzte, und Greta musste lachen, sie war erst ein paar Jahre alt, und sobald dieser Mann den Mund aufmachte, lachte sie los. Ich glaube, dass ihn das zuerst verwirrte, doch dann winkte er sie zu sich, ließ sie seine Hand halten und sich auf seinen Schoß setzen. Greta lachte weiterhin jedes Mal, wenn er etwas in der fremden Sprache sagte. Sie griff nach seinem Mund, brachte ihn dazu, ihn aufzumachen, er war geduldig, sie befühlte die Lippe, die Zähne, als wollte sie nachsehen, ob diese seltsamen Worte dort drinnen lagen, ob sie von da kamen oder irgendwo ganz anders existierten.

Er war ein nervöser, leicht betrunkener Mann. Er wohnte für ein paar Tage bei uns, sollte eigentlich eine Woche bleiben, aber ich glaube, ihnen ging der Gesprächsstoff aus, ihm und Simon. Und er musste nach Hause. Wegen irgendetwas musste er nach Hause, einer vagen Sache. Ich sah, wie die beiden sich in den Sesseln gegenübersaßen und nichts sagten. Das eigene Schweigen war ihnen vielleicht gerade noch erträglich, nicht aber das des anderen, sie kamen einander nie nahe, weder beim Sitzen noch beim Stehen. Sie *konnten* einander nicht mehr nah sein, die physische Nähe, die ihnen der Krieg aufgezwungen hatte, ließ sie die Nähe des anderen nicht mehr ertragen, allein der Geruch, die Stimme, der Körper und den anderen zu spüren reichte vermutlich aus, die Erinnerung, vielleicht sogar das Gefühl wachzurufen, dort zu sein, wieder eingesperrt. So saß jeder in seinem Sessel, in einvernehmlichem Abstand, dachte ich, als hätten sie sich darauf geeinigt, sich voneinander fernzuhalten, nachdem zwischen ihnen endlich wieder der Raum entstanden war, von dem sie sicherlich geträumt hatten, als sie im Versteck das Bett geteilt hatten, nachdem sie endlich der Nähe entkommen waren, dem Gefangensein, der Symbiose in Verzweiflung.

Erst am Flughafen. Nachdem Simons Bruder die Rückflugtickets rausgekramt und wir ihm einen guten Flug gewünscht hatten und er an Bord gehen sollte, traten sie einen Schritt aufeinander zu, umarmten sich jäh, umfassten einander in festem Griff, wie der Beginn eines Ringkampfs, ich fand, dass sie sich wie zwei Ringer umklammerten, nur näher, ganz eng, sie wurden völlig eins, zwei Ringer, die die Stärke des anderen abschätzten, bevor sie sich gegenseitig zu Boden werfen und einer die Oberhand gewinnt. Sie ließen einander wieder los. Keiner weinte, keiner wirkte sonderlich beeindruckt oder berührt, wie es dieser Augenblick von Intimität vermuten ließe. Der Bruder ging zum Flugzeug, und Simon blieb zurück. Nur Greta lief ein paar Schritte hinterher, als wollte sie den Onkel, den sie ein wenig kennengelernt hatte, nicht ohne Weiteres wieder aufgeben. Sie sah fragend zwischen uns und dem Ausgang zum

Flugfeld hin und her. Simon sagte nur: Jetzt gehen wir nach Hause.

Der Bruder hatte während seines Besuchs etwas erzählt. Er schien dabei eine Last abzulegen und sich wiederaufzurichten. Er habe die Eltern über etwas sprechen hören. Bevor sie im Krieg ihre Wohnung verlassen hatten, hatten sie den Nachbarn nichts erzählt. Darüber, wo sie hinwollten oder warum. Sie konnten niemandem vertrauen beziehungsweise es war unmöglich, zu wissen, wem man eventuell trauen konnte. Tag für Tag gingen die Nachbarn an der verschlossenen Tür vorbei, für Neugierde gab es wenig Grund. Die Familie war verreist, die Tür abgeschlossen, die Fenster dunkel. Einer der Nachbarn hatte einen Hund, wie habe der nur gleich geheißen, ach ja, Kaiser. Und dieser Hund blieb immer vor der Tür stehen, bellte, setzte sich hin und bellte, als wartete er auf etwas. Darauf, dass jemand die Tür aufmachte, ein dummer Hund. Natürlich versuchte sein Herrchen ihn weiterzuzerren, der Hund habe protestiert, erzählte man sich später. Der Nachbar schimpfte, drohte. Aber der Hund blieb hartnäckig. Er gab nicht nach. Als hätte er in der Wohnung etwas gewittert.

Das wiederholte sich jeden Tag. Der Hund setzte sich hin. Bellte. Scharrte mit den Pfoten, als wäre es möglich, sich unter Fußmatte, Schwelle und Zarge hindurchzugraben. Aber die Wohnung ist doch leer, sagten die Leute. Die Bewohner sind schon ewig fort, der Junge, der den Hund kannte und mit ihm Gassi ging, ist mit seiner Familie abgehauen. Wie sehr der Hund auch bellt, der Junge wird nicht herauskommen. Der Nachbar redete streng auf das

Tier ein, musste ihm fast einen Fußtritt versetzen, dem Hund, damit er ihn mitnehmen konnte. Am nächsten Tag dasselbe. Und am Tag darauf. Bis der Hundebesitzer und ein anderer Nachbar miteinander sprachen. Der andere war misstrauisch. Ist womöglich jemand eingebrochen, hat sich der leeren Räume, der Wohnung bemächtigt? Wäre ja möglich. Es war zwar dunkel und still, aber trotzdem war es möglich.

Er alarmierte die Polizei.

Er hat die Polizei alarmiert, sagte Simons Bruder zu Simon. Polizisten kommen, klopfen an die Tür, schreien. Drinnen ist es still. Ein Nachbar in derselben Etage steckt den Kopf aus der Tür, die Wohnung stehe leer, sagt er. Ist nur dieser dumme Hund. Der Junge, der früher hier gewohnt habe, habe ihn verzogen, habe ihm beigebracht, dass er eine Belohnung bekommt, wenn er sich vor die Tür setzt und bellt. Deshalb würde er das tun. Bellen, als würde ihn jemand rufen. Das ganze Haus stören. Aber der Junge sei schon längst weg, wie die Familie, keiner weiß, wo sie hin sind. Ein anderer mischt sich ein, es sei doch aber sicher, dass der Hund irgendetwas wittere, sagt er. Betrachtet ihn. Er scheine auf sein Herrchen zu warten. Man könnte meinen, der Hund gehöre dem Jungen. Die Polizisten rufen noch eine Warnung, dann brechen sie die versperrte Tür auf. Die Nachbarn scharen sich an den Fenstern. Nach nur wenigen Minuten kommen die Polizisten wieder aus der Wohnung. Der Hund hatte Recht. Sie ist nicht leer. Drinnen sind eine Frau, ein Kind. Sie werden an diesem Morgen abgeholt, abtransportiert. Die Nachbarn sehen sie in einem Auto wegfahren.

Eine Frau und ein fünf- oder sechsjähriges Kind. Der Köter ist nicht dumm gewesen.

Das mit dem Hund hört einfach nie auf.

Den Hund spricht Simon frei, sich selbst nicht.

Während er von den Geschehnissen aus der Kriegszeit redete, blieb er oft abends lange wach. Das beunruhigte mich. Und dann, nach all den Wiederholungen, den ausgesprochenen Grübeleien, Auslegungen all dessen, was geschehen war, der Zeit im Versteck und davor, schien er allmählich leer zu werden, als würde er sich selbst erschöpfen. Er sprach weniger und seltener. Und mit der Zeit sprach er auch seltener über anderes, mit mir, mit anderen.

Bis er aufhörte, mehr zu sagen als das Alltägliche. Guten Tag. Hallo.

Jetzt, da ich keinen Zugang mehr habe, sehne ich mich danach, dass er erzählt, egal was, ich würde zuhören.

Im Schweigen sind wir gemeinsam allein.

Als wir aus dem Zentrum hierhergezogen sind, sagte er, er habe diese Stille sehr gerne, ihm gefiele, wie still und klar es sei. Das ist schon lange her.

Oft liege ich wach und höre das Rauschen der Bäume, den Regen im Sommer, wie er auf die Bodenplanken der Terrasse trifft, aufs Garagendach. Die Geräuschlosigkeit in den Räumen und im Freien.

Vor Kurzem habe ich eine Anzeige gefunden, in der Tiere zum Verkauf angeboten wurden. Welpen aus einem Zwinger. Mit Bildern, sie lagen mit großen Köpfen und zerzaustem Pelz ineinander verschlungen auf einer Zeitung. Ich studierte die Bilder, mir gefiel der Kleinste, der offensichtlich außerhalb des Knäuels gelandet war, deswegen schnitt ich die Telefonnummer aus, sie hängt noch immer am Kühlschrank. Wenn ich hier in der Gegend spazieren gehe, sehe ich mir Hunde an. Ich wage den Gedanken, uns einen neuen Hund zu besorgen. Wir könnten spazieren gehen, der Hund und ich. Er könnte bestimmt mit Simon Kontakt aufnehmen, vielleicht täte er ihm gut. Es gibt Hunde, die darauf trainiert werden, mit ihren Herrchen zu kommunizieren, sie zu verstehen. Er müsste nicht mit ihm sprechen. Hunde sind intuitiv, wo habe ich das nur her. Loyal ihren Herrchen gegenüber.

Ein neuer Hund könnte auch aufs Haus aufpassen.

Sie hat Hunde nicht gemocht, Marija, aber wenn ich jetzt daran denke, fällt mir nicht ein, dass sie mir je einen guten Grund für dieses Gefühl genannt hatte, sie hat es nie auf rationale Weise erklärt, nie so, dass ich es verstehen hätte können. Sie hatte keine Angst, das war nicht der Grund.

Sie hat sie einfach nicht gemocht.

Marijas Tochter gelang es, den Mann rauszuwerfen, war es nicht letztes Jahr im Mai, dass sie mir das ganz dringend erzählen musste? Marija hatte ihre Tochter jeden einzelnen Tag angerufen, war dann aber plötzlich mitten in der Arbeit ans Telefon gegangen, das tat sie sonst nie. Es musste also wichtig sein, wir hörten sie auf dem Flur auf und ab gehen, konnten aber natürlich nicht verstehen, was sie sagte. Unser Name fiel. Danach kam sie aus der Küche und verkündete, es würden jetzt entscheidende Dinge passieren.

Wir hatten sie zum Abendessen eingeladen. Nachdem sie erst das Haus geputzt und in der Küche geholfen hatte, setzte sie sich an den Esstisch, als wäre sie gerade zur Tür hereingekommen, sie hatte sich umgezogen, sie roch fremd. Sie hatte wohl Parfüm aufgelegt, das war ungewohnt, im Nachhinein verknüpfe ich den Abend mit diesem Parfümgeruch, einem intensiven Geruch nach Chrysanthemen. Aber vielleicht hatte sie es auch zuvor bereits benutzt, sie verwendete es zu besonderen Anlässen, wenn sie sich auf etwas freute.

Setz dich einfach hin, sagte ich.

Eigentlich sollte ich das Essen machen, sagte sie. Ich erwiderte, das sei nicht nötig, ich hätte bereits das Fleisch angebraten und die Kartoffeln und den Brokkoli gekocht, und während wir aßen, läutete ihr Telefon. Sie redete in dieser

Sprache, die ich, bevor sie zu uns kam, vermutlich noch nie gehört hatte. Jetzt ist es passiert, rief sie und begann schon draußen im Flur zu erzählen. Sie hat ihn verlassen. Und das Beste von allem: Sie kommt, sagte Marija, das Telefon noch in der Hand. Sie kommt endlich!

Ihre Tochter werde am nächsten Sonntag kommen, zusammen mit Marijas Bruder. Sie sollten alle bei Marija wohnen, und als ich anbot, sie könnten auch bei uns unterkommen, lehnte Marija erstmal ab. Das wolle sie nicht. Ich sagte, ich würde nicht lockerlassen. Da gab sie widerwillig nach. Sie werden keine Unannehmlichkeiten machen, versprach sie.

Ich freute mich nicht auf diesen Besuch, zwar freute ich mich über ihre Begeisterung, aber in Wirklichkeit war ich nicht glücklich darüber, bald Fremde im Haus zu haben.

Der Onkel, Marijas Bruder, hatte dünnes Haar und Rosazea, der rotflammige Ausschlag breitete sich auf seinem Gesicht aus und ließ ihn ständig aufgeregt wirken, auch er war außergewöhnlich groß, als wäre ein Riese zu Besuch, ein Riese, der durchs Haus wanderte und offenbar nie eine passende Sitzgelegenheit finden konnte. Jedenfalls saß er selten. Seine Stimme stand in heftigem Kontrast zu seinem Aussehen, er sprach leise und hell. Er bot an, den alten Kühlschrank, der in der Garage stand, zu reparieren, doch dieses Angebot schlugen wir auf Marijas Empfehlung hin aus, er könne nichts reparieren, er arbeite zu Hause an der Kasse einer Tankstelle und wolle sich nur nützlich machen. Ihre Tochter sei ganz anders als sie, hatte Marija erzählt, und das stimmte. Sie wirkte schüchtern und schwermütig, sie war klein, dünn und hatte eine junge Tochter, die ständig auf ihrem Schoß saß. Der Onkel rauchte bei angelehnter

Terrassentür, sodass es in diesen Tagen ständig zog. Das Mädchen, das Kind hatte irgendeinen Namen mit B, einen Namen, dessen Aussprache ich damals lernte, den ich aber wieder vergessen habe.

Marija kochte, bis zu mehrere Mahlzeiten am Tag, und zugegebenermaßen mochte ich das Zusammensein. Auch das Mädchen, das abends so lange aufblieb, bis es auf dem Schoß der Mutter einschlief und ins Bett getragen wurde. Der Onkel war einfach nur da, saß manchmal für ein paar Minuten still, verspürte dann aber offensichtlich wieder den Drang sich zu bewegen, um einen neuen Stuhl, eine neue Position zu probieren, während er zur Garagentür oder zu der zerbrochenen Lampe der Außenbeleuchtung blickte. Er fragte nicht noch öfter, ob er etwas reparieren könne. Wir fuhren ins Aquarium auf Nordnes. B zeigte ihre Begeisterung auf außergewöhnliche Weise, statt wie die anderen Kinder zu lachen oder schreien, ballte sie die Fäuste, spannte die Kiefermuskeln an, als könne sie die Spannung kaum aushalten. Insbesondere als eine Tierpflegerin die Pinguine fütterte, erstarrte sie auf diese Weise, fast wie ein kurzfristiger Spasmus.

Marija machte sich Sorgen, ich bemerkte, wie sie das Mädchen beobachtete. Die Kleine habe in der Schule Probleme, erzählte Marija, sie sei zum Opfer geworden, ohne jeglichen Grund. So etwas geschehe ja meist ohne Grund. Sie wusste nicht, was sie tun sollte. Sie von der Schule nehmen, eine andere finden, ihre Tochter hörte nicht zu, wenn sie mit ihr darüber zu sprechen versuchte, sie habe mit ihrem Job und dem Exfreund schon genug am Hals. Marija nahm ihre Enkeltochter an der Hand, erfüllte ihr jeden Wunsch, kaufte ein Märchenbuch, ein Kuscheltier, am Abend las sie dem Mädchen ein Märchen vor, aus einer norwegischen Ausgabe von Grimms Märchen, sie las den norwegischen Text und übersetzte.

Wer nimmt die Kinder mit? Der Rattenfänger von Hameln, er spielte auf seiner Flöte und lockte alle Ratten hinter sich her zu einem Fluss, in dem sie ertranken. Als er nach Hameln zurückkehrte, meinten die Leute dort, ihr Versprechen nicht halten zu müssen. Sie wollten ihn nicht bezahlen.

Sie las jedes Wort, übersprang nichts. Sie machte es spannend, die Kiefermuskeln des Mädchens wurden fest.

Als er erneut anfing auf seiner Flöte zu spielen, waren es nicht die Ratten, die dem Rattenfänger durch die engen Gassen der Stadt folgten, sondern alle Buben und Mädchen, sämtliche Kinder von Hameln, sie strömten aus der Schule, aus den Häusern.

Ich beobachtete Marija und ihre Enkelin, während Marija dem kleinen Mädchen mit den nunmehr schreckgeweiteten Augen den aufwühlenden Text vorlas. Ich fühlte mich beim Zuhören plötzlich unwohl, was vielleicht an der grausigen Geschichte lag. Simon war bereits ins Bett gegangen. Er lag da, bei brennendem Licht, ich legte den Arm um ihn und er legte den Arm um mich. Ich glaube, wir lauschten beide den Stimmen, der fremden Sprache. Den fast fremden Menschen, die sich in unserem Wohnzimmer aufhielten.

Der Rattenfänger hat eine Flöte und die Kinder folgen ihm. In einem langen Zug gehen sie hinter ihm her, er führt sie aus Hameln hinaus, zu einem Berg. Sein Flötenspiel wird lauter, eine Öffnung taucht auf. Er führt sie in eine Höhle, geradewegs in den Berg. Und dort verschwanden sie für immer.

Nachdem die drei abgereist waren, trauerte Marija. Die Tochter und sie telefonierten wieder, der unsympathische Freund war zurück. Marija meinte, sie könne nichts für sie tun, für das Mädchen. Sie war verzagt darüber, so weit weg zu sein, aber auch ein Besuch würde keinen Unterschied machen. Sie will nicht hören, sagte sie über die Tochter. Wir redeten über unsere Töchter, wie unmöglich es sei, das Leben von jemand anderem zu steuern, man könne nur zusehen.

Bei diesem Gespräch machte ich ihr den Vorschlag noch eine Weile bei uns zu wohnen, zumindest bis auf Weiteres. Sie hatte Probleme mit ihrem Mietverhältnis, wegen einer Mieterhöhung musste sie sich sowieso nach etwas Neuem umschauen. Du kannst bei uns wohnen, während du etwas suchst, schlugen wir vor.

Marija wohnte ein paar Wochen bei uns, nahm das eine Zimmer in Beschlag. Ein paar Wochen, nicht länger? Es waren ruhige Wochen. Ganz überraschend. Als hätte sie immer hier gewohnt, gegessen, geschlafen, wäre hier aufgestanden, mit uns zusammen gewesen. Nachmittags aßen wir im Esszimmer, was wir sonst selten tun, wir deckten mit Hingabe den Tisch und verbrachten viel Zeit damit, uns über Orte auszutauschen, an denen wir gewesen waren, über Lebensmittel, die wir besonders mochten, Reiseziele, zu denen wir noch einmal wollten. Wir müssten nach Lettland kommen, meinte Marija. Wir müssten einmal ihren Heimatort besuchen, sie werde uns alles zeigen. Ich glaube, wir malten uns das damals genau aus, wie wir mit Marija reisten, regionale Spezialitäten aßen, den Onkel, die Tochter, die Enkelin wiedersahen. Den Rest der Familie.

Sowohl Simon als auch ich beteiligten uns mit außergewöhnlichem Engagement an den Gesprächen.

Abends verteilte sich unsere kleine Gemeinschaft auf Sofa und Sesseln im Wohnzimmer, nie vorm Fernseher, sondern mit Büchern in der Hand oder übers Schachbrett gebeugt. Simon zeigte Marija seine Bücher, die Geschichtsbücher mit detaillierten Beschreibungen von Gegenden, in denen wichtige Schlachten geschlagen wurden, er hatte sie alle auf verschiedenen Karten markiert, schau hier die Bergketten, diese langen Flussläufe, ich werde dir zeigen, was passiert ist, wenn du diese Linie hier siehst, was sie markiert, er erzählte, als hätte er die Armeen auf dem Schlachtfeld selbst fallen gesehen. Ich dachte, sie sei eine Freundin, sagte er später. Eine echte Freundin, oder?

Sie war eine, sagte ich. Das war nachdem sie abgereist war, nach der Kündigung.

Sie waren schön, die Tage, die sie bei uns gelebt hatte. Wir hatten nie viele Freunde.

Die neue Putzfrau kommt gegen zehn. Einmal pro Woche, meist mittwochs. Sie arbeitet an mehreren Orten, vor Feiertagen bringt sie eine Freundin mit und sie putzen zusammen das ganze Haus. Ich höre den Schlüssel in der Tür, und wenn ich nicht ganz wach bin oder vergessen habe, dass sie kommt, kann ich mitunter für einen Augenblick glauben, Marija wäre im Flur. Sie sagt immer ihren Namen. Hier ist Ana, sagt sie, oder vielleicht sagt sie auch Anna. Dann legt sie mit einem leichten Klirren die Schlüssel auf die Kommode. Aber sie kommt nicht ins Wohnzimmer, um zu reden, außer es steht etwas Besonderes an. Mitteilungen macht sie in der Regel, bevor sie wieder geht. Sie holt sich den Staubsauger, den auch Marija immer benutzt hat. Wir bräuchten eine neue Düse, hat sie mir eröffnet, am besten eigentlich gleich ein neues Gerät, denn unseres funktioniere nicht richtig.

Aber sie drängt nicht darauf.

Sie verlässt das Haus.

Und dann ist es wieder still.

Nach Marija ist es still geworden. Sie hätte das Haus genauso gut leer zurücklassen können. Die Möbel in jedem Zimmer entfernen und nur Spuren hinterlassen, Schatten und ausgebleichte Stellen.

Es fing an meinem Geburtstag an. Das, was ich noch immer nicht wirklich verstehe, das ich schon viel zu viel und zu oft durchdacht habe. Direkt nach jenem Abend konnte ich es noch auf verborgene Missverständnisse, auf unbekannte Deutungen schieben. Aber jetzt ist das kein Trost mehr, Marija hat gründlich dazu beigetragen, das klarzustellen. Eine Zeit lang machte es mich zornig, dass ich unser Gespräch nicht wie eine Aufnahme im Gedächtnis abspielen konnte, das, was an jenem Abend gesagt wurde. Ich erinnere mich nur an ein paar unzusammenhängende Gesprächsfetzen. Simon hatte geplant, ein klassisches Konzert zu besuchen, von einem berühmten philharmonischen Orchester, mehrere Wochen davor meinte er: Wollen wir sie dazu einladen?

Marija?, fragte ich, ich war überrascht, auch wenn schon im Raum gestanden hatte, dass sie den Geburtstag mit uns feiern sollte.

Warum nicht, entgegnete er.

Ja, sagte ich, voll Freude, warum nicht. Wir waren uns einig, er führte einen Gedanken zu Ende, an dem ich selbst schon länger herumgebastelt hatte. Die Idee stammte von ihm. Sie hätte ebenso gut von mir sein können, wäre er nicht zuerst darauf gekommen. Sie hatte schließlich selbst von dem Konzert in der Grieghalle gesprochen, das auf dem Programm der Internationalen Festspiele Bergen stand. Keine Sekunde unterstelle ich ihr irgendwelche Hintergedanken, sie hatte nicht versucht, mir eine Einladung abzuringen, sie war keine Person mit Hintergedanken, da bin ich mir sicher. Sie redete einfach gerne über die Veranstaltung, das Konzert an sich, dieses bestimmte Orchester, und ich bin mir ebenfalls sicher, dass sie gesagt hatte, wir müssten hingehen, Simon und ich, wir dürften uns das nicht entgehen lassen.

Ich rief im Ticketbüro an und reservierte Karten. Als ich die Tickets in Händen hatte, fühlte es sich an, als sei es seit jeher so gemeint gewesen. Wenn es um sie ging, um Marija, waren wir uns immer einig. Vielleicht empfanden wir deshalb hinterher so etwas wie Scham. Scham, dass wir uns in ihr geirrt hatten? Irgendwie fühlten wir uns selbst verantwortlich. Und gleichzeitig: Scham über das, was wir nicht erzählt hatten und was zu einer Lüge geworden war, zu etwas Unerklärbarem. Wir trugen zu unserem eigenen Untergang bei. So sahen wir es.

Zuerst wollte sie das Ticket nicht annehmen, nein, das sei nicht möglich. Sie könne nicht. Ich kann mich an diesen Geburtstag erinnern, schon an den Morgen: Draußen liegt dichter Nebel, aber Simon meint, es werde aufklaren, der Wetterbericht sage schönes Wetter vorher. Ich höre ihn in der Küche. Er brüht Kaffee auf, legt die Kuchenstücke schön auf einen Teller mit einer Serviette.

Alle Gute zum Geburtstag, sagt er und setzt sich auf meine Bettkante.

Wie alt ich bin, sage ich.

Er lächelt nur. Küsst mich.

Das Telefon läutet, ein Geburtstagsanruf, noch einer. Ich spreche mit den Kindern. Ich lege den Hörer auf und blicke in den Spiegel. Marija klopft an die Tür.

Heute ist dein Geburtstag, sagt sie. Ihr geht ins Konzert. Ihr werdet richtig viel Spaß haben.

Das darfst du nicht verpassen, sagt Simon.

Sie lachte nur. Aber er insistierte. Als ihr klar wurde, dass er es ernst meinte, dass wir tatsächlich ein Ticket für sie hatten, wurde sie feierlich betroffen. Das kann ich nicht annehmen, sagte sie, wirklich nicht.

Erst abends im Taxi hatte sie wieder zu ihrer alten Lebhaftigkeit zurückgefunden. Sie hatte sich schick gemacht, mit einem von einer Freundin geliehenen Kleid, einem schwarzen Jäckchen, einem lila Mantel. Einer engmaschigen Netzstrumpfhose. Sie redete mit dem Taxifahrer und erzählte ihm, dass wir ins Konzert gingen, als müsste jeder von diesem Ereignis erfahren, sie lachte über etwas, das er sagte, offensichtlich potenzierten Kleid, Frisur und Strumpfhosen ihre sprudelnde Art. Was vermutlich in gleichem Maß für unser Schweigen galt, ihre Extrovertiertheit machte uns verlegen, das schien sie zu bemerken, denn anschließend sagte sie etwas wie, dass sie sich einfach so darüber freue, mit uns gemeinsam dorthin zu gehen.

Das Taxi hielt vor der Grieghalle. Marija redete ununterbrochen, während wir hineingingen. Als wir unsere Plätze einnahmen, redete sie darüber, wie gut sie seien, und die folgenden Minuten darüber, wie lange es noch dauere bis, es losgehe. Als der Dirigent auftrat, nahm sie meine Hand und drückte sie.

Während des ersten Satzes spürte ich, wie wir uns zurücklehnten, beide. Ich atmete mit der Musik, sie hielt weiter meine Hand. An meiner anderen Seite Simon, wir waren schon lange nicht mehr in einem Konzert gewesen.

In der Pause war sie begeistert, wir waren alle drei begeistert.

Sie interessierte sich für die Musiker, den Dirigenten, wir hatten das Programmheft gekauft, und auf dem Weg ins

Foyer blätterte Marija darin herum. Wir trafen auf alte Kollegen von Simon, ein Paar, sie waren überrascht, uns zu sehen, und stellten sich zu uns, ich machte sie mit Marija bekannt. Meine Freundin, sagte ich. Sie schüttelten einander die Hände.

Nachdem wir unsere Plätze wieder eingenommen hatten, dauerte die Pause noch ein paar Minuten.

Marija las im Programmheft, darin stand etwas über den Dirigenten.

Ein Jude, sagte sie. Und dann noch etwas. Das ich nicht richtig verstand, ein Satz während einer Kopfbewegung. Nein, das ist er nicht, oder: Das ist er bestimmt nicht. Es war unbedeutend. Eine Nichtigkeit. Ich dachte kurz darüber nach und verwarf es wieder.

Den Rest des Konzerts vergaß ich alles jenseits der Musik. Dieses Konzert war eines der besten, das ich je gehört habe, sagte Simon danach. Wir drei waren uns einig.

Im Taxi nach Hause regte sie an, wir müssten das Orchester bei anderer Gelegenheit noch einmal hören. Sie saß mit mir auf dem Rücksitz, nahm wieder meine Hand, drückte sie. Ich erinnere mich daran. Danke, sagte sie. Nochmals vielen Dank.

Ich blicke zum Nachbargrundstück hinüber, in dem Zimmer, das wohl zu einem Haushaltsraum umgestaltet worden ist, sind die Gardinen vorgezogen. Der Nachbar hat die Hecke wachsen lassen, er scheint ein Faible für den Garten zu haben. Bisher ist die Hecke noch nicht hoch, aber hoch genug, er hat große Büsche gekauft, sie eingesetzt und quasi über Nacht die Landschaft verändert. Warum beunruhigt mich das? Ich habe mich wohl in die Kontinuität verliebt, doch was heißt das. Wenn man es ohne etwas nicht aushält, ist es ein Bedürfnis, gerne auch als Liebe bezeichnet. Ich frage mich, ob er das Mädchen manchmal zu einem Kaffee oder Mineralwasser einlädt, das junge Mädchen, das für ihn putzt, ob sie miteinander reden.

Ich habe ein Foto von Marija. Darauf ist sie mit uns beim Wandern. Sie wirkt so sanftmütig, wir sitzen zum Rasten auf einem Hügel im Wald, lachen über das Bild, das gemacht wird. Ein Gedanke schießt mir durch den Kopf. Marija auf dem Foto: Sie hat noch nichts gesagt. Sie ist noch die Alte. Das Bild wirkt unschuldig. Sie sitzt da. Sanft, winkend, mit Brotzeit und Thermoskanne auf dem Schoß.

Ich habe das Gefühl, ich hätte sie stoppen können, als hätte ich in diesen Tag, der auf dem Bild völlig makellos und pur wiedergegeben ist, eingreifen, sie in ihm festhalten können, mit einem Satz oder einer Bewegung das abwehren, was dazu geführt hat, dass sie abreiste, verschwand. Dass sie kurz darauf nicht mehr in unserem Leben war.

Als hätte es etwas geändert.

Der Mensch, der mir neben meinen Kindern am nächsten steht, ist Simon. Was ich vermisse, wirklich vermisse, ist eine Stimme. Manchmal sehne ich mich so sehr nach der Zeit mit Marija zurück, dass mir nicht in den Kopf will, dass sie weg ist. Ich wache auf und Simon ist noch an meiner Seite. Simons Körper, dieselben langen Finger, dieselben vertrauten Bewegungen, wenn er sich im Bett umdreht, aufsetzt. Aber er hat eine Reise in sich selbst angetreten. Das Gebiet, in dem wir gemeinsam gewesen sind, ist abgesperrt, so verschlossen, wie ich von Marija getrennt bin. Ich sage mir, dass beide irgendwo existieren. Ich muss nur die Distanz akzeptieren. Was Marija angeht, sprechen wir dabei von Kilometern, Stunden, einer Tagesreise. Vielleicht könnte ich das einmal, eine Reise machen.

Ich werde es nicht tun. Das Ganze ist paradox: Hätte sie geschwiegen, wäre sie noch da. Und er, der schweigt, verschwindet, ohne Worte wird er fast unsichtbar.

Am Anfang kamen ein paar Briefe. Ihre Handschrift, der Poststempel »Lettland« auf einer ausgeblichenen Briefmarke. Ein hübscher kleiner Stapel aus drei, vier Briefen, was in ihnen steht, weiß ich nicht, und auch nicht, ob weitere kommen werden, ich mache sie sowieso nicht auf. Es ist, wie es ist, ich kann nichts mehr ändern. Im Fernsehen lief eine Reportage über Lettland, ich versuchte sie lauter zu stellen. Die Fernbedienung ist defekt, und bevor ich sie zum Laufen bringen konnte, war der Beitrag schon vorbei.

Jenen Tag, ihre Worte, ihre Stimme, wie ihr Ich zum Vorschein kam, meist kann ich das alles verdrängen, wie die Uhr, das laute Ticken. Aber wenn ich es erst höre, ist es klarer als alles andere.

Es war mehrere Monate nach dem Konzert. Wir saßen in der Küche. Marija schaute die Post durch. Es war morgens, der Nachbar hatte begonnen den Rasen mit einer Motorsense zu trimmen, dieser Nachbar, der mich von Zeit zu Zeit nervte, der dieses junge Mädchen angestellt hat. Er stand am Zaun und hantierte mit diesem Gerät, als würde er den Motor testen. Was treibt er da, fragte Marija und begann über diesen Nachbarn zu reden. Sie hatte ihn zuvor schon ein paar Mal erwähnt oder wir hatten miteinander über ihn gesprochen. Vielleicht hatte ich sie zu einer missbilligenden Haltung angestiftet, vielleicht hatte sie meine Antipathie übernommen.

Wir schauten aus dem Küchenfenster. Wie er am Rand der Rasenfläche entlangmarschierte, mit dem Gerät in Händen, es anhielt, sich bückte und darunter etwas zupfte, es dann wieder startete.

Sie sagte es auf Lettisch. Und trotzdem verstand ich es. Den Tonfall. Das Wort.

Bestimmt ein Jude.

Was hast du gesagt, fragte ich.

Und sie wiederholte es. Damit ich es verstand.

Sie stand mitten in der Küche, zwischen Tisch und Fenster, mit dem Stapel Post in der Hand, wiederholte, was sie gesagt hatte. Wiederholte ruhig in meiner Sprache, dass er wohl einer von denen sei. Das waren ihre Worte. Einer von *denen.* Sie erklärte es vermutlich, damit ich es auch sicherlich begriff.

Und dann ging es los. Sie hörte nicht mehr auf, redete immer weiter. Ich starrte auf den Wasserhahn, das Spülbecken, den Boden, den Fensterrahmen. Im Hintergrund das Motorengeräusch des Rasentrimmers, an, aus, an, aus. Was sie sagte, war banal, wie die Nacherzählung eines Märchens durch ein Kind, das die Worte von jemand anderem aufsagt, stilisiert und knapp, ein Selbstgespräch der Überzeugung, bei dem jedes Wort das nächste hervorruft, alles muss in einer exakt gleichen Abfolge erinnert werden, denn jenseits dieser Reihenfolge hat die Geschichte keine Logik. Sie existiert nur innerhalb ihres aufgezwungen neurotischen Rahmens, ihrer eigenen Tautologie. Hasserfüllt und einfach.

Simple Klischees, ausgeleierte Worte, die Sprache verschlissener Phrasen. Über *die.*

Ich meinte, sie würde nie wieder aufhören. Sie tat es auch nur wegen eines Zufalls. Beim Blick auf den Stapel Post hatte sie etwas entdeckt, sie nahm den obersten Brief und fragte, ob das nicht der sei, auf den ich gewartet hätte. Simon war nun auch da, ich wusste nicht, wie viel er gehört hatte, aber in seinem Gesicht, in der Überraschung konnte ich sehen, lange genug, um zu verstehen.

Sie hielt den Brief, als wäre er wirklich wichtig, ich muss sie gebeten haben, ihn aufzumachen, denn anschließend redete sie über seinen Inhalt. Ihre ganze Konzentration lag jetzt auf dem Brief, sie hatte den Fokus gewechselt und empörte sich nun über etwas, das sie dort las.

Ich setzte mich wieder hin, war gerade aufgestanden gewesen, als hätte ich aufhalten wollen, was geschah, als könnte es mit einer solchen Bewegung abgewürgt werden, was natürlich nicht ging, und als ich das einsah, in dem Moment, da ich einsah, was geschehen war, ließ ich mich fallen, ohne Widerstand auf den Stuhl, und das Aufknallen meines Hinterns fühlte sich wie ein Hieb an.

Wie eine Strafe.

Wir sahen einander an, Simon und ich, an jenem Tag in der Küche. Er stand in der Tür, entschuldigte sich kurz darauf und ging. Er wollte irgendetwas erledigen und blieb mehrere Stunden verschwunden, Marija putzte die Böden und sortierte ein paar alte Handtücher aus, warf sie weg. Sie ging früh. Als Simon zurückkam, kochten wir, er und ich, in Stille, beziehungsweise in einer Stille, in der ein anhaltend intensives, wenn auch niederfrequentes Geräusch lag, wie eine Wiederholung, ein Echo des Rasentrimmers, dieses Geräts des Nachbarn, das den ganzen Vormittag über gewummert hatte. Beide versuchten wir, es zu überhören, die Alarmglocken, angstvoll, leise, aber gleichermaßen eindringlich, enervierend. Am Abend lasen wir im Wohnzimmer, jeder in seinem Sessel. Wir zögerten es hinaus. Sobald wir zu reden anfangen würden, gäbe es nur eine Möglichkeit. Indem wir redeten, begäben wir uns in das Gebiet, in dem sich alles befände, was wir sind, dachte ich. Was wir nicht sein konnten. Was wir zu umgehen versucht hatten.

Das, was zu tun war. Wir zögerten es hinaus, so vergingen mehrere Tage.

Ja, so war es gewesen. So lief es ab.

An einem Nachmittag dann saß er in seinem Lieblingssessel. Seine Stimme klang ungewöhnlich tief, er versuchte wohl ruhig zu wirken.

Wir müssen, setzte er an. Er schien nach einer Öffnung in etwas zu suchen, das wieder verschlossen worden war.

Ich sagte: Vielleicht sollten wir versuchen, zu.

Nein, sagte er.

Na ja, sagte ich.

Ich kann mir nicht vorstellen, dass es etwas ändert.

Wir sollten sagen, sagte ich, wir sollten etwas zu ihr sagen.

Was sollten wir deiner Meinung nach sagen.

Wir haben sie gehen lassen, wie Simon es ausgedrückt hat. Sie sollte eine Referenz bekommen, dachte ich. Ich weiß, wie manche Putzfrauen behandelt werden. Ich sagte, dass wir ihr vielleicht eine Referenz ausstellen sollten. Und wie sollte diese Referenz aussehen, fragte er. Wir kamen überein, dass ausführende Bemerkungen wohl schwer zu schreiben seien.

Wir haben beide nichts gesagt. Zu ihr. Und wir haben es ihnen nie erzählt. Ich habe meinen Töchtern nicht erzählt, was passiert war, nichts von ihren Ansichten, ihrem Hass. Von Marija. Ich habe meine Kinder nicht mit hineingezogen.

Ich muss was sagen. Es lässt sich nicht länger verschweigen. Aber was kann ich sagen.

Jetzt ist es still, sobald die Putzfrau gegangen ist. Vormittags so still wie am Abend. Wir sitzen in unseren Sesseln, er tut so, als würde er lesen und schließt die Augen. Ich tue so, als würde ich es nicht sehen.

Je mehr ich darüber nachgedacht habe, desto mehr bin ich zu der Überzeugung gekommen, dass es missglückt ist, dass selbst das missglückt war. Der schweigende Rückzug. Ich hätte etwas sagen sollen. Wie konnte ich so wenig Vertrauen in die Kraft von Worten haben. Meinen Worten so wenig trauen, dass ich Marija zum Schweigen bringen musste. Wo wir doch so viel miteinander gesprochen hatten, sie und ich.

Aber jetzt, wenn ich an ihren heruntergeleierten Monolog in der Küche denke, diese Märchenvorstellung. Eine Rede, in der sie keinesfalls unterbrochen werden durfte, denn dann würde alles in sich zusammenbrechen. Und im Anschluss würde sie keine Einwände anhören, denn jenseits des vorgebrachten Zusammenhangs gab es keine triftigen Argumente, er war beinahe eine Religion, ein System, dazu errichtet, sich selbst zu ernähren.

Darin existiert kein Zweifel.

Ihre sichere Rede. Und meine Stimme in den Tagen danach, unsere Stimmen, meine und Simons, das Suchen nach Worten. Der Zweifel, denke ich, der Zweifel ist schön.

Ich habe noch eine weitere Erinnerung an sie. Ich erinnere mich, dass sie gekommen ist wie am allerersten Tag, dass sie wieder vor dem Bücherregal im Wohnzimmer gestanden hat, ich versuchte so zu tun, als wäre alles normal, als wäre es nicht unangenehm, miteinander da zu stehen. Wieder redete sie, diesmal über Details, praktische Details, als wollte sie mit den Worten ein Loch durch etwas bohren, sich durch eine Wand sprechen. Ich konnte alles, was sie sagte, fühlen, fühlte mich, als versuchte sie, sich in mich zu bohren, mit den Ausführungen über praktische Dinge, als nähme sie bloß Urlaub und wollte uns an all das Praktische erinnern, das wir während ihrer Abwesenheit nicht vergessen durften. Worauf wir aufpassen mussten. Ich müsse daran denken, die Alarmanlage anzustellen, wenn wir hinausgingen, und abends. Das sei wichtig.

Sie würde tatsächlich abreisen. Sie redete davon, dass sie jetzt zurückgehen wolle, dass sie für eine Weile nach Hause wolle. Nach Lettland.

Ich antwortete nicht. Oder ich sagte: Schön. Gute Reise.

Kann ich dich umarmen?, fragte sie. Ihre Hand umschloss den Schulterriemen ihrer Tasche, ein aufgeriebener Riemen, diese alte Tasche hatte sie immer dabei. Die Hand um den Lederriemen, die darüberstreichenden Finger.

Bevor ich antworten konnte, hatte es geläutet. Eine Freundin holte sie ab, sie sollten zusammen irgendwo arbeiten. Als sie aus der Tür raus war, schon am Auto, drehte sie sich um und sah zu uns zurück. Simon war schon wieder ins Haus gegangen, aber ich stand noch da. Die Freundin sagte etwas zu Marija. Vielleicht, dass sie einsteigen solle, dass sie fahren müssten. Wir sahen einander an. Habe ich in diesem Moment gezögert? Vermutlich zögerte ich. Aber ich wusste nicht, was ich tun sollte, mir fiel kein einziges Wort ein, das hätte helfen können. Ich machte die Tür zu.

Marija. Ich male mir ihren Geburtstag aus, sie hatte ungefähr um diese Zeit Geburtstag. Ich habe versucht, mir vorzustellen, wo sie jetzt wohnt, wie es dort aussieht, eine Wohnung in der Hauptstadt, darin der Onkel, die Tochter und andere Verwandte, um sie zu feiern. Das Mädchen, das die Zähne aufeinanderpresst und die Fäuste ballt. Ich kann ihr nicht schreiben.

Mein Gesicht im Badezimmerspiegel, meine Mundwinkel hängen. Ist das vielleicht schon immer so gewesen, oder ist das über die Jahre passiert, ich glaube, es ist Schritt für Schritt geschehen. Mentolabialfalte heißt die Falte, die den Ansatz des Kinns markiert, sie ist tiefer geworden, wohingegen das Kinn an sich irgendwie kleiner wirkt. Ich habe mich nie gerne geschminkt. Ich suche die Wimperntusche. Diese klebrige Konsistenz an den Wimpern. Der Lippenstift schmeckt nach Stearin. Im Garten keckert eine Elster.

Ich erinnere mich, wie ich nach ihm gerufen habe. Als ich vor einer Weile einmal vom Einkaufen nach Hause kam. Er antwortete nicht. Simon, rief ich und ging erst ins Wohnzimmer, dann ins Schlafzimmer und in die Küche. Ich suchte im ganzen Haus nach ihm, ich bekam Angst. Sie kroch in mir hoch, ganz langsam, diese Angst. Ich ging in den Keller, was auch immer er dort hätte tun sollen. Ich suchte im

Garten. Zu guter Letzt rief ich den Nachbarn an, aber er war nicht zu Hause.

Ich lief die Straße hinunter, Richtung See. Die Beunruhigung wuchs, ich rannte wieder nach Hause, ich hatte die Garage vergessen, ich machte das Licht an und vermutete ihn möglicherweise zwischen den Skis und den alten Stühlen zu finden. Warum ich das geglaubt habe, weiß ich nicht, vielleicht vor lauter Angst. Die Garage war leer. Wieder im Haus griff ich zum Telefon, dann fiel mir etwas ein. Am selben Tag etwas früher hatte ich gesehen, wie er in den Garten gegangen war. Ich rief erneut nach ihm, rannte dabei durch den Garten, und als ich hinten am Wäldchen die Äste teilte, saß er da, auf dem Stamm eines vom Wind gefällten Baums. Dort, wo ich Jahre zuvor Kirsten gefunden hatte. Auf dem Stamm, den wir nie weggeschafft hatten, weil die Kinder darauf immer balancierten. Ich hatte es nie gemocht, wenn sie dort spielten, verborgen von den Bäumen.

Ich habe Angst gehabt, sagte ich und setzte mich neben ihn. Ich habe nach dir gesucht.

Er hat genickt, nichts gesagt, mich nicht angesehen. Aber zum ersten Mal seit Langem hat er genickt.

Der Eindringling, jetzt, da ich selbst älter bin, erinnere ich ihn als unreif und jung. Ich glaube, ich habe ihn vor vielen Jahren an einer Bushaltestelle wiedergesehen. Ich wollte ganz in der Nähe den Bus nehmen. Der Frühling war regenreich gewesen, voll feinem Regen, der die letzten Reste des Winters von den Straßen und Wegen wusch. Verschwindet der Winter nicht alljährlich auf diese Weise, ich kriege es nie bewusst mit, in dieser Stadt wird, seit ich denken kann, alles weggeregnet, und der Regen, dessen einzige Kontrahenten Nebel und Wind sind, kommt von vorne, kommt schräg, peitscht einem, auch wenn man den Regenschirm wie einen Schild vor sich hält, ins Gesicht, Regen, der in dünnen lotrechten Linien in der Luft hängt, oder ein unsichtbarer, so sanfter, dass man kaum glaubt, es regnete, bis man beim Heimkommen bemerkt, alles ist feucht. Er hat an der Haltestelle gestanden, der Bushaltestelle neben einem ehemaligen Fahrkartenverkaufskiosk. Ich stellte mich etwas weg von ihm, geschützt vorm Regen, außer uns war niemand da, wir warteten auf denselben Bus. Er war jetzt ein paar Jahre älter, die Haare hingen ihm in die Stirn, sie wirkten dunkler, was aber auch daran liegen konnte, dass sie nass waren. Wahrscheinlich verursachte der kalte Regen auch das Zucken um seinen Mund, ein schnelles Zucken, bewusst oder unfreiwillig, beides möglich, dieses Zucken war, als würde der Regen ihn piesacken, aber so wie der Hund viele Jahre später konnte er nicht entkommen, konnte sich nicht schützen, sondern musste dort stehen und immer nasser werden, indem ihm der Regen über Gesicht, Kleidung und Schuhe floss. Er blickte zu mir herüber, ein kurzer Blick ohne Erkennen, und ich hatte Lust, ihn zu grüßen. Ich wollte ihn grüßen, mein Drang, ihm zu zeigen, dass ich ihn erkannte, verwirrte mich. In diesem Augenblick veränderte sich in meiner Erinnerung der Morgen, an dem er in meinem Haus gestanden hatte. Ich sah das unfertige Jungengesicht vor mir, den Ernst in seinem Blick, seinen abgewetzten Mantel, andere Details tauchten auf, sogar die Hand, die nach dem Geld griff, erinnerte ich jetzt anders, hatte sie nicht gezittert? Auch das, was ich später in der Zeitung gelesen hatte, die Beschreibung von ihm, diesem Verrückten, ich konnte mich erinnern, wie er dagestanden hatte, neben mir, vor den Kindern, im hellen offenen Wohnzimmer mit den Fenstern Richtung Terrasse und Garten, ich dachte, dass ich nie erfahren hatte, was er eigentlich gewollt hatte, für mich war er nur ein Eindringling gewesen, eine Bedrohung, aber jetzt dachte ich, er könne genauso gut jemand gewesen sein, der Zuflucht gesucht hatte. Oder der auf der Suche war, auf der Suche nach etwas oder jemandem.

Um drei hole ich Simon, ich fahre den gewohnten Weg, parke vor dem Flachbau mit den Bänken davor. Und da ist er. Es überrascht mich immer wieder, dass er es gemeistert hat, dass er durch den Tag marschiert und auf der anderen Seite angekommen ist. Manchmal lächelt er fast geheimnisvoll. Andere Male ist er müde und schläft auf dem Heimweg ein.

Gehe ich hinein, finde ich ihn in dem Raum mit den Menschen, mit denen er jetzt seine Zeit verbringt. Der junge Pfleger, der immer noch da ist, ich kann nicht hören, was er sagt, sehe aber durch die Scheibe, dass er mit Simon spricht, einmal geht er in die Hocke, die weiße Hose spannt über seinen Knien, während er etwas erklärt und Simon betrachtet, worauf der Pfleger zeigt.

Simon sitzt zwischen zwei Frauen wie zwischen zwei weichen Bergen, einer davon mit Haaren wie weißer Schaum, und beteiligt sich offensichtlich voller Freude am Knüpfen eines Teppichs, während die Frauen über seinen Kopf hinweg sprechen. Ich sehe, wie sich neben dem Arbeiten ihre Münder bewegen. Oder es sind nur zwei parallele Monologe, das kann ich natürlich nicht wissen, ich höre durch die Tür nichts. Ich betrachte seine Hände. Diese Hände, deren Streicheln über meine Wirbelsäule, auf meinen Brüsten ich geliebt habe. Die Hände, die auch Patienten untersucht, unsere Kinder getröstet haben.

Eine hagere Frau, eine der Drogenabhängigen, klatscht plötzlich los, und die Ähnlichkeit mit einer Kindergartengruppe ist verblüffend. Zugleich bemerke ich, dass Simon bei der Sache ist, so schlecht scheint er es nicht zu finden.

Er sieht mich an, als ich den Raum betrete, alle sehen mich an, als wäre ich aufdringlich. Er schneidet eine Grimasse. Aus Freude oder Unmut? Oder sieht er meine Verlegenheit und macht sich über mich lustig? *Du machst dir immer zu viele Sorgen.*

Sie rufen ihm auf Wiedersehen zu, bis morgen. Er lächelt.

Auf dem Heimweg fahre ich an ein paar Geschäften vorbei. Er freut sich sichtlich darüber zum Einkaufen mitzukommen, als hätte ich mir etwas ausgedacht, um ihm eine Freude zu machen. Wir haben uns angewöhnt, dass er im Auto wartet, ich bin gleich zurück, sage ich, und er nickt. Aber heute ziehe ich die Beifahrertür auf und gebe ihm Zeit, sich hochzurappeln, wir gehen gemeinsam durch die Regalreihen und legen beide Lebensmittel in den Wagen, wie früher. Er ist noch immer etwas zu schnell unterwegs, ich muss rufen, er solle warten. Warum brauchst du so lange, hat er immer gesagt, wir haben doch einen Einkaufszettel, bevor wir zu Hause sind, ist das Haltbarkeitsdatum überschritten. Seine Neckereien. Du läufst immer einen Marathon, habe ich entgegnet, hier gibt's keine Medaillen. Es hat ihm gefallen, wenn ich ihn eingeholt habe. Jetzt packt er Äpfel in eine Tüte, wiegt sie auf der über den Paletten hängenden Waage ab. Er hat immer gerne mit Kassiererinnen geschäkert, Witze gemacht. Man hat ihn in diesem Laden gekannt, früher. Jetzt gibt es eine neue Kassiererin, halbtags, ich grüße sie normalerweise, sie hat nicht diesen gelangweilten Ausdruck wie die meisten ihrer Kolleginnen, wir sprechen ein bisschen miteinander, einmal wollte ich schon fragen, ob sie der Job erschöpfe. Zum Glück habe ich es nicht getan. Simon will mir dabei helfen, die Taschen ins Auto zu laden, er hievt sie hinein, eine nach der anderen. Ich glaube, er versucht anzugeben. Und dann sind wir wieder zu Hause. Nach dem Abendessen habe ich das Gefühl, dass er mich beim Einräumen der Spülmaschine beobachtet, aber als ich mich umdrehe, ist er nicht mehr im Raum.

Als ich im vorigen Spätsommer an der Kirche vorbeikam, blähte der Wind die vor der Fassade hängende Plastikfolie, sie flatterte auf wie eine Fahne und senkte sich dann wieder. Um sich nach ein paar Sekunden erneut aufzublähen. Ich ging gerne dort lang, auch wenn sonst keiner da war. Manchmal sah ich den Priester. Manchmal sprach er auf dem Kiesweg zu ein paar Arbeitern, einmal stand er an seinem Auto.

Ich blieb stehen, um hallo zu sagen, und er wollte mir den Fortschritt der Arbeiten zeigen, sie seien sehr zufrieden damit, wie es voranging. Er erzählte mir ein wenig über das Gebäude. Den Architekten, der es in den 1930ern entworfen hatte. Wir sprachen eine Weile miteinander. Er fragte mich, wie es Simon gehe. Und noch bevor ich antworten konnte, meinte er, alt zu werden sei nicht leicht, für niemanden. Bei diesen Worten blickte er zu Boden, als schämte er sich für sein Jammern. Den Herbst über ging ich häufig an der Kirche vorbei. Die Luft war klar und frisch, es war kälter geworden. Die Renovierungsarbeiten waren schon eine Weile im Gang, und ich fragte mich, ob man sie sehen werde, ob die Veränderung wahrnehmbar sein würde.

Das nächste Mal traf ich ihn erst im Dezember. Es war jetzt richtig kalt. Ich wollte einen Spaziergang um den See machen, an einem herrlichen Werktag, vormittags. Ich hatte nicht damit gerechnet, jemandem zu begegnen, und hatte damit zu tun, mir den Mantel zuzuhalten, von dem beim Anziehen ein Knopf abgesprungen war, worum ich mich nicht gleich gekümmert hatte, weil ich den Spaziergang auf keinen Fall ausfallen lassen wollte. Das kalte Wetter hatte etwas an sich, der Frost an den kahlen Bäumen und das Eis auf dem See. Ich erkannte ihn sofort, wie ein Teilnehmer einer Polarexpedition trug er eine riesige graue Jacke, vielleicht wirkte er ihretwegen dünner. Oder er hatte in den Wochen, in denen ich ihn nicht gesehen hatte, abgenommen. Er blickte über den See, wie der Junge, den ich hier früher beobachtet hatte. Ich folgte seinem Blick die kurze Distanz bis zum Ufer, wo der Schlamm gestockt und von Frost überzogen war, und über die weiße Fläche, die das Wasser bedeckte, sie war überraschend geschlossen, obwohl die dünnere Schicht am Rand regelrecht warnte, sie sei nicht sicher.

Ich sagte beim Näherkommen hallo. Er sah mich eher verwirrt als überrascht an.

Hallo, antwortete er. Wir gingen ein Stückchen gemeinsam. Vielleicht ist er krank gewesen, dachte ich. Auch er war nicht mehr der Jüngste, er hatte ja selbst gesagt, das Altwerden sei nicht so leicht. Er kam mir erschöpft vor, aber ich konnte ihn nicht fragen, was sonst los sei. Wir spazierten um den See auf die andere Seite, am Südufer schien eine Schnur aus Wasser am Eis entlangzuführen, eine Spur, als wäre dort jemand gegangen. Er blieb stehen und nestelte an seinen Wanderschuhen herum, ein Schnürsenkel hatte sich gelöst, ich sah weg, als er sich bückte, um ihn wieder zuzuknoten, ich blickte auf die Eisfläche, die Enden, die wie festgefroren dalagen. Ich bereute, dass ich ihn angesprochen hatte, wollte gehen. Aber er kam wieder hoch und wir gingen weiter, rund um den See.

In seiner Kindheit seien in diesem See ein paar Jugendliche beinahe ertrunken. Die Rettungsaktion sei ziemlich groß gewesen, die Erwachsenen hätten die Kinder ferngehalten. Er erinnerte sich daran, wie er mit einem Haufen anderer Kinder hinuntergelaufen sei und man sie aufgehalten habe.

Da waren Leute, die versuchten zu dem Eisloch hinauszurobben, erzählte er, am Ende gelang es ihnen tatsächlich die Jugendlichen herauszufischen.

Ich sah zu ihm. Er sprach mit zum Wasser, zum Eis gewandtem Blick.

Mein Bruder war einer von ihnen, sagte er.

Ich nickte.

Er habe sich immer gefragt, was sie wohl dazu gebracht habe, das unsichere Eis zu betreten. Ob man so etwas aus einem Gefühl von Übermenschlichkeit oder aus Dummheit probiere.

Sie waren wohl einfach jung, sagte ich. Ja, da hätte ich wohl recht.

Ich sah zu ihm. Ich erwartete, dass er sagen würde, so etwas könne einen zweifeln lassen, aber das tat er nicht. Abgesehen davon war es ja gut ausgegangen.

Ich bin so froh darüber, hier zu sein, sagte er. Aber es macht mir ein schlechtes Gewissen.

Ich war mir nicht sicher, ob er den Platz am See meinte, an dem wir gerade standen, oder die Kirche oder das Dasein generell.

Er sagte es leise, nicht wie wenn er predigte, wenn er in der Kirche stand. Aber es hätte Teil einer Predigt sein können. Ich wartete auf den Rest, aber mehr hatte er nicht zu sagen.

Er kickte einen Eisklumpen über den gestockten Schlamm, auf die Eisfläche.

Eis auf dem See, sagte er. Sonst regnet es hier ja eher.

Fängt bald wieder an, sagte ich.

Glauben Sie, sagte er und lachte. Wir lachten beide.

Wir gingen denselben Weg zurück.

Und als ich ihn ansah, hatte ich Lust, ihm über die Schläfe zu streichen. Ich stellte es mir vor. Was er dann sagen würde, seine Überraschung.

Im Laufe des Winters betrat ich einmal die Kirche und setzte mich, die Tür war nicht abgeschlossen. Ich betrachtete wieder die Altartafeln und das Taufbecken. Der Kirchenraum erschien mir heller. Die Bankreihen vor mir waren leer, so leer wie damals, als ich den Priester zum ersten Mal gesehen hatte.

Nach einer Weile setzte sich jemand in meine Bank, ganz außen, ich drehte den Kopf, es war der Priester. Wir saßen eine Weile nebeneinander, ohne ein Wort zu sagen, wie bei unserem Spaziergang, als wir einen Augenblick stehengeblieben waren und über den See geblickt hatten. Ich wusste nicht viel über ihn, die Mitglieder seiner Gemeinde schienen ihn zu mögen. Das waren vielleicht die Menschen, die er hatte, denen er verbunden war.

Nach Abschluss der Renovierungsarbeiten würde er vermutlich nicht mehr so oft hier sein, er wird nicht mehr vor der Kirche mit den Handwerkern reden, ihre Arbeit verfolgen, auch ihre Aufgaben waren bald erledigt. Und die Kirchentür wird dann wieder verschlossen sein wie früher.

In der anschließenden Zeit habe ich öfter mal mit ihm gesprochen. Mir war klar gewesen, dass ich möglicherweise trotz allem nach einem Zuhörer aus einem derartigen Kontext suchte. Nach einer Folie, einem Überbau, der Möglichkeiten eröffnete. Eine Möglichkeit auf etwas, das für mich nicht formulierbar war. Ich spürte, dass ich es nicht länger ignorieren konnte. Als hätte ich etwas aufgeschoben, über das ich jetzt nicht mehr hinweg, das ich jetzt nicht mehr verdrängen konnte. Sogar das Gebäude an sich, an dem ich so oft vorbeispaziere, ist wie eine Aussage, zu der ich mich nicht zu verhalten versucht habe, ein Aufschub. Ich beneide die Religiosität mancher Leute, ihren Glauben an einen Sinn. Wirklich naiv sind die, die das Bedürfnis nach Glauben und Trost nicht begriffen haben. Naiv genug, sich ohne einen Gedanken an den Unmut ringsum jeden Abend hinzulegen und jeden Morgen aufzustehen. Nur macht das Bedürfnis allein einen noch nicht gläubig. Hat es jedenfalls mich nicht. Wie gerne würde ich verstehen. Ich war zwar in der Sonntagsschule und im Religionsunterricht, doch das erscheint mir jetzt wie zwei Punkte auf einem Blatt Papier, die einen Umriss ergeben könnten, eine bestimmte Form, zwischen denen aber nie Linien gezogen wurden.

Mir gefällt die Erzählung an sich. Ihr kluger, verständiger Autor, die verständliche Dramaturgie, eine leicht begreifliche und doch nicht dumme Geschichte, der Erzähler hat verborgene Absichten, die sich mit der Zeit offenbaren, der Protagonist tappt in verschiedene Fallen, in erster Linie, damit man daraus lernt, nie so tief, dass er nicht gerettet werden könnte, und dann sammeln sich alle Fäden zu einem Ende, das nicht anders kann.

Wenn ich mich an Priester aus meiner Kindheit erinnere, dann vor allem an die Distanz, den Respekt. Zwei meiner Töchter habe ich vor solche Männer getragen, denen ich aufrichtig unterstellte, sich von Gott berufen zu fühlen. Was das Taufen angeht, das habe ich nicht getan, weil jemand darauf gedrängt hätte, man tat es damals einfach. Ich hielt die kleinen haarlosen Köpfchen über das Taufbecken, und während man ihnen das Kreuz von der Stirn bis zur Brust und von Seite zu Seite zeichnete, zweifelte ich, und ebenso viel direkt danach. Die eine schreiend, verschwitzt und in ein vererbtes Stück Stoff gewickelt, das man zu derlei Anlässen verwendete, die andere still, mich anstarrend, als wäre ich dabei, sie ins Meer zu tauchen und auf den Grund gleiten zu lassen. Ernsthaft, verloren. Die Jüngste ist ungetauft.

Der Kirchenraum, die Sakristei. Ein Ort für Schuldgefühle. Vielleicht lädt man seine Schuldgefühle in einer Kirche ab, weil man nicht weiß, wo man sonst mit ihnen hin soll. Um einen Ort zu finden, wo dem, was man zu sagen hat, Gewicht beigemessen wird. Es gibt nicht viele Orte, an die man gehen könne, wo dem dieses Gewicht beigemessen werde, wie Marija einmal gesagt hat.

Der Priester glaubte wohl, ich sei gläubig oder sei es auf meine alten Tage geworden, aus Angst oder Reue.

Das Schuldgefühl. Es ist Teil der Unruhe, dieser zeitweiligen Unruhe, die mich manchmal erfasst, wenn ich nachts aufwache und nicht zurück in den Schlaf finde. Wollte ich die Kirche besuchen, um diese Unruhe vor die Folie eines tieferen Sinns zu halten? Hatte ich deshalb den Wunsch, der Kirche näherzustehen? Kann ich mir nicht einfach gewünscht haben, Teil von etwas zu sein, einem Zusammenhang, zumindest einer Versammlung? Aber möglicherweise ruht es zu einem gewissen Anteil in einem Schuldgefühl. Schuld bindet uns ebenso sehr an einen anderen Menschen wie jedes andere Gefühl. Vielleicht sogar mehr.

Er wäre jetzt viel älter, mein Sohn, es fällt mir schwer, ihn mir vorzustellen. Ich habe die Kleidung aufgehoben, seine Sachen, die bei mir geblieben waren. Sie liegen im Keller. Ich habe sie den Mädchen nicht angezogen, wahrscheinlich dachte ich, das seien seine. Oder vielleicht habe ich sie auch meinetwegen bei den anderen Kindern nicht verwendet.

Nach all den Jahren und dem stillen Kampf zwischen uns, zwischen Simon und mir, machte ich mich auf, ihn zu finden. Vielleicht Simon zuliebe, aber vielleicht tat ich es auch für mich. Ich wollte wissen, was aus ihm geworden war, was er mir zu sagen hatte, ob ich etwas angerichtet hatte, einen Schaden. Es ist erst ein paar Jahre her. Ich suchte den Zettel mit dem Namen, den Simon aufbewahrt hatte, und ermittelte eine Adresse in einem Neubaugebiet. Eine Weile stand ich in dieser Straße und beobachtete den Eingang eines Mietshauses, wo die Bewohner kamen und gingen, und irgendwann sah ich einen jüngeren Mann mit zwei kleinen Mädchen auf der Treppe vor dem Haus, das größere versuchte, seinen Regenschirm aufzuspannen, der Vater wollte ihr helfen, nach mehreren Versuchen wurde die Kleinere sichtlich ungeduldig und schlüpfte ins Treppenhaus, der Vater folgte ihr. Die Tür fiel hinter ihnen ins Schloss. Womöglich war er das, für einen Augenblick hatte ich diesen Gedanken, wusste aber, dass es nicht stimmte. Das war er nicht, er war zu jung. Ich zögerte ein wenig damit, die Wohnungsnummer zu suchen, die man mir mitgeteilt hatte, drückte aber letztendlich den Klingelknopf. Vom Bürgersteig aus sah ich an der Fassade hoch. Auf der Straße war Verkehr, Autos fuhren vorbei. Eine Frau lehnte sich aus einem der Fenster über mir, sie stützte sich mit dem Unterarm auf die Fensterbank, zog ein paar Mal an einer Zigarette, blickte auf mich herunter, dann machte sie das Fenster zu. Niemand öffnete, ich klingelte noch ein paar Mal. Niemand zu Hause, vielleicht war ich zur falschen Zeit da.

Ich fuhr mit dem Bus zurück. Unternahm nichts weiter, ich war feige und erzählte Simon nichts. Ich war erleichtert, aber vielleicht auch, ohne es richtig erklären zu können, enttäuscht.

Später erhielt ich einen Anruf aus dem Büro, das ich mit der Suche beauftragt hatte, ich hatte um diesen Anruf gebeten. Man fragte mich, ob ich hingefunden hätte, und als ich sagte, ich sei unsicher, ob man mir den richtigen Namen und die richtige Adresse gegeben habe, antwortete die Frau am anderen Ende mit gedämpfter Stimme, man könne die Suche fortsetzen, manchmal dauere es ein wenig, manche Familien würden ins Ausland verziehen, und als könnte sie in meiner Antwort etwas erahnen, einen Zweifel, fügte sie hinzu, wir würden bestimmt Erfolg haben, wenn ich mir das wirklich wünschte.

Man hatte uns fotografiert. Mich und das Kind, meinen Sohn, bevor ich ihn weggegeben habe. Er lehnt sich leicht nach hinten, vielleicht vom Blitz erschreckt, ich kann mich nicht daran erinnern, wer das Foto gemacht hat. Ich sitze kerzengerade und halte das Baby, balanciere den Säugling auf den zusammengekniffenen Beinen, er hält sein Köpfchen selbst, er sitzt auf meinem Schoß, als könnte er schon alleine sitzen, aber ich stütze ihn mit beiden Händen, sonst würde er wohl umfallen, er ist wackelig, meine Handflächen liegen parallel an ihm, wie man ein Paket, einen Sack hält, würde man das Kind von dem Bild entfernen, sähe es aus, als wollte ich etwas ausmessen, die Dicke, Breite von etwas anzeigen, in meinem Ausdruck ist keinerlei Stolz, keine Freude. Mein Blick ist auf seinen Hinterkopf gerichtet. Und er weicht zurück. Ich habe keine Ahnung, wo das Bild herkommt, wer die Idee hatte, diesen missgelaunten Moment aufzunehmen. Vielleicht wurde es im Adoptionsbüro gemacht oder am selben Tag etwas früher. Ich forsche in meinem Gesichtsausdruck und meine etwas zu erkennen, ist es schlechtes Gewissen, Scham?

Jetzt ist es ein Traum, fern und vage. Ich pflege das Grab eines Fremden. Nachmittags ist es still, ich bin gerne auf dem Friedhof, gegen Weihnachten kaufe ich einen Kranz, zu dieser Zeit werden häufiger Kerzen für die Toten angezündet, andere Leute kümmern sich um die Gräber ihrer Angehörigen. Niemand fragt mich, wegen wem ich da sei. Eigentlich weiß ich es selbst nicht.

Man kann es eine Erinnerungsspur im Gehirn nennen. Das habe ich einmal gelesen. Wenn eine Erinnerung erst existiert, wenn genügend Zeit vergangen ist und sie oft genug geweckt wurde, können die synaptischen Änderungen permanent werden. Und Teile des Gehirns, die zur Wahrung der Erinnerung verwendet wurden, sind zur Erweckung nicht mehr notwendig, die Erinnerung ist zu einer Spur geworden, einer Fotografie, einem Bild, das möglicherweise für immer dort sein wird.

Simon war besessen von dem Koffer. In den Jahren, in denen er nach dem Vetter und der Tante suchte, nach Spuren von ihnen, kam er ständig auf diesen Koffer zurück, den Koffer der Tante, an den er sich aus der Wohnung vor dem Versteck erinnerte. Er bat um Hilfe, ob es möglich sei, ihn aufzuspüren. Den Koffer der Tante, gepackt in der Zeit, da sie auf ihren Mann wartete, dass er sie holte, dass sie gemeinsam untertauchten. Er hatte ihn mit eigenen Augen gesehen, vom Typ her ein für damals üblicher Koffer, aus Leder und Leinen, mit metallbeschlagenen Ecken und Bändern, die man über die Wäsche spannte, damit sie nicht verrutschte. An das Gesicht des Vetters kann er sich nicht erinnern, an den Koffer jedoch deutlich. Er stand in der Diele, ein Koffer gleich den Koffern, die seine Eltern später, nach dem Krieg, immer auf einem Dachboden lagern und nie mehr herunterholen sollten, weil sie nicht mehr verreisten, die zwei Senioren hatten alles, was mit Transportation zu tun hat, verlernt und schlossen sich mehr und mehr in ihrer Wohnung ein. Die Koffer der Eltern und der Tante sind aus demselben Laden. Er hat gesehen, wie sie ihn aufgemacht und etwas herausgeholt hat und danach die Schlösser wieder zuschnappten, er bildet sich ein, dass in ihm Kleidung, Handtücher, eine Zahnbürste und Waschlappen waren. Seine Eltern hatten den Koffer der Tante satt, sie fanden, er stehe im Weg, nur aus starrköpfigem Optimismus würde sie ihn nicht auspacken. Trotzdem akzeptierten sie es, hatten Nachsicht, wie auch mit ihren Plänen. Sie bedauerte es, nicht mit ihnen ins Versteck gehen zu können, hatte sich aber darauf versteift, ihr Ehemann werde sie holen. Sie war jung, sagten sie zueinander, jung und voll Angst.

Er vermutet, dass sie den Koffer an dem Tag, an dem sie abgeholt wurde, bei sich hatte, auch wenn das unwahrscheinlich ist, ein Koffer ist grotesk, hat in dem Szenario keinen Platz. Trotzdem sieht er den Koffer vor sich. Wie sie ihn irgendwie hatte mitnehmen können, wie er sie begleitet. Sie und den Sohn, sie schlafen neben ihm, vielleicht sitzen sie sogar darauf, wenn es Platz zum Sitzen gibt. (Eigentlich weiß er, dass da weder Platz zum Schlafen noch für einen Koffer ist), sie bleiben immer in seiner Nähe, er wäre so leicht zu klauen, sie können nur hoffen. Sie hatte immer darüber geredet, was sie eingepackt hatte, die Tante, weil es von Bedeutung war. In dem Koffer und seinem Inhalt materialisierte sich so etwas wie Ordnung und Sicherheit. Der Koffer und der Inhalt zeugten von einem möglichen Ziel der Reise, an dem die Sachen ausgepackt würden und ihren Platz fänden. Die Kleidung wird verwendet, im Bettzeug geschlafen werden. Der Koffer garantiert überhaupt erst, dass das Ganze eine Reise ist, wie andere Reisen auch, die Definition eines solchen Transports beinhaltet immer die Möglichkeit der Rückkehr an der Ort, von dem aus man gestartet ist. Aber an der Endstation, als man sie aus dem Zug treibt, als sie zusammen mit allen anderen herausgezerrt wird, nimmt man ihn ihr weg. Der Koffer landet auf einem Berg von anderem Gepäck. Und sie steht da, sagt Simon. Ohne Koffer. Steht ihr Sohn neben ihr? In dem Augenblick, als sie einsieht, dass sie nicht weiterreisen werden.

Er hat davon erzählt, und ich habe es vor mir gesehen. Sich die beiden vorzustellen, ist nicht schwer. In einer Menschenmenge, vermutlich. In einer Masse, die auf begrenztem Raum vor und zurück getrieben wird, treibt es auch die beiden vor und zurück, eingeschlossen zwischen anderen, mal in die und mal in die andere Richtung gezerrt, und ich male mir aus, dass sie irgendwann während dieses Vorgangs voneinander getrennt werden, Mutter und Sohn. Einander aus dem Blick verlieren. Die beiden, die sich in den Monaten, die sie alleine in der Wohnung verbracht haben, so nahe gewesen sind.

In diesem ganzen Treiben, inmitten dieser Bewegung aus schreienden, zu Boden stürzenden Menschen, vereinzelt übriggebliebenem Gepäck, Bündeln, auf denen herumgetrampelt wird, Mänteln und Winterjacken, Säuglingen und Alten, steht der Vetter plötzlich alleine da. Er dreht sich im Kreis, sieht aber keine Gesichter, nur vage Eindrücke von Gestalten, Schemen, hört Jammern, Schreie, Weinen von Kindern wie ihm selbst. Um ihn erhebt sich dieser Berg aus sich bewegenden Menschen wie eine Wand, eine bebende, instabile Wand, aus der sich Teile lösen und zugleich neue hinzukommen. Hat er irgendetwas dabei, das ihm genug Schwere verleiht, sodass er, ohne mitgerissen oder zu Boden geschubst zu werden, genau auf diesem Fleck stehen bleiben kann? Vielleicht trägt er einen leichten Rucksack oder irgendeine andere Habseligkeit, etwas, das er sich jetzt garantiert mit beiden Händen an die Brust presst. Als würde er es umarmen, es schützend festhalten und sich zugleich daran klammern. Während sich die Menschenwand immer weiter vor und zurück schiebt und zugleich anwächst, wie ein Organismus durch Mitose, eine Zellteilung vor seinen Augen. Die Mutter des Jungen gehört zu diesem Gebilde und wird weitergetrieben, wie etwas Leichtes von der Strömung im Wasser fortgetrieben wird. Aber der Junge, der Vetter, bleibt an derselben Stelle stehen. Und wartet, sonst kann er nichts tun, wartet darauf, dass es sie zu ihm zurücktreibt.

Am Abend sehen wir fern. Simon sitzt in seinem Sessel. Ich bin mir nicht sicher, ob er der Sendung wirklich folgt, auch wenn er manchmal am Apparat herumdreht, vielleicht ein Automatismus von ihm, eine alte Gewohnheit. Irgendwie ist sie paradox, sein Wohlwollen gegenüber diesem Schirm, über den ohne Ende Gequengel und Gelaber flimmert, selbst in den seltenen Pausen heischt der Kasten nach Aufmerksamkeit. Egal was läuft, Simon starrt auf den Fernseher, als hätte er auf das und auf nichts anderes gewartet. Ich frage, ob ihm kalt sei, ob ich ihm eine Jacke holen solle. Im Kleiderschrank fällt mein Blick auf das Schneckenhaus, das noch immer dort liegt, ich nehme es einen Augenblick lang hoch. Es ist solide, aber wenn ich es vor die Lampe halte, scheint das Licht durch die dünnen Rillen. Wann die Schnecke wohl verschwunden ist, warum hat sie einen so perfekten Ort verlassen, diesen perfekt geschwungenen Gang. Ich befühle die Oberfläche, ein gelber Firnis, was für eine Zerbrechlichkeit und Härte zugleich, dann lege ich es zurück und mache die Schranktür wieder zu.

Ich hänge Simon die Jacke um die Schultern, er nickt, als hätte ich etwas gefragt. Vielleicht eine verspätete Antwort. Der Fernseher sirrt weiterhin. Ich schlage das Buch auf, das Helena auf den Sofatisch gelegt hat, das über den Ersten Weltkrieg, blättere es schnell durch. Das alte Europa.

Die Truppenverluste, der Stellungskrieg an der Westfront. Die Durchbruchsversuche. Die Schlacht bei Somme. Tagelanges, monatelanges Gemetzel, von Juli bis November, junge Soldaten fallen zwischen den Seiten des Buchs. Namen wie Tannenberg, Somme, Verdun. Zwischen Einband und erster Seite liegt ein gefaltetes Papier. An meine Mädchen steht darauf. Er hat es mit etwas zittriger Schrift geschrieben. Natürlich weiß ich nicht, wie lange es schon da liegt, aber es ist Simons Handschrift, es muss vor mehr als einem Jahr geschrieben worden sein, als er noch geschrieben hat.

Dieser Brief, der nicht für meine Augen bestimmt ist, macht mich hilflos. Wie schon beim Antrag weiß ich nicht, was ich damit tun soll. Ich zögere, falte ihn dann auf und lese.

Vor Kurzem habe ich beim Durchsuchen von Simons und meinen alten Papieren schon einmal einen Brief gefunden, oder einen Entwurf für etwas, das ein Brief hätte werden sollen. Ich erkannte die Schrift, er steckte in einem blanken Umschlag, und ich war mir nicht sicher, ob darin etwas von Bedeutung war, es dauerte, bis ich begriff, was er beinhaltete. Als noch verhältnismäßig junger Arzt hatte Simon einen Freund. Einen Freund, den er sich durch all diese Jahre bewahrt hatte. Sie waren miteinander ausgegangen, mit weiteren Kollegen zum Essen, und vermutlich sprachen sie über ihre Arbeit, da sie ja denselben Beruf hatten. Es war eine formelle Freundschaft, ich kann mir nicht vorstellen, dass sie einander je groß ins Vertrauen gezogen hätten, ein konventionelles Verhältnis, entsprungen und abhängig von den damals für Freundschaft geltenden Codes. Natürlich luden wir diesen Freund und seine Frau gelegentlich ein. Wir schickten ihnen jedes Jahr eine Weihnachtskarte, genaugenommen schrieb die meist ich. Das Ehepaar antwortete jedes Weihnachten mit einer Postkarte, eine förmlich geschmückte Karte mit den obligatorischen Wünschen.

Ich hatte die Freundschaft zwischen den beiden nie so eng eingeschätzt, als dass sie Briefe beinhalten hätte können, im Gegenteil. Ein persönlicher Brief schien der Distanz und der Förmlichkeit zu widersprechen, von denen die bestimmten Jahreszeiten vorbehaltenen, kurzen Grüße abhingen. Der Brief musste also ein Versuch gewesen sein, diese Konformität zu durchbrechen. Simon schrieb an diesen Mann, dessen Frau offensichtlich krank war, ich konnte mich an nichts dergleichen erinnern. Er versuchte, ihn zu trösten und etwas jenseits des ausgetretenen Pfads der Höflichkeiten zu sagen. Da dieser Brief nie abgeschickt worden war, hatte er offensichtlich den Versuch aufgegeben. Was auf dem Blatt stand, war schrecklich hilflos, mehrere begonnene Formulierungen, Durchgestrichenes, als hätte er versucht, sich einem Satz oder einer Anhäufung von Sätzen zu nähern, die etwas auszudrücken vermochten, von dem er möglicherweise gar nicht genau wusste, was es war. Oder vielleicht hatte er eine Ahnung davon, aber diese Sätze und Versuche standen in zu großem Gegensatz zu ihrer Freundschaft bis dato. Um es zuwege zu bringen, musste er die Grenzen des Möglichen sowie dessen, wie man ihn wahrnehmen würde und sollte, überschreiten, und umso mehr nahm ihn seine eigene Begrenzung gefangen. Es wirkte äußerst verzweifelt.

Er tat mir leid, und trotzdem ärgerte es mich, dass er mich herausgehalten, dass er nichts zu mir gesagt hatte.

An diesen Brief muss ich jetzt denken, da ich lese, was er seinen Töchtern zu schreiben versucht hat. Denn der Brief ist an sie. Ich kann sehen, dass er es versucht hat, er hat wirklich versucht, etwas zu formulieren, und wenn sie das Buch aufgeschlagen hätten, hätten sie seine Handschrift gesehen und seine Versuche, etwas zu schildern, zu erzählen, hervorzubringen, und zwar ihnen. Helena und ihren Schwestern. Aber er kann es nicht. Er muss aufgeben, ist schon lange nicht mehr gewandt. Es ist nur ein Entwurf geworden, ein Blatt, das er trotzdem in dem Buch gelassen hat. Liebe Helena, Greta und Kirsten, schreibt er, es gibt etwas, das ich. Er gibt auf. Ein neuer Versuch. Es tue ihm leid, dass es so lange gedauert habe, es tue ihm alles so leid. Er schreibt, er habe erst mal Papier für einen Brief gekauft und die Verkäuferin habe ihn missverstanden und ihm den falschen Typ gegeben. Seit heute wird es Sommer, schreibt er, der Sommer wird schön, glaube ich. Und ich hoffe, ihr könnt euch alle Urlaub nehmen. Eure Mutter und ich finden, dass ihr zu viel arbeitet. Aber ich habe ja selbst immer zu viel gearbeitet, also ist das bestimmt erblich bedingt. Jetzt wollte ich euch endlich etwas erzählen, das ich viel zu.

Ich kann die Fortsetzung des Satzes nicht entziffern, aufgrund eines schlecht schreibenden Stifts ist es fast unleserlich. Aber ich glaube, das letzte Wort ist lange. Viel zu lange. Meine Mädchen, schreibt er weiter, wie groß ihr geworden seid. Wie erwachsen. Er hält erneut inne, versucht eine Einleitung zu finden.

Ich bin wütend, werde wütend darüber, dass er sich auf eigene Faust dazu entschieden hat, es zu erzählen, ohne vorher mit mir darüber zu sprechen. Er blickt noch immer auf den Fernseher. Du tust mir nicht leid, möchte ich sagen. Du sitzt da und bist immun. Was ich auch sage, du wirst ins Leere starren und lächeln. Ich möchte mich vor ihn stellen.

Hör zu, Simon, dreh dich nicht weg. Du tust mir nicht leid. Du hast gekniffen, möchte ich sagen.

Wie konnte er mich so im Stich lassen, mich schweigend mit diesem Brief zurücklassen? Ich möchte es ihm erzählen.

Er sitzt nur da.

Was kann ich sagen?

Da sitzt er. In seinem Sessel, und es gibt nichts zu sagen.

Ich setze mich aufs Sofa neben den Sessel, lege die Finger an seine Lippen. Ich liebe dich, denke ich. Habe ich es ausgesprochen, ich kann mich nicht daran erinnern, dass ich es gesagt hätte, muss ich aber wohl. Ich erinnere mich daran, wie ich versucht hatte, dieses Wort aus dem Sprachschatz meiner Schüler zu tilgen, weil sie alles und nichts liebten, weil sie das Wort jeglicher Bedeutung enthoben. Dieses Wort sagt so nichts mehr aus, hatte ich ihnen erklärt.

Simon sieht mich an. Hinter ihm auf dem Bildschirm winkt eine Frau an Deck eines aufs Wasser hinausgleitenden Boots. Sein Name, denke ich. Simon. Er bedeutet: der, der zuhört.

Es wird dunkel, bis ich das Telefon hole und ihre Nummer wähle. Es läutet lange. Ihre Stimme schläfrig. Ich habe sie geweckt.

Mama, sagt Helena, warum rufst du jetzt an?

Hast du den Brief in das Buch gelegt, denke ich. Will es schon fast sagen. Aber ich sage es nicht. Ich weiß, dass sie ihn nicht gelesen hat, keine von ihnen.

Ich habe einen Haufen alter Fotos, sage ich. Vielleicht könntest du mir beim Aussortieren helfen. Sie brauchen zu viel Platz, altes Chaos. Fotos und Briefe.

Briefe?, fragt sie. Ist mit Papa und dir alles in Ordnung?

Ich sehe mein Spiegelbild in der Glastür, dahinter der dunkle Garten, die Gartenmöbel, die ich auf die Terrasse gestellt habe, die mit den Rückenlehnen an den Tisch gelehnten Stühle. Die gefaltete Wachstischdecke. Bald bringen wir alles in den Schuppen, wenn der Sommer vorbei ist.

Wieder ihre Stimme. Bist du da?, fragt sie.

Ja, sage ich.

Sie wartet, wir warten beide.

Mama, sagt Helena, wolltest du sonst noch etwas sagen?

Im Winter habe ich ihn einmal an der Bushaltestelle ums Eck gefunden. An einem der seltenen, westnorwegischen Schneetage, alles war weiß. Er muss in seinen Mantel und die Stiefel, die ich wohl besser verstecken hätte sollen, geschlüpft sein, ich hatte mich nicht getraut, sie wegzuräumen, aus Angst, er würde nichtsdestotrotz hinausgehen, strumpfsockig. Seine ständigen Ausflüge. Ich hatte sein Verschwinden eine Weile später bemerkt, ich suchte ihn überall dort, wo ich immer suchte, wenn ich ihn im Haus nicht finden konnte, in der Garage, im Wäldchen, ich überlegte, zur Kirche hochzufahren. Ich nahm das Auto, auf das sich in der Nacht der Schnee gelegt hatte, ich brauchte einen Eiskratzer, um den Frost von den Scheiben zu entfernen. Als ich die Straße entlangfuhr, entdeckte ich ihn, er saß auf der Bank, und ich glaube seine Augen waren zu, ich wurde wütend, ich dachte, wie kann er jetzt die Augen zumachen, wie kann er einfach mit geschlossenen Augen dasitzen. Ich steuerte das Auto an den Straßenrand und hielt etwas zu abrupt an, vielleicht war er davon überrascht, dass jemand anhielt, ich stieg aus, setzte mich neben ihn, ich sagte, er könne mir zuliebe versuchen, an einem Ort zu bleiben. Sein trauriger Ausdruck. Er öffnete den Mund erst, machte ihn dann aber wieder zu, und mir war nicht klar, ob er etwas hatte sagen wollen oder ob er nur gähnte. Ich erinnere mich genau an das, was dann geschah: Ich will gerade sagen, dass wir jetzt nach Hause müssten, da sehe ich, dass er sich nach vorne beugt, er hebt die Hand, ich weiß nicht, ob er auf etwas zeigt oder sie nur aufhält. Auf dem Asphalt vor uns verwirbelt der Wind den Schnee der Schneeverwehungen entlang der Straße, sie bilden Wellen, die weggepustet und wieder neu gebildet werden, die Bewegung wirkt leicht, zufällig, und trotzdem entsteht ununterbrochen dasselbe Muster, und ich sehe ihn an und wünsche mir von Herzen, dass er meinen Blick erwidert, doch er sieht geradeaus, gefangen von der Bewegung, vom Treiben des Winds mit dem Schnee, und ich denke, hierfür hat er sich entschieden, hierherzugehen und hier zu sitzen, und es steht mir nicht zu, das in Frage zu stellen. Ich bleibe mit ihm sitzen und betrachte dieselbe Bewegung, wieder und wieder, Wind und Schnee.

Jetzt ist Spätsommer. Noch immer haut er manchmal ab. Er wacht am Morgen auf und verlässt das Haus. Er sucht die versteckten Schuhe, öffnet die abgesperrte Tür. Vielleicht sollte ich die Schuhe so gut verstecken, dass er sie nicht finden kann, oder ein neues Schloss anbringen. Ich lasse ihn gehen. Er ist zwar alt, aber vermutlich marschiert er schnell die Straße hinunter, zögert erst am Fuße des Hügels. Die Frage ist dann, ob ihn Rastlosigkeit weitertreibt oder ob er dort wartet, bis ihn jemand findet, ich oder sonst wer. Wenn er sich für den Bus in die Stadt entscheidet, ist er zu dieser frühen Stunde bestimmt allein, vielleicht grüßt er den Busfahrer, bevor er sich einen Sitzplatz sucht. Während der Bus fährt, sitzt Simon am Fenster und sieht hinaus.

Sieht, wie die Stadt leer und neu daliegt, die Straßen wie breite, verlassene Kanäle.

Schwieriger wird es, mir das Weitere vorzustellen. Wann verlässt er den Bus, fährt er bis zur Endstation? Einmal steigt er jedenfalls in die Fløybahn, die stadtberühmte Standseilbahn, eine mechanische Hand, die ihn am Hang entlang emporhebt, auf den Berg, hoch über die Stadt. Um ihn herum Touristen und Fremde. Oben angekommen geht er zum Aussichtspunkt, zu dem wir immer gegangen sind, als die Kinder, unsere Mädchen, klein gewesen waren. Er späht hinunter, blickt auf Häuser und Gebäude, den Fischmarkt im Dunst, im Regen. Auf andere Leute wirkt er vielleicht, als suchte er nach etwas.

Einmal landet er bei einer Familie auf Nøstet. Er klopft an die Haustür. Die Bewohner des Hauses kommen heraus. Das Haus ist klein, weiß und alt, und durch die Tür guckt ein verdutztes Grüppchen Menschen. Sie sind gerade erst aufgestanden, und da steht ein Fremder auf ihrer Treppe, ein alter Mann. Ob sie ihm irgendwie helfen könnten? Ob er sich verlaufen habe?

Auf seinem Handy steht meine Nummer. Als ich komme, um ihn abzuholen, sagt man mir, er sei im Wohnzimmer. Beschämt betrete ich das Haus, durchquere den Flur fremder Leute. Er sitzt wie bei einem Fest, einem netten Besuch, aber niemand in dieser improvisierten Zusammenkunft kennt ihn. Sie verfolgen uns mit ihren Blicken. Vater, Mutter und zwei Kinder, die Kinder noch im Schlafanzug. Er sitzt mit einer Katze auf dem Schoß auf dem Sofa. Streichelt die Katze am Rücken und nickt mir zu, als würden wir so etwas häufiger tun. Als gehörten wir dazu.

Ich lege Simons Brief an Helena bereit und suche nach den Fotos, die ich mich entschieden habe, ihr zu zeigen. Verwandte, meine Familie, seine. Bilder von vor dem Krieg, Simon als Kind, es gibt sogar ein Klassenfoto. Seine Familie vor der Wohnung, in der er als Kind lebte. Mehrere Familienbilder, Familienfeiern mit einer Ansammlung von Verwandten, und beim Durchschauen meine ich eines zu entdecken, das ich vorher noch nie gesehen habe. Auf einem der alten Fotos ist in der untersten Ecke ein Junge, ein kleiner Junge. Er trägt einen langen Rock, weswegen man ihn leicht als Mädchen einordnet. Aber es ist ein Junge, ich betrachte den Haarschnitt, die starren Kniestrümpfe, die seine Beine bedecken. Er sitzt etwas zusammengekauert, und sein Gesichtsausdruck ist aufgrund einer Bewegung oder so etwas wie einer Erosion, einer Auflösung des Bildes, ausgewischt, es ist dabei sich aufzulösen. Ich erinnere mich an Fotos von verschiedenen Vermissten, von Menschen, die aus irgendeinem Grund verschwunden waren, abgebildet in Zeitungen und Zeitschriften. Nur ihr Foto ist noch übrig, offensichtlich ihr bedeutendstes Vermächtnis. Beim Betrachten meint man, es müsse irgendetwas erklären. Aber es ist nur ein Foto. Ich lege es zu den anderen Sachen, die ich bereitgelegt habe, ein paar Papieren, dem Antrag, den ich nicht ausfüllen werde. Morgen sitzen wir an diesem Tisch, Helena und ich, und breiten die Fotos aus. Ich sehe es schon vor mir. Die Vergangenheit, all diese Leben, sie ergeben ein Mosaik. Wie die Glasfenster in der Kirche, deren Motive klarer werden, wenn Sonnenstrahlen hindurchfallen. Ich überlege, was wir wohl sprechen, was ich sagen muss, was ich erzähle. Wenn ich Worte dafür finde. Jetzt liegen sie da, die alten Fotos und Bilder, die ausführlichen Briefe von Irit Meyer, Briefe, die schon lange nicht mehr kommen.

Gestern fand ich Simon auf einer Bank vor dem Einkaufszentrum. Neben ihm ein Mädchen. Sie hatte einen Gummitwist in der Hand, wie ich ihn aus meiner Kindheit erinnere, er war offensichtlich gerissen und sie versuchte, während sie redete, die Enden wieder zusammenzuknoten, der Gummi fiel ihr hinunter, sie bückte sich und hob ihn wieder auf, ununterbrochen ihm zugewandt. Es wirkte, als würden sie miteinander sprechen. Sie redete, zeigte etwas mit den Händen an, hielt sie hoch, versuchte zu knoten, quasselte vor sich hin. Er hörte ihr die ganze Zeit zu, ihr zugewandt. Ich blieb stehen. Stand da und schaute. Ich hatte über eine Stunde nach ihm gesucht, dann einen Nachbarn getroffen, der gegen mein Autofenster geklopft und Richtung Einkaufszentrum gezeigt hatte.

Er hörte dem Mädchen zu, fast konnte man meinen, er interessiere sich wirklich für das, was sie erzählte. Ich wartete eine Weile und ging dann zu ihnen hin. Das Mädchen sah nicht sofort hoch, so vertieft war sie ins Reden, Simon entdeckte mich zuerst. Drehte sich zu mir. Lächelte. Seine Haare waren strubbelig, sie glänzten in der Sonne, er trug seinen Lieblingsmantel, den leichten. Das Mädchen folgte seinem Blick, und als er bei mir endete, hörte sie auf zu reden. Wartete und fragte dann, wer ich sei.

Ich wollte meinen Namen sagen, wusste aber, dass das nicht war, was sie meinte. Sie wollte wissen, was ich hier machte, warum ich sie unterbrochen hätte, ihr Gespräch. Was mir das Recht gebe, hier zu sein.

Er ist mein, setzte ich zu einem Erklärungsversuch an, und bevor ich noch *Mann* sagen konnte, sagte sie: er gehört niemand.

Ich sah sie an, während sie den Gummi in der Hand zusammenraffte.

Er kann niemand gehörn. Er is kein Ding.

Sie stand auf, blickte ihn enttäuscht an. Mich. Dann ging sie über den Parkplatz, vorbei an einem Auto und verschwand hinter einem Schild an der Ausfahrt.

Er saß noch immer auf der Bank, lächelte. Ich habe dich gesucht, sagte ich.

Ich sagte, dass er mir nicht davonlaufen dürfe. Du darfst mich nicht verlassen, sagte ich.

Simon lächelte. Ich wollte am liebsten zuschlagen. Ich wollte etwas oder jemanden schlagen.

Er legte die Hand auf meinen Handrücken, strich so schnell darüber, dass er sie vielleicht nur zufällig gestreift hatte. Ich blickte auf meine Hand, zu ihm.

Er lächelte, und er sah mich an.

Was für eine schöne Kirche, sagte Marija, als wir hier spazieren waren, sie, ich und Simon. Sie wollte hineingehen. Bestimmt ist nicht offen, sagte ich. Sie ist wunderschön, sagte sie. Sieh dir die Türen an. Wir spazierten zwischen den Bäumen herum, sie las die Grabsteine, las die Namen laut vor, und wir setzten uns auf die Bank, sie hatte Kaffee dabei, wir saßen da und tranken Kaffee. Wann immer sie eine Kirche sehe, bekomme sie bessere Laune, erzählte sie, sie denke an die Menschen im Inneren, dass das einer der wenigen Orte sei, an den man gehen könne, um etwas

Bedeutsames zu spüren. Es gibt nicht viel, was ebenso bedeutsam ist. Hat sie das gesagt? Ich kann mich nicht an unsere Antwort erinnern, wenn sie eine Kirche sehe, sagte sie, fühle sie sich sicher.

Ich habe überlegt, warum ich in die Kirche hineingegangen bin, vielleicht aus dem Wunsch heraus, mit dem Priester zu sprechen. Möglicherweise bildete ich mir ein, dass sich sein Glaube, oder zumindest der in diesem Kontext vorhandene Sinn, auch mir offenbaren würde. Offenbaren. Ein Wort, über das ich oft nachdachte. Aber als ich voriges Jahr an der Kirche vorbeiging, wurde das Banale mehr denn je sichtbar. Ich sah das Kirchenhaus, den Putz, eine kaputte Toilette, die man entfernt hatte, das ausgetauschte Fensterglas. Ich sah, dass die Arbeiten an der Fassade abgeschlossen waren, dass nichts mehr zu tun war, und der Priester kam zu mir und redete, wir interessierten uns beide für das Gebäude, die Veränderungen. Verbesserungen, wie er es nannte. Und ich sah es in seinem Blick, die Müdigkeit nach den Wochen, die er weggewesen war. Auch im Frühjahr besuchte ich weiter das Grab. Ich habe oft überlegt, ihn um ein Gespräch zu bitten, aber warum wollte ich dorthin, warum ihn aufsuchen. Glaubte ich, dass in einem Gespräch mit ihm irgendetwas zum Vorschein käme, dass wir herausfänden, ob ich mich wirklich schuldig gemacht hatte. Wie könnte er das entscheiden! Er sollte mir erzählen. Wer da begraben lag, wer der junge Mann gewesen war. Vielleicht was er in seiner Trauerrede gesagt hatte, etwas musste es zu sagen gegeben haben, das ihm oder anderen erzählt worden war. Vielleicht von einer Freundin, der Mutter, es gibt eine Erklärung, warum sie nicht da ist, warum das Grab nicht gepflegt wird, vielleicht ist sie alt, vielleicht schafft sie es nicht. Er ist nicht alleine. Das hätte der Priester mir erzählen können. Ich stellte mir vor, wie wir zusammensaßen und darauf warteten, dass ich die Worte für das fand, was schmerzte.

Dass wir im Frühling miteinander sprachen, dass wir ein längeres Gespräch in der Sakristei hatten, war Zufall und schlichtweg nicht geplant.

Während ich über Sachen, die mir jetzt im Nachhinein etwas unklar sind, redete, änderte er nie seine Haltung, sein Arm war so auf der Armlehne platziert, dass die Hand Kiefer und Kopf stützte. Sein Priestergewand hing vermutlich im Schrank hinter ihm. Er saß regungslos, konzentriert, allein das Sonnenlicht bewegte sich durch den Raum, es traf aufs Fensterbrett und glitt tastend Richtung Tisch, wo es in einem kleineren Rechteck gefangen wurde.

Ich versuchte, etwas zu erklären, verstand aber, dass es sich nicht so leicht sagen ließ, und wahrscheinlich fühlte ich mich wie Simon bei dem Versuch, einen Brief an seinen Kollegen zu formulieren. Das seien Dinge, die ich nie jemandem erzählt hätte, nicht einmal meinen Töchtern.

Ich ließ den Blick hinaus aus dem Fenster schweifen, zu den großen, irgendwie Ruhe spendenden Linden.

Keiner weiß, wer wir sind. Keiner außer mir.

Er antwortete nicht. Im Büro war es still, mir fehlte das Hämmern, die Geräusche der Arbeiter draußen.

Er sagte etwas Nichtiges, wie, dass ich es so nicht sehen solle, dass es nicht zu spät sei, mit meinen Lieben zu reden. Aber ich glaube, er begriff die Sinnlosigkeit daran, denn seine Stimme brach. Und ich dachte an das, was er über die

Jugendlichen, die beinahe ertrunken waren, erzählt hatte, über die Erwachsenen, die die Kinder am Ufer zurückgehalten hatten, während andere versuchten, hinauszurobben, zum offenen Eisloch, zu den Jugendlichen, die es ins eiskalte Wasser hinunterzog. Seine Aufgabe, dachte ich beim Anblick des Priesters damals, war es, Trost zu spenden. Und vermutlich das Gute in jedem Menschen zu finden.

Als würde das Gute nur darauf warten, gefunden zu werden.

Jetzt gibt es einen jüngeren Priester. Er grüßt mich, wenn wir uns begegnen.

Gehe ich an der Kirche vorbei, wirkt sie nicht mehr so fremd. Längst ist das Gerüst, das mehrere Monate an ihr gestanden hatte, verschwunden. Das Gebäude ist noch dasselbe, noch immer spüre ich bei seinem Anblick die Distanz. Nichts hat sich offenbart, nichts, was ich mir möglicherweise erhofft hatte, aber ich habe gerne mit ihm gesprochen, dem älteren Priester. Ich weiß nicht, was es für eine Bedeutung gehabt hat. Vielleicht war es nur unser Gespräch, die etwas unbeholfenen Worte. Der Zweifel. Bei meinem letzten Besuch saßen wir wieder in dem kleinen Zimmer, er hatte mir erzählt, dass er weggehen werde, dass er woanders einen Job bekommen habe. Er freue sich darauf, zu gehen, sagte er.

Er begleitete mich nach draußen. Ich erinnere mich an diesen Nachmittag. Der Untergrund dämpfte unsere Schritte. Als hätten wir an einer Zeremonie teilgenommen. Nach dem Abendmahl geht man wieder an seinen Platz zurück, durch die Bankreihen: die Tür im Waffenhaus ist schwer, wie ein sich öffnendes Gefängnistor, und wir treten ins Licht, es ist ein warmer Frühlingsabend, die Sonne scheint durch die Blätter, und sicher geht am anderen Ufer des Sees jemand spazieren, aber hier ist niemand, nur wir. Sein Handy gibt einen starken Brummlaut von sich, er sieht nicht nach. Er nimmt meine Hand, wir wechseln noch ein paar Worte. Kommen Sie gut nach Hause, sagt er, als hätte ich eine lange Reise vor mir, während ich den Kiesweg entlanggehe, betrachte ich die Gräber, die Statuen und die Fleckchen Erde, auf denen jemand etwas gepflanzt hat, in der Hoffnung auf mehr als Asche und Knochen, etwas, das den Hinterbliebenen Frieden schenken kann.

Ich bleibe am Tor stehen und drehe mich um, er geht langsam die Treppe hoch, ich blicke über das Feld zur Straße, dem Zugang zu der Allee, an der die Linden im trägen Frühlingslicht Schatten werfen. Ich sehe noch einmal zu ihm zurück, aber die Tür ist geschlossen und die kleine Kirche wirkt leer und verlassen.

Neulich ist ein Brief gekommen, ein brauner Umschlag, ein exakt gefaltetes Papier, im Briefkopf der Name der Organisation, mit der Simon lange in Kontakt war. Ein knapper Brief, der die Namen zweier Verwandter erwähnt. K. Mendelburg und A. Mendelburg. Geburtsdatum, Todesdatum in Theresienstadt. Ich verstand, dass das eine der gesuchte Vetter war. Der Brief erzählte in kurzen, sachlichen Formulierungen, was geschehen war. Nichts, woran man sich hätte festhalten können, keine Details, die ein Bild oder einen Eindruck von den beschriebenen Geschehnissen erzeugt hätten, jetzt nach über siebzig Jahren.

Am selben Tag, als der Brief gekommen war, ging ich wieder an der Kirche vorbei und blieb an der Mauer stehen, vielleicht weil mich die wenigen Sätze des Briefs berührt hatten, was sie beschrieben und alles, was sie nicht sagten, und ich einen Ort für ein nicht wirklich fassbares Gefühl brauchte, und so blieb ich stehen und blickte auf das Grab und die Pflanzen aus unserem Garten, denen es gut ging, die in ihrer neuen Umgebung offensichtlich sogar besser gediehen. Nach einer Weile machte ich mich wieder auf den Weg nach Hause. Aber nicht der Junge, der wahrscheinlich fünf- oder sechsjährige Vetter, war in meinem Kopf gewesen. Sondern mein Sohn, ein halbes Jahr alt, an dem Nachmittag in dem Büro, als ich ihn weggegeben habe. Ich weiß nicht, was ich fühle, wenn ich daran denke. Ich sehe sein Gesicht vor mir, in dem Moment bevor man ihn wegbrachte, als ich dazu ermutigt wurde, mich zu verabschieden, ihn zu umarmen, so erinnere ich mich zumindest, und er hat mich angesehen, die Einzige im Raum, die er kannte. Er trug eine kleine blau-weiße Mütze, die man ihm erst abnahm, dann wieder aufsetzte und neu band. Er sah mich an, mit einem Blick, an den ich mich jetzt, älter und klüger geworden, erinnere, voll Ahnung dessen, was auf ihn wartete. Ein erschreckender Blick, der mich beunruhigt. Aber ich kann nichts mehr tun. Und letztendlich war jemand gekommen und hatte ihn mir aus den Armen genommen. Er blickte mich noch einmal an. Dann brachte man ihn weg.

Nur ein Augenblick.

Ich habe ihn nie wieder gesehen.

Die vorliegende Übersetzung wurde gefördert von NORLA.

NORLA
NORWEGIAN LITERATURE ABROAD

Erste Auflage Berlin 2019

© 2019 MSB Matthes & Seitz Berlin
Verlagsgesellschaft mbH
Göhrener Straße 7, 10437 Berlin
info@matthes-seitz-berlin.de

Titel und Copyright der Originalausgabe:
Dager i stillhetens historie
© 2011, H. Aschehoug & Co. (W. Nygaard) AS,
published in agreement with Oslo Literary Agency

Umschlaggestaltung: Dirk Lebahn, Berlin
Satz: Michael Rosenlehner, Berlin
Druck und Bindung: Pustet, Regensburg
ISBN 978-3-95757-779-5
www.matthes-seitz-berlin.de

Merethe Lindstrøm

Aus den Winterarchiven

Aus dem Norwegischen von
Elke Ranzinger
Gebunden mit Schutzumschlag, 294 Seiten
ISBN 978-3-95757-621-7

»Großartige autobiografische Literatur.
Aus Norwegen kommt mit *Aus den Winterarchiven*
nun ein [...] literarisch beeindruckender
Versuch einer Annäherung.«
taz online

Merethe ist mit ihrer Familie aufs Land gezogen. Hier, am Rand eines Waldes, zwischen endlosen Tagen und Nächten ohne Schlaf, schreibt sie an ihrer Erzählung über Mats, mit dem sie zusammenlebt. Sie erzählt von einer Liebe, die alles in den Schatten stellt. Von der Nähe zu einem Menschen, der nur selten den Wunsch verspürt zu leben. Von der Angst, sich selbst zu verlieren, von der aber noch größeren Bedrohung, den zu verlieren, den sie liebt. Darüber, trotzdem weiterzumachen. Zu leben, zu lieben. Sie will verstehen, und so schreibt sie in immer enger werdenden Kreisen, während die Welt in Kälte und Eis erstarrt. Bis der Winter langsam dem Frühling weicht. *Aus den Winterarchiven* ist ein sehr eindringlicher, sehr persönlicher Roman. In glasklaren Bildern beschreibt Merethe Lindstrøm das Leben zweier Menschen, die sich in einer existenziellen Not und Hilflosigkeit gegenüber dem Leben befinden.

Matthes & Seitz Berlin

Josefine Klougart
Einer von uns schläft

Aus dem Dänischen von
Peter Urban-Halle
Gebunden mit Schutzumschlag, 224 Seiten
ISBN 978-3-95757-687-3

»Klougart ist wahrscheinlich die beste junge Autorin Dänemarks. *Einer von uns schläft* ist einer der ganz großen Romane in diesem Jahr.«
Berlingske

Nach einer schwierigen Trennung kehrt eine junge Frau in ihr Elternhaus zurück aufs Land. Dort ist alles, wie es immer war: die Familie, die Apfelbäume, ein stabiler Rahmen für ihre ins Schwanken geratene Existenz. Doch das Gefühl der Vertrautheit scheint ihr plötzlich aufgesetzt, und sie fühlt sich als Fremdkörper im altvertrauten Mikrokosmos.
Liegt der Fehler in der Gegenwart oder ihrer Erinnerung? Klougart erzählt die Geschichte einer Frau, die sich selbst in ihrem sich verändernden Leben neu verorten muss – und mit der poetischen Betrachtung der Welt ein Werkzeug entdeckt, das Leben in seiner Komplexität einzufangen, bevor es wie ein Schneekristall vergeht.

Matthes & Seitz Berlin